PACOTE COMPLETO

LAUREN BLAKELY

Pacote Completo

Ele tem um presente para você.
E o pacote é especial.

Tradução
LEONARDO CASTILHONE

COPYRIGHT © 2017, BY LAUREN BLAKELY
COPYRIGHT © FARO EDITORIAL, 2018

Published by arrangement with Bookcase Literary Agency and Wolfson Literary Agency.

Todos os direitos reservados.
Nenhuma parte deste livro pode ser reproduzida sob quaisquer meios existentes sem autorização por escrito do editor.

Diretor editorial PEDRO ALMEIDA
Preparação LUIZA DEL MONACO
Revisão GABRIELA DE AVILA
Projeto e diagramação OSMANE GARCIA FILHO
Design de capa HELEN WILLIAMS
Imagem de capa @BLACKDAY
Foto interna © NEELSKY | SHUTTERSTOCK

Dados Internacionais de Catalogação na Publicação (CIP)
(Câmara Brasileira do Livro, SP, Brasil)

Blakely, Lauren
    Pacote completo / Lauren Blakely ; [tradução Leonardo Castilhone]. — Barueri : Faro Editorial, 2018.

    Título original: Full package.
    ISBN 978-85-9581-032-7

    1. Ficção norte-americana I. Título.

18-14952   CDD-813

Índice para catálogo sistemático:
1. Ficção : Literatura norte-americana 813

1ª edição brasileira: 2018
Direitos de edição em língua portuguesa, para o Brasil, adquiridos por FARO EDITORIAL

Avenida Andrômeda, 885. Sala 310.
Alphaville – Barueri – SP – Brasil
CEP: 06473-000
www.faroeditorial.com.br

PACOTE COMPLETO

Eu dedico este livro ao doutor Khashi.
Obrigada pelo tratamento a laser e por
todo seu tempo!

Prólogo

DIGAMOS, A TÍTULO DE ARGUMENTAÇÃO, QUE ESTEJA considerando morar com uma mulher com quem adoraria trepar.

Afinal de contas, nos dias de hoje, achar um apartamento para alugar é ainda mais difícil do que encontrar o amor verdadeiro. Sendo assim, mesmo que tivesse que dividir o espaço com a garota que sempre achou absurdamente gostosa, você não hesitaria, certo?

Olha, eu sei o que você deve estar pensando.

Isso só pode terminar em encrenca. Não assine esse contrato de aluguel. Siga seu caminho, vá para qualquer outro lado e não olhe para trás.

Mas ela é só uma amiga, eu juro. E vamos combinar: estamos falando de Nova York. Você tem noção de como é caro o aluguel por aqui? Ter alguém para rachar os gastos é sempre a melhor opção, certo? Qual é! Você também dividiria. Além de tudo, ainda podemos dividir as tarefas da casa, mesmo que isso signifique também assinar um contrato de conselheiro para todos os encontros on-line que ela possa vir a arranjar.

E, vamos combinar, eu posso fazer isso numa boa. É supertranquilo aconselhá-la sobre os caras que estão no mercado. Tudo o que eu faço é apontar para a foto do perfil deles e dizer: "Esse é um babaca, esse é um idiota e esse é um trouxa".

Porque a verdade é que nenhum desses palhaços é digno dela.

Tenho certeza de que você também teria assinado esse contrato de aluguel mesmo que tivesse que suportar a doce tortura de ver essa beldade caminhando pelo corredor todas as manhãs, tendo acabado de sair do chuveiro, só com uma toalhinha enrolada no corpo.

É moleza!

Mesmo quando ela grita do quarto: "Ei, Chase, pegue para mim meu creme hidratante, por favor?".

Mamão com açúcar! Tudo bem, talvez eu tenha vacilado um pouco quando ela de fato me pediu isso. E admito que a situação ficou ainda mais difícil — tipo, quase impossível — quando a toalha escorregou e eu pude dar uma olhadinha rápida naquele corpo perfeito antes que ela se cobrisse novamente.

No entanto, ainda assim acho que sou capaz de lidar com isso, sem problema algum.

E você quer saber por quê?

Eu já fiz isso por anos. Esse é o meu talento secreto.

Entenda o seguinte, todo mundo tem uma habilidade única. É possível que você consiga lamber o próprio cotovelo, enfiar o punho inteiro na boca (não tentem isso em casa, crianças) ou fazer seus olhos se mexerem em direções opostas ao mesmo tempo. São todos truques bem impressionantes, com certeza.

Mas você quer saber qual é o meu? Minha maior habilidade costuma me salvar de uma situação diária que, certamente, induziria muitos homens a ereções matinais visíveis através da calça (e que durariam o dia inteiro).

Eis o meu dom especial: eu sou o rei da compartimentalização. Ou seja, eu nasci com gavetas diferentes para cada aspecto da vida. Desejos e ações. Luxúria e sentimentos. Amor e sexo. Um vai aqui, o outro ali. Tudo muito bem separadinho e sem chances de se encontrar.

E foi exatamente por saber que tenho esse dom que, quando uma das minhas melhores amigas veio até mim com a solução que poderia resolver um problema enorme para nós dois, não vi como isso poderia acabar dando errado.

Só o que tenho de fazer é manter minhas mãos longe dela, controlar meus pensamentos indecentes e olhar para o outro lado da próxima vez que ela estiver sem roupa.

É só ela ficar longe de mim, cacete.

Eu vou conseguir. É claro que eu vou conseguir.

Quando se é o mestre da resistência, nada é capaz de afetar seu autocontrole. Nem mesmo coabitar um espaço de 55m² com a mulher que você deseja há anos.

Bom, eu sempre acreditei nisso...

Até a noite em que acordei e a vi deitada, encolhida ao meu lado, embaixo das cobertas.

Capítulo 1

EU TENHO UMA TEORIA DE QUE O CÉREBRO HUMANO PRE-cisa ouvir pelo menos três vezes uma informação para poder processá-la por completo. Mas isso somente se ela estiver de acordo com o que a pessoa quer ouvir.

Por exemplo, agora mesmo, estou na terceira tentativa.

Embora eu possa ouvir claramente as palavras ditas pela mulher do outro lado da linha, tenho certeza de que, se eu as repetir insistentemente na forma de uma pergunta, a senhora, uma hora ou outra, responderá o que eu quero ouvir.

— Eu perdi o apartamento? — tentei de novo, porque em breve a notícia ruim iria se transformar magicamente em uma notícia boa. Como se um prato de salada pudesse se transformar, de repente, em uma pizza ou em uma enorme fatia de bolo de chocolate.

Eu simplesmente não queria acreditar que a corretora de imóveis estava me dizendo uma coisa dessas.

— O proprietário mudou de ideia — disse ela, mais uma vez, e então eu vi o maravilhoso apartamento de um quarto em Chelsea escapando por entre meus dedos.

Travei os dentes, respirei fundo e saí batendo os pés pela sala de emergência do hospital. Em frente à entrada, a calçada estava cheia de gente, havia outros médicos, enfermeiras, paramédicos, além de pacientes e seus acompanhantes. Afastei-me de todos eles, caminhando rumo ao muro do hospital para uma rápida pausa.

— Que saco! Esse é o quinto lugar que dá errado — eu disse, esforçando-me ao máximo para manter o tom de voz inalterado. Eu não costumo perder o controle e nem sentir raiva. Mas essa busca estava me tirando do sério. Dante estava errado. O décimo círculo do inferno, na realidade, é encontrar um apartamento em Nova York. O décimo primeiro, o décimo segundo e o décimo terceiro também.

Veja só como anda a minha sorte nessa missão impossível até agora: na primeira tentativa, o apartamento foi para o saco quando o proprietário mudou de ideia e resolveu que não queria mais alugá-lo; na segunda, o lugar acabou sendo alugado para alguém da família do dono; na terceira, a inspeção descobriu que o apartamento estava tomado por cupins. Entendeu meu drama?

— O mercado anda ruim hoje em dia — disse Erica, a corretora de imóveis.

Também não posso ser injusto. Ela tem se esforçado bastante para encontrar quatro paredes e um chão para mim há mais de um mês. — Vou voltar a pesquisar opções disponíveis.

— Obrigado. O prazo do lugar que estou sublocando já acabou, então muito em breve vou me tornar um sem-teto.

Dei meia-volta e retornei à entrada do hospital. Comprar um apartamento não era uma opção. Ainda não terminei de pagar o financiamento da minha faculdade de medicina, e os médicos de hoje em dia não ganham tanto quanto antes, principalmente médicos recém-formados como eu.

Ela riu.

— Duvido que você vá ficar sem-teto. Entretanto, eu já disse que o sofá da minha casa está disponível para você. Aliás, a cama também, se é que me entende.

Arregalei os olhos. Eu entendi muito bem o que ela queria dizer. Só não esperava receber uma proposta como aquela da minha corretora de imóveis, às duas da tarde de uma quarta-feira. Ou mesmo de uma quinta-feira. Ou sexta-feira. Basicamente, eu não esperava aquilo em momento nenhum.

— Obrigado pela oferta. — Contive minha surpresa, porque pensei que ela fosse casada. E não imaginei um casamento qualquer, mas aqueles em que o casal é feliz.

— Qualquer coisa é só me avisar, Chase. Eu faço um ótimo ceviche, sou incrivelmente organizada e não cobraria nem um centavo de você.

Poderíamos pensar em alguma outra forma de pagamento — disse ela, quase sussurrando.

E agora era oficial: minha corretora de imóveis havia solicitado que eu fosse o brinquedinho sexual dela. Puta merda. É hora de deixar a barba crescer. Eu sei que pareço jovem para minha profissão, mas será que tão jovem a ponto de ser convidado para ser um gigolô? Virei de frente para a janela de vidro do hospital e avaliei meu rosto. Barba bem-feita, olho e cabelo castanhos-claros, mandíbula marcada... Realmente, eu não sou de se jogar fora. Não é de se admirar o fato de ela ter me feito uma proposta dessas. Talvez eu devesse levá-la mais a sério.

Apesar de eu ter zero interesse em servir alguém como escravo sexual, a oferta dela não deixa de ser tentadora, pois estou chegando ao fim da linha. Eu vasculhei os classificados e todos os lugares possíveis, e cada dia que passa eu acredito mais na hipótese de ter que vender um rim para conseguir um apartamento.

Sabe aqueles seriados da TV em que a assistente de uma agência de publicidade, toda espevitada, consegue um baita apartamento, com um canteiro de flores, paredes roxas perfeitas e um cantinho de leitura bem em Upper West Side? Ou quando o cara que acabou de sair das fraldas, com um emprego básico numa revista, adquire um *loft* superluxuoso em Tribeca?

É tudo mentira.

A essa altura, eu daria meu baço só por um espacinho pra dormir embaixo de uma escada. Espere, eu retiro o que disse. Eu gosto do meu baço. Para eu abrir mão de um órgão, teria que ser um pouquinho maior, mesmo que eu tecnicamente possa viver sem ele.

— Que tal? Você acha uma boa ideia? — perguntou Erica, com o que, sem dúvida, era a voz mais sexy que ela conseguia fazer. — O Bob disse que, por ele, não tem problema você ficar aqui.

Eu franzi a testa.

— Bob? — perguntei. E no instante seguinte me arrependi de ter aberto a boca, porque tive um pressentimento de que Bob podia ser o vibrador dela, e então eu teria caído na armadilha.

— Bob, meu marido — disse ela como se nada estivesse acontecendo. E, de repente, eu preferi que estivéssemos falando apenas de um brinquedinho sexual.

— É muito generoso da parte dele — eu respondi, sem demonstrar emoção. — Mas, por favor, diga ao Bob que, embora eu aprecie sua generosidade, eu consigo me virar por aqui.

Desliguei o telefone e voltei para dentro do hospital; minha pausa havia acabado. Sandy, a enfermeira-chefe de cabelo cacheado, veio andando até mim com um olhar sério, inclinando a cabeça na direção da sala de exame mais próxima. Mas a forma com que os olhos dela cintilaram fez eu entender que a situação do meu paciente não era das piores.

— Sala dois. Corpo estranho introduzido na testa — disse ela. Essa era minha deixa para parar de pensar em valores de metros quadrados e casamentos pouco convencionais.

Assim que entrei no consultório, dei de cara com um cara loiro e robusto, vestido de Aquaman, sentado na beirada da maca.

— Olá! Eu sou o doutor Summers. Roupa bacana essa aí. — Dei um sorriso discreto. Isso sempre ajuda a dar uma descontraída. Além do mais, se reagisse mal ao estilhaço de vidro de dez centímetros que estava cravado na testa do Aquaman, eu podia dar adeus à minha licença profissional.

Ele sorriu para mim com certo arrependimento ao mesmo tempo em que olhava para a própria indumentária. A roupa de poliéster estava rasgada no braço direito e toda retalhada ao longo da coxa.

— Parece que sua manhã foi animada — eu disse, olhando para o pedaço de vidro em sua pele. — Deixe-me adivinhar. Sua testa teve uma relação íntima com um lustre?

Ele concordou com um olhar culpado; o tipo de olhar que me dizia que ele não estava tentando voar.

— E posso arriscar um outro palpite. — Eu levantei meu queixo. — Você estava tentando apimentar um pouco sua vida sexual e, para isso, teve a brilhante ideia de se pendurar no lustre.

O rapaz engoliu em seco, deu outro aceno tímido com a cabeça e, em seguida, soltou um trêmulo *sim*.

— Você consegue tirar esse negócio? — perguntou ele.

— Foi isso o que ela disse? — eu perguntei, fazendo-o rir, e dei um tapinha em seu ombro. — Não pude resistir. Mas a resposta é sim, eu consigo tirar. E a cicatriz vai ficar bem pequena. Eu sou ótimo em dar pontos.

Ele respirou fundo e eu comecei a trabalhar, anestesiando a testa dele antes de remover o vidro. Conversamos durante o processo, batendo papo sobre o gosto dele por super-heróis, e depois mencionei a dificuldade que estava passando para encontrar um apartamento.

— Manhattan é uma loucura — disse ele. — Está tudo o olho da cara, até mesmo os imóveis comerciais. — Então ele acrescentou, meio cabisbaixo: — Embora eu não possa reclamar muito disso, já que esse é o meu ganha-pão.

— Um homem esperto. O metro quadrado nessa cidade é como uma joia rara — eu disse, finalizando os pontos.

Vinte minutos depois, com a testa do paciente já costurada, uma enfermeira voltou com o estilhaço num saco plástico. Ela o entregou a mim e eu o repassei ao verdadeiro dono.

— Fique com essa lembrança da visita de hoje ao pronto-socorro — eu disse ao rapaz, e ele pegou o pedaço de vidro.

— Obrigado, doutor. E o pior é que nem chegamos aos finalmentes.

— Por isso que essas histórias não passam de ficção. Não dá para fazer muita coisa pendurado em um lustre. Da próxima vez que você for acometido pelo espírito aventureiro, faça um belo jantar e depois use a mesa para a sobremesa, certo? Mas certifique-se antes de que a superfície é de madeira lisa e de boa qualidade, porque não quero te ver aqui de novo com uma farpa gigante no glúteo. E vai ser difícil arrumar uma boa história pra justificar a cicatriz.

Com uma expressão séria, ele fez que sim com a cabeça.

— Prometo que isso não vai se repetir. Chega de acrobacias.

— Mas parabéns por ter uma mulher que goste tanto assim de você — eu disse quando ele já estava saindo da sala.

Ele inclinou a cabeça de volta, sem entender direito.

— Como você sabe que ela gosta de mim?

Acenei para a fileira de cadeiras na sala de espera, no fim do corredor. Uma mulher de cabelo preto, usando uma fantasia verde-esmeralda que destacava ainda mais seus peitos enormes, mordiscava o lábio e olhava desesperada para o relógio. Quando ela levantou o rosto, os olhos até brilharam ao ver o Aquaman.

— Imagino que foi a sereia ali que o trouxe, certo? E esperou por você todo esse tempo?

— Foi, sim — disse o Aquaman, com um sorriso sem graça ao olhar para sua mulher.

— Essa noite, cama. Use a cama, cara — eu disse baixinho em seu ouvido.

Ele fez um sinal de positivo com o polegar enquanto se afastava.

E esse foi o capítulo de hoje das façanhas sexuais que levam pacientes ao PS. Ontem foi um zíper que deu problema. Semana passada tive de tratar uma fratura causada durante uma cambalhota. Pois é... nem queira saber o que foi fraturado.

* * *

MAIS TARDE, NO FINAL DO MEU TURNO, FUI AO VESTIÁRIO

e troquei de roupa. Arrumei o cabelo com os dedos, peguei os óculos escuros e deixei o trabalho para trás. No exato segundo em que as portas automáticas do Mercy Hospital se fecharam atrás de mim, desliguei o modo médico do meu cérebro. Coloquei os fones de ouvido e aumentei o volume do audiolivro que eu vinha escutando ultimamente. Era sobre a teoria do caos, e foi ele que me fez companhia no caminho até Greenwich Village, onde eu encontraria uma amiga.

Saí do metrô no centro da cidade em meio a uma multidão de nova-iorquinos e turistas — em um dia quente de junho — e segui em direção à Sugar Love Sweet Shop para encontrar Josie. E não me venham com esse papo de que homens e mulheres não podem ser amigos. Podem sim. E Josie e eu somos ótimos amigos. Mesmo que ela tenha os peitos mais fantásticos que este homem que vos fala já viu. E um corpo que é como uma escultura.

E eu, como amigo, posso apreciar a figura dela de forma empírica, com toda aquela curva e delicadeza. E isso não significa que eu queira me pendurar no lustre por causa dela ou mesmo transar com ela em cima da mesa depois do jantar.

Tudo bem, admito que eu não negaria uma bela trepada com a Josie, mas eu não permito que esse tipo de pensamento tome conta da minha cabeça. Mesmo quando eu a vejo maravilhosa com seu uniforme de trabalho: uma camiseta rosa bem decotada e um avental de bolinhas amarrado na cintura.

Quando ela me viu, acenou para me cumprimentar e fez sinal para que eu entrasse na confeitaria.

Ao entrar, minha boca salivava pelas guloseimas, nada além disso.

Capítulo 2

JOSIE CHACOALHOU UM PEIXINHO DE GOMA TIPO BALAS gummy na minha cara.

— Peguei hoje — disse ela, com um ar esnobe por conta da minúscula conquista em sua mão. — Estava fresquinho na prateleira da loja.

— Então não precisou pescar?

Ela balançou a cabeça e jogou de volta a bala de goma em forma de peixe dentro do saco plástico.

— Não. Ele sucumbiu ao poder do meu cartão de crédito. Foi fisgado assim. — Ela disse estalando os dedos.

Estávamos no Abingdon Square Park, um pequeno e triangular pedacinho de verde na fronteira do Village. Esse é um dos poucos parques que parecem como uma ilha dentro de Manhattan, e nós decidimos nos acomodar num banco de madeira pintado de azul-marinho. Não estávamos longe da confeitaria onde ela tinha acabado de participar da aula na qual surgiu a ideia do sushi doce.

Ela tirou outra guloseima de um saquinho plástico e a colocou na palma da mão.

— Está pronto?

Abri minha boca.

— Pode botar, querida.

É, talvez tenha soado um pouco sacana.

Mas e daí? Eu não me importo com isso, nem a Josie, que, por acaso, é a irmã mais nova do meu melhor amigo, Wyatt. Ela me pediu para ser sua cobaia na noite de hoje. Seria algo como uma prova de iguarias, pelo que entendi. E aquela ela estava chamando de bala de peixe. Consistia em uma bala de goma vermelha envolta em marshmallow, enrolado com uma espécie de alga verde de frutas.

Momentos como esse me fazem lembrar que perspectiva é a chave da felicidade. Porque, cara, no fim das contas a minha vida podia ser bem pior. Estou ciente de que em breve vou acabar vivendo como um nômade, pulando de um sofá enrugado pra outro, mas, nesse momento, uma doçura está prestes a pousar na minha língua.

Na primeira mordida que dei no sushi doce já senti um carnaval de sabores deliciosos. Minhas sobrancelhas contraíram e eu acenei em sinal de aprovação, conforme eu terminava de mastigar. Adotei naquele instante um tom pretensioso de crítico de restaurante.

— A cremosidade e o sabor delicioso do marshmallow misturam-se maravilhosamente com a acidez da alga de frutas cítricas. E, para finalizar, a textura e o aroma da bala de goma mais queridinha de todos os tempos dão a esse doce uma qualificação de verdadeira obra de arte.

Josie é confeiteira, mas não uma confeiteira qualquer. Ela é uma *sobremeseira* de nível internacional. Nem sei se existe essa palavra, mas deveria existir a porra de um nome desses, só para designar a habilidade que essa mulher tem pra fazer as melhores sobremesas do mundo. Não há nenhum doce que ela não faça parecer que está havendo uma festa de sabores na sua boca. Deve ser por isso que a velha confeitaria dos pais dela, a Sunshine Bakery, tem feito um sucesso tão grande depois que Josie a assumiu.

Ela arregalou os olhos quando eu disse "obra de arte".

— Sério? Você não está só falando por falar, não é?

Ao responder a essa pergunta, mantive a expressão impassível.

— Eu nunca minto sobre o sabor dos seus doces. Por exemplo, você se lembra da vez em que fez aqueles cookies de chocolate com o pior item da culinária mundial?

— Você ainda não consegue nem falar as palavras, não é mesmo?

Fechei os olhos, sentindo um arrepio involuntário descer pela minha espinha.

— Só estou tentando bloquear as... — respirei fundo, fechei os olhos e fiz força para jogar as palavras seguintes para fora — uvas-passas da minha memória.

Eu juro que ainda sentia um horror ao recordar o que ela havia feito com aqueles pobres e indefesos cookies.

— É sério. Como você pôde profanar algo tão maravilhoso quanto cookies de chocolate com umas... uvas ressecadas?

Ela apenas deu de ombros e disse:

— É assim que descobrimos o que funciona e o que não funciona na cozinha. Você precisa experimentar. Eu estava experimentando algo novo. Cookies com gotas de chocolate, coco e...

Toquei os lábios dela com a minha mão.

— Não repita essas palavras.

Recolhi a mão e, depois de revirar os olhos, ela só gesticulou "uvas-passas" com a boca. E eu estremeci.

— Bom, independentemente disso, esses sushis são exatamente o oposto daquela coisa horrorosa. Eles estão perfeitos. Mas por que você ainda precisa frequentar aulas? Não é mais fácil apenas seguir sua intuição?

A resposta dela foi simples.

— Eu gosto de fazer aulas, e eu quero que os meus doces sejam os melhores possíveis. Além disso, a mulher que comanda aquela confeitaria faz as melhores guloseimas que eu já vi. Aquelas não são balas de goma comuns que se pode comprar em qualquer *bombonière*. São feitas à mão, baseadas em uma receita de família. E são maravilhosas, não achou? Por isso eu quis que me encontrasse logo que a aula terminasse. Para prová-las fresquinhas.

— Você vai servi-las frescas?

Ela fez que sim com a cabeça, toda animada, e abriu bem as mãos, fazendo o anel prateado em forma de coração em seu dedo indicador reluzir com o sol do fim de tarde.

— Meu plano é o seguinte: pensei em começar oferecendo uma nova guloseima especial e divertida a cada dia. Tipo, às segundas-feiras, sushi doce. Às terças eu faria cookies de gotas de chocolate com coco, menos o item que não deve ser nomeado.

Agora foi a minha vez de gesticular com a boca: "obrigado".

— Às quartas, macaron de acerola, por exemplo. E assim eu poderia anunciar mais a loja nas redes sociais, como andam fazendo esses food trucks. Seria como sugerir um encontro semanal com cada uma das guloseimas especiais da Sunshine Bakery.

— Essa ideia é brilhante. — Pigarreei, suspirei profundamente e coloquei uma mão sobre o braço dela. — Mas eu preciso revelar mais uma coisa para você. Ninguém gosta de acerola. Nem mesmo como sabor de macaron.

Os olhos verdes dela brilharam como se guardasse um segredo.

— Ah, mas você nunca experimentou o *meu* macaron de acerola. Eu faço um para você da próxima vez. É delicioso. Prometo — disse ela, levantando os braços para amarrar mais forte seu rabo de cavalo. O cabelo castanho-escuro de Josie tem umas mechas cor-de-rosa perto das pontas. Geralmente, cores diferentes nos cabelos não dizem nada para mim, mas no caso de Josie, funciona de um jeito diferente. Aquelas mechas combinam com a personalidade dela. Ela é inteligente e extrovertida. Amigável e feliz. Ela é exatamente o tipo de pessoa que pode tingir de rosa algumas mechas do cabelo *e* vender doces, cookies e bolos de mil-folhas numa simpática confeitaria em Upper West Side. Isso sem falar nos sushis de bala de goma.

Josie é um pacote completo: curvas harmônicas, sorriso convidativo, olhos acolhedores, cabelo engraçado e alto-astral. Na verdade, é meio que surpreendente ela ter se tornado uma das minhas melhores amigas logo depois de termos nos conhecido, cerca de dez anos atrás. É basicamente impossível *não* gostar da Josie.

E eu nem mencionei a sua comissão de frente. Viu só como sou bem-comportado?

Depois do sushi, ela me deu mais duas guloseimas para experimentar, mas nenhuma me deixou muito empolgado. Falei isso para ela nas duas vezes e Josie apenas concordou e agradeceu a avaliação sincera. Enfiando a mão no saco plástico, ela tirou o que parecia ser um bolinho tipo Ana Maria com uma camada de marshmallow por cima, imitando um *niguiri*.

— Experimente esse aqui — disse ela, entregando-me o falso *niguiri*, ao mesmo tempo em que uma brisa balançou os galhos de uma árvore perto de nós.

Levantei uma sobrancelha, olhando com incerteza.

— Você não detesta esses bolinhos Ana Maria? — perguntei.

Ela piscou para mim e respondeu:

— Você não sabe? Tudo que tem gosto bom é ruim para você.

— E mesmo assim a gente finge que é bom para nós.

— Mas, na realidade, isso não é *exatamente* um bolinho Ana Maria — ela acrescentou, apontando para a guloseima.

— O que é então? É de uma prima bastarda da Ana Maria? Um bolinho Ana Faria? Um bolinho Ana Safadinha?

— É só um bolinho recheado mesmo — disse ela, rindo de mim. — E não é desses prontos, obviamente. Eu o preparei em casa e trouxe para a aula. Eu fiz minha própria versão de bolinho Ana Maria. Assim eles não ficam, você sabe, nojentos. Experimente para você ver como são bons — ela completou.

Eu dei uma mordida e fiquei chocado com o sabor.

— Caramba! Você precisa vender esse negócio!

— Fico feliz que tenha gostado — disse Josie, com um sorriso. — E agora você cumpriu adequadamente com suas diligências como meu provador exclusivo. Você faz ideia de como foi terrível para mim enquanto esteve na África?

— Mal posso imaginar o inferno que deve ter sido ficar sem a minha presença por perto — eu respondi.

Eu havia ficado um ano junto dos Médicos Sem Fronteiras, passando uma temporada na República da África Central para ajudar as pessoas que mais sofriam por conta do conflito armado e da instabilidade no país. Foi um dos desafios mais difíceis que já enfrentei, mas ao mesmo tempo um dos períodos mais gratificantes da minha vida. Essa experiência certamente me tornou um médico melhor; e também acredito que uma pessoa mais consciente e humana.

No entanto, foi muito difícil não fazer parte das provas de guloseimas da Josie por todo esse tempo.

— Foi complicado, Chase — disse ela, com um olhar sério para me provocar. — Dia após dia eu achava que não iria aguentar.

— Aliás, falando em dias complicados, hoje mais cedo apareceu uma figura lá no PS. — Eu sabia que Josie adorava os meus contos do PS. Seus olhos arregalaram-se interessados, e ela esfregou as mãos como se dissesse "conte, conte". — Ele estava testando a integridade estrutural de um lustre... — e contei a ela toda a aventura do Aquaman.

Ela se encolheu e começou a rir.

— Bem, isso chega a superar a maluquice da minha manhã.

Espremi os olhos e perguntei:

— Não me diga que você tentou ficar mais íntima de uma batedeira?

— Há! Não. Na semana passada comecei a procurar alguém para dividir comigo um apartamento, já que a Natalie se mudou de lá.

— Ah, é mesmo? — Natalie era a antiga colega de apartamento de Josie e namorada de Wyatt. E, como eu havia acabado de descobrir, ela se mudou recentemente para o apartamento do meu melhor amigo.

— E agora eu estou com essa dor de cabeça. Hoje de manhã uma mulher que respondeu ao meu anúncio foi lá para conhecer o apê e queria saber mais sobre, nas palavras dela, as minhas "horas de silêncio". Tipo, a partir de que horas todas as luzes da casa têm de estar apagadas. — Josie virou-se para mim com um olhar que dizia que aquela era a ideia mais louca do mundo.

— E você informou a ela sobre o toque de recolher no Cafofo da Josie?

— Nove da noite. Em ponto — disse ela endireitando a coluna e fazendo graça. — Eu só não contei que depois das nove é quando eu enlouqueço e assisto séries obscenas no volume máximo.

— Como se tivesse outro jeito de assisti-las.

Ela deu um tapa na minha perna.

— Bem, mas na realidade, essa moça nem se compara à louca que queria saber se o meu prédio permitia que o morador tivesse cobras de estimação.

— Caramba! — exclamei, encolhendo-me todo. Eu aguento tranquilamente ver sangue, tripas para fora e todos os tipos de objetos estranhos nos lugares mais exóticos que se pode imaginar, mas animais que rastejam em casa? Não. Isso não dá!

Ela estremeceu.

— Juro que só o que tenho feito nos últimos dias é procurar por uma colega de apartamento decente. Mas o desfile de malucas começou assim que comecei a anunciar que buscava uma colega de apartamento, solteira, entre 20 e 30 anos. Outra louca que foi lá visitar queria saber se eu cozinhava à noite. Ela disse que "embora meu apartamento tivesse um cheiro absolutamente divino", ela precisava ter certeza de que suas narinas não seriam atacadas pelo aroma de bolo após as oito da noite. Ela disse que cheiro de comida pouco antes de sono pode ser tão incômodo como cheiro de cola de sapateiro.

— Eu jamais me incomodaria com isso.

— Se morássemos juntos, você poderia ser o provador oficial de todas as minhas experiências gastronômicas.

— Eu iria era virar um balão — disse eu, estufando as bochechas e fazendo um arco em volta do estômago.

— Duvido — disse ela, dando um tapinha rápido na minha barriga. De tanto que eu frequento a academia, ela é mais dura que uma prancha. Além disso, eu caminho e pedalo pela cidade inteira. Gosto de estar em atividade. Minha mãe dizia, quando eu era criança, que eu era uma máquina de movimento perpétuo. Ela também dizia que eu era hiperativo, sempre ligado no 220V. Mas é por isso que a medicina combina tanto comigo, e foi pelo mesmo motivo que escolhi seguir a carreira no pronto-atendimento. Fico sempre alerta, sempre em atividade e em movimento. É um constante desafio mental e físico.

— Ah, se você fosse uma garota — suspirou Josie, desapontada. — Você seria a colega de apartamento ideal para mim.

— Se eu fosse uma garota, eu ficaria brincando com meus peitos o dia inteiro.

— Não ficaria, nada.

— Ficaria, sim. — Balancei as mãos na frente do meu peito para imitar minha possível atividade caso eu fosse uma mulher.

— Deixe de ser ridículo — disse ela, dando um tapa no meu braço. — Mas chega de falar sobre mim. Você deve ter boas notícias. Conseguiu fechar aquele apartamento em Chelsea? — Ela torceu os dedos indicador e médio, fazendo uma figa. Josie sabia que eu estava, há algum tempo, à caça de uma quitinete decente ou um apartamento de um quarto. Algo para chamar de meu, sem ninguém para me incomodar no fim — ou no início — do dia.

Passei uma mão pelo cabelo.

— Não. E digamos que havia algumas condições inerentes à última oferta que me fizeram perceber que preciso começar minha busca do zero. Basicamente, a corretora que me acompanhou no último mês queria me colocar no meio de um *ménage à trois*.

O queixo dela caiu.

— É sério?

Eu confirmei com a cabeça.

— Sim, é sério. Tenho certeza de que foi uma oferta legítima, uma vez que ela me disse que também faz um ótimo ceviche. Tipo, por qual outro motivo alguém mencionaria uma coisa dessas? Claramente, ela estava usando este truque para me convencer.

Josie franziu a testa sem entender.

— Não captei a mensagem. Ceviche tem alguma coisa a ver com *ménages à trois*?

Eu ri e balancei a cabeça.

— Não. Na verdade, não faço ideia porque não é a minha praia. Só sei que ela falou tão naturalmente, tanto sobre o *ménage* quanto sobre o ceviche. E foi por isso que eu saquei que ela estava falando *bem sério*.

Josie levantou as mãos em rendição.

— Ok, você venceu. Essa é mais maluca do que a mulher do toque de recolher, a mulher das cobras e a mulher que pediu para não cozinhar depois das oito. Mais maluca que todas as minhas candidatas a colegas de apartamento juntas.

— Nem me fale. Essa história de pular de galho em galho, de corretora em corretora, está acabando comigo — eu disse com um suspiro.

Quando voltei aos Estados Unidos há alguns meses, fiquei um tempo na casa do meu irmão. Mas ele mora bem no centro e eu trabalho no extremo norte da cidade. Além do mais, não gosto da ideia de me acomodar na casa dele pro resto da vida.

— Parece que alguém me rogou uma praga para que eu nunca encontre um lugar decente para alugar. E, no seu caso, foi uma praga para não encontrar...

— Uma colega de apartamento decente. — A voz dela se perdeu enquanto olhava para mim, ou melhor, enquanto ela me encarava profundamente. E ao mesmo tempo em que ela parecia me analisar, a resposta subitamente veio à tona. A ficha caiu na mesma hora para nós dois. Pude ver no brilho dos olhos dela. E tenho certeza de que ela também viu nos meus.

— Por que não pensamos nisso antes? — ela perguntou lentamente, como se me convidasse para preencher algumas lacunas.

Eu gesticulei apontando para ela e depois para mim.

— Você quer dizer o fato de que eu posso resolver seu problema na busca de uma colega de apartamento e você pode resolver minha situação de sem-teto?

Ela fez que sim com a cabeça várias vezes seguidas.

— Só porque eu estava, inicialmente, procurando uma colega de apartamento mulher não significa que...

— Que um colega de apartamento homem não possa funcionar? — completei, e uma explosão de esperança brotou em mim. Essa poderia ser a resposta. Puta merda. Essa poderia ser a porra da resposta, e eu não teria que vender o baço, um rim ou ainda ter de aderir a uma relação poliamorosa.

Ela engoliu em seco. Parecia nervosa.

— Acha que seria esquisito? Tipo, eu sei que você queria um lugar só para você.

Balancei a cabeça com firmeza.

— A essa altura do campeonato, Josie, eu só quero um lugar *para dormir*. Você está me convidando de verdade? — perguntei, pois talvez eu não estivesse entendendo direito aquela conversa. Mas as coisas pareciam estar bem claras.

Ela levantou uma mão, como que imitando o lado de uma balança, pesando a situação.

— Eu preciso de alguém para dividir o apartamento. Eu não encontrei ninguém que não fosse doido. — Então levantou a outra mão. — Você precisa de um apartamento para morar e não encontrou nenhum lugar que não fosse amaldiçoado. — Ela juntou as mãos e as esfregou. — E não podemos deixar de considerar o fato de que nos damos muito bem, sempre foi assim.

Concordei vigorosamente com a cabeça.

— Sim, nossa amizade é digna de capa de revista.

— Pois é, será que existe nesse planeta um cara e uma garota que são tão amigos quanto nós dois?

Dei um soco no ar.

— Nem ferrando. Nunca na história do mundo.

— Além do mais, você gosta do que eu cozinho e eu gosto da sua habilidade de não monopolizar o espelho do banheiro por uma hora.

— Entro e saio em menos de cinco minutos. Aqui é beleza natural, querida.

Ela me cutucou com o cotovelo.

— Outra coisa boa é que nós dois teríamos nosso espaço. Já que eu saio bem cedo para o trabalho, nós não ficaríamos um em cima do outro no apartamento.

Meu pau ficou duro nesse exato momento, não que eu tivesse tesão por ela, mas por favor, né? A simples imagem daquele corpo maravilhoso de Josie *em cima de mim*… Eu não tinha como evitar uma ereção. E, pensando bem, se isso não acontecesse, eu precisaria urgentemente fazer um teste de disfunção erétil.

— Nós só ficaríamos um em cima do outro durante alguns segundos por dia — eu respondi, só de sacanagem, porque aquela frase tinha sido boa demais para ser ignorada. Então, para promover um pouco mais a minha imagem de bom colega de aluguel, eu acrescentei: — Também sou incrivelmente bom em alcançar objetos em prateleiras altas, abrir garrafas de champanhe, recolher o lixo e muitas outras tarefas que você não vai querer desperdiçar. Sem falar que posso dar pontos em cortes acidentais e até mesmo ressuscitar corações.

Ela tateou os lábios com o dedo.

— Até que você parece útil. E, aliás, eu tenho pelo menos uma dúzia de garrafas de champanhe à espera de serem abertas por você.

Cerrei o punho em comemoração.

— Isso significa que você vai tirar o anúncio para colega de apartamento? Tipo, agora?

Ela pegou o telefone e retirou o anúncio do jornal. Simples assim.

Capítulo 3

Das páginas do Livro de Receitas da Josie

SUSHI DE SWEDISH FISH OU BALAS GUMMY DA JOSIE

INGREDIENTES
1 colher de sopa de manteiga
12 marshmallows (Mas, por favor, use o tipo sem gelatina, porque gelatina é simplesmente uma coisa nojenta.)
2 xícaras de cereal de arroz tufado
4 folhas de fruta para enrolar
Balinhas de goma em forma de peixe
(O número de peixinhos cabe a você. Minha regra de ouro é usar quantas balas precisar para a receita, lembrando que você vai querer comê-las enquanto faz o sushi)

MODO DE FAZER
1. Derreta a manteiga em uma caçarola média no fogo baixo e acrescente o marshmallow. Mexa os marshmallows até que todos eles tenham derretido por completo.

   Falando em derreter, não é assim que me sinto com relação ao Chase Summers. Não importa o quanto ele seja bonito. Juro que aquele cara não me deixa derretida. No entanto, ele me faz rir, e esse é um dos muitos motivos por que sugeri que ele se mudasse lá para casa. Morar com o Chase vai ser como viver em uma série de TV. Exceto, você sabe... a nudez. A menos que eu o espie no chuveiro. Mas é óbvio que eu não vou fazer isso.

2. Adicione o cereal e mexa até que esteja homogêneo.

3. Desenrole as folhas de frutas e despeje a mistura cuidadosamente sobre elas.

4. Disponha uma linha de peixe de goma sobre a mistura.

5. Enrole a folha de fruta com a mistura e os peixinhos de goma dentro. Gentilmente. Sushi doce exige um toque sutil e sensual.

6. Mergulhe uma faca afiada numa tigela com água bem quente. Fatie. Sirva.

7. Divida com um amigo.

Passo opcional: parabenize-se pela melhor ideia de todas – dividir o apartamento com um ótimo amigo, que a faz rir e a ajuda com os afazeres da casa. Nós combinamos demais.

Capítulo 4

JOSIE E EU CAMINHAMOS PELA CIDADE COMO DOIS GENE-rais conquistadores que uniram forças no campo de batalha do mercado imobiliário de Nova York. Agora, deixamos a carnificina para trás a fim de nos dedicarmos às leis do nosso novo futuro.

Já que Josie e Natalie, depois que Charlotte se mudou, assumiram um contrato de locação renovável mensalmente, nós pagaríamos o aluguel para um tal de Sr. Barnes. Ele é o proprietário do lugar, e Charlotte deixou a documentação toda arrumada para transferir seu aluguel quando ela eventualmente se mudasse. E nunca acredite se alguém te disser que encontrar um imóvel em Nova York *não* se trata de uma questão de sorte e de bons contatos.

— Eu não tenho muitas regras, mas vou ser franca. Detesto meias sujas, então, por favor, não seja muito desleixado — disse Josie enquanto caminhávamos até seu apartamento na Murray Hill e eu prestava atenção no estalado de suas sandálias na calçada. A saia curta que ela estava usando exibia suas pernas, tonificadas pelo fato de ela ser jogadora de futebol na liga amadora. Mas eu não estava reparando nas pernas dela. Aquelas pernas fortes e definidas.

Eu apenas respondi, brincando.

— Sou praticamente o cara mais organizado que você já viu.

Ela me olhou de soslaio.

— E você tem certeza de que é hétero?

Levantei as mãos e disse:

— Querida, homens heterossexuais também podem ser limpos e organizados. Nada de criar estereótipos, ok?

Ela riu e me deu uma leve cotovelada nas costas enquanto seguíamos caminhando.

— Estou só provocando. Eu já conheço bem essas suas qualidades: sua heterossexualidade, higiene e organização, doutor Gostosão — disse ela, assim que passamos na frente de uma floricultura. O apelido quase me fez tropeçar de susto, mas antes que eu pudesse perguntar por que ela havia me chamado por aquele nome, e se ela realmente achava isso de mim, ela logo mudou de assunto. — Quanto a músicas, barulhos, televisão, todas essas coisas, só o que peço é que sejamos respeitosos um com o outro. Eu acordo cedo para abrir a confeitaria, e preciso de uma boa noite de sete horas de sono, caso contrário me transformo numa bruxa.

— Você? Uma bruxa? Duvido.

Ela soltou uma risada malévola e curvou os dedos em forma de garras.

— Se eu não dormir direito, visto chapéu pontudo e saio de vassoura na companhia do meu gato preto.

— Fique tranquila que eu não perturbarei seu sono com rock pesado, nem com os meus audiolivros no volume máximo — eu disse, conforme nos aproximávamos do cruzamento para esperar que o homenzinho do sinal ficasse verde. — Além do mais, sou grande fã dos meus headphones. Meu relacionamento com eles deve ser o mais longo que já tive na vida.

De fato, ele supera o relacionamento de um ano com a minha ex, uma colega médica chamada Adele, que, na realidade, durou onze meses a mais do que deveria ter durado. Uma nuvem negra pairou sobre meus pensamentos; não gosto de pensar na garota que, em outros tempos, já tinha sido minha melhor amiga. Basicamente, tento evitar ao máximo pensar na Adele.

— Estamos de acordo quanto a horários, limpeza e culinária, e nossas agendas se encaixam bem. Ah, e o aluguel tem que ser pago no primeiro dia do mês para o senhor Barnes, e se você quiser se mudar imediatamente, acho ótimo. — Ela disse isso e logo pareceu se arrepender de ter dito para eu me mudar tão rápido. Mas, caramba, eu tinha acabado de me tornar um sem-teto, portanto a oferta dela para eu me mudar imediatamente me parecia ótima.

— Pode ser nesse fim de semana — eu disse.

— Graças a Deus — disse ela, expirando aliviada. — Tenho que te contar. Eu tomei um empréstimo há alguns meses para ampliar a confeitaria e tenho feito um belo sacrifício para pagar as prestações e o aluguel na íntegra. Até dá para bancar, mas eu preciso muito de alguém para dividir os custos. Por isso que estou tão feliz por você poder se mudar agora. Você salvou minha pele, Chase.

Eu apertei o ombro dela.

— Você sabe que pode sempre contar comigo, Josie. Eu tenho um contrato de um ano no hospital, portanto não pretendo mudar de cidade tão cedo. Sem falar que você está salvando minha pele também, então estamos quites.

— Que bom. Preciso de você não só por conta de sua boca talentosa — disse ela, e eu pisquei e a encarei, tentando ver se ela tinha percebido o teor da frase que ela havia acabado de dizer. Se não, eu a faria perceber.

Arqueei minhas sobrancelhas e disse:

— Minha boca é realmente muito talentosa. E sabia que minha língua tem habilidades incríveis também?

Revirando os olhos, ela deu um riso discreto.

— Ok, essa eu mereci. Eu praticamente pedi pra você zoar com a minha cara.

Eu concordei.

— Você não pode dizer coisas desse tipo e esperar que eu não faça algum comentário.

— Ah, pode acreditar, eu conheço bem seu nível de comentários indecentes, e você tem muita sorte que eu os ache divertidos. Inclusive, seus comentários obscenos estão me fazendo esquecer das dicas e orientações sobre compatibilidade de colega de apartamento que eu deveria repassar com você. — Ela parou na frente de uma alta igreja de pedra, e olhou o céu azul e sem nuvens como se contemplasse alguma coisa, mas em seguida deu de ombros e estampou um sorriso de felicidade no rosto. — Eu preparei uma lista de perguntas para fazer a potenciais novas moradoras, mas agora não importa mais. Eu sei que nós somos compatíveis.

Abri bem meus braços para ela.

— Eu sou um cara fácil. O que você vê é exatamente o que eu sou.

— E você sabe que eu adoro isso em você — disse ela, à medida em que chegávamos ao nosso destino após cruzar a cidade.

Nós nos conhecíamos há anos, e Josie e eu nos demos bem desde o primeiro dia. Quando visitei a casa dos pais dela, com Wyatt, no primeiro ano da faculdade, rolou uma identificação imediata. Logo na primeira vez que entrei pela porta do sobrado da família em Upper West Side, ela nem hesitou em me abraçar e me dar as boas-vindas à casa deles. Depois do abraço, ela empurrou um prato de pequenos cupcakes na minha cara, e o resto é o que vocês já sabem.

Ela estava voltando da faculdade para casa na mesma época que eu, e um dos motivos pelos quais nos demos tão bem foi por termos a mesma idade. Como pulei duas séries no colégio, acabei entrando muito cedo na faculdade, com 16 anos. Wyatt e eu estudávamos na mesma turma, mas ele é dois anos mais velho.

Eu costumava passar muitos fins de semana na casa de Wyatt, uma vez que meus pais moravam nos arredores de Seattle e eu pouco voltava pra casa. Junto ainda de Nick, o irmão gêmeo de Wyatt, nós formávamos a turma que saía sempre junto naqueles longos fins de semana, indo ao cinema, perambulando pela cidade, procurando bandas boas nos bares e visitando — ironicamente, é claro — armadilhas turísticas, como o museu de cera na Times Square, só para tirarmos as fotos mais zoadas que conseguíssemos.

Nas baladas, Nick e Wyatt tiravam sarro de mim e da Josie porque não tínhamos a idade mínima para beber. No entanto, a nosso favor, descobrimos que nós dois formávamos uma poderosa equipe no jogo de tabuleiro Scrabble, humilhando os gêmeos em todas as jogadas. Eu conhecia palavras difíceis de ciência, como "dispneia" e "zigosidade", e Josie, a estudante de literatura, sempre aparecia com alguma solução, inclusive encontrando palavras de apenas duas letras. Certa noite, nós destruímos aqueles desgraçados com as palavras "tergiversar", "prolegômenos" e "perdulário".

O prêmio?

Eles tiveram que comprar cerveja para nós. A vitória nunca foi tão saborosa.

Engraçado que, mesmo Wyatt sendo meu grande amigo, consegui também ficar muito amigo da irmã dele. Claro que deve ter ajudado o fato de Wyatt saber que não havia nada rolando entre Josie e eu. E, pense bem, de que outra forma você conseguiria explicar o fato de um garoto manter uma amizade com uma garota por tanto tempo? Era óbvio que eu não estava a fim dela.

Além do mais, eu já tinha aprendido, da pior forma possível, que entrar num relacionamento com uma amiga só podia acabar em sofrimento. Obrigado, Adele, por aquela pequena lição. Nunca mais faço isso. Jamais.

Quando chegamos à Quinta Avenida, Josie pigarreou, trazendo minha atenção de volta ao presente.

— Mas tem uma coisa da minha lista que eu quero te perguntar.

— Pode perguntar.

— Em que pé está a sua vida amorosa nesse momento? Duas pessoas prestes a morarem juntas precisam saber esse tipo de coisa, você não acha?

Ela olhou bem dentro dos meus olhos. A pergunta me pegou de surpresa. Será que realmente não sabe sobre a situação da minha vida amorosa?

— Não estou envolvido com ninguém. Mas isso você já sabia.

Josie ergueu as mãos, de maneira quase defensiva.

— Eu não queria supor nada. Mas você podia ter conhecido uma gatinha na noite passada — disse ela, timidamente.

Eu apenas ri.

— Não. Ontem à noite, eu pedalei 40 quilômetros com o Max depois do trabalho. Estamos nos preparando para o circuito de 160 quilômetros que queremos fazer no fim do verão. — Levantei o queixo na direção dela, como se algo estivesse agarrado a minha garganta e, por isso, tive de fazer força para que as palavras saíssem. — E você? Está envolvida com alguém?

Por que parecia que eu estava coaxando? E por que eu estava cerrando os punhos, na tensão da possibilidade de ela dizer que sim?

Ela balançou a cabeça ao cruzarmos a avenida em direção ao apartamento. Eu nunca tinha visitado a casa de Josie, mas eu sabia onde ela morava. Ela havia se mudado para lá na época em que eu estava na África.

— Não.

Exalei um estranho suspiro de alívio. Então disse a mim mesmo que aquela minha reação foi apenas porque achava que seria mais fácil dividir o apartamento com uma pessoa que não estivesse enrolada com alguém. As pessoas costumam ser chatas e ciumentas em relacionamentos, independentemente do gênero.

— Legal — eu disse, mantendo a voz tranquila.

— Mas eu comecei a testar esses aplicativos pra encontrar alguém.

Meu estômago se revirou.

— Por que você faria uma coisa dessas?

Josie olhou para mim como se eu fosse maluco.

— E por que eu não faria? Eu tenho 28 anos e estou solteira nessa cidade. Qual é o problema de eu conhecer um cara legal?

— E você acha mesmo que vai encontrar esse cara legal na internet? Um príncipe encantado virtual?

— E por que não? É assim que as pessoas se conhecem hoje em dia. — Ela deu de ombros. — Onde você encontra mulheres?

A maioria das mulheres com quem me envolvi nesses meus quase 30 anos de idade, para ser sincero, é médica ou enfermeira. Algumas exceções são garotas que conheci em algum bar e levei pra cama. Ei, isso acontece. Mas é óbvio que não conto essas coisas para Josie.

— No trabalho, normalmente. É lá onde conheço as pessoas. — Esfreguei uma mão na mandíbula, assimilando o que essa história de aplicativo para procurar pretendentes poderia significar. — E você vai levar esses caras que conhece na internet lá para o apartamento?

Ela soltou uma gargalhada.

— Você disse isso com cara de quem está chupando um limão azedo.

E meio que era isso mesmo. E, sendo muito sincero, eu ainda não tinha parado para analisar essa parte da equação de morarmos juntos. Embora não tivesse achado que nenhum de nós adotaria uma vida monástica de celibato, também não calculei o impacto que a vida amorosa de um pudesse causar no outro. Merda, agora preciso pensar em como vou lidar com a possibilidade de vê-la trazer outros caras para dentro de casa. Só de pensar em encontrar uma meia na maçaneta quando eu estiver de saída para o trabalho, já começo a sentir náusea.

— Você vai colocar uma meia na maçaneta para que eu não faça barulho?

Ela deu uma piscadela.

— Não, prefiro colocar uma calcinha preta de fio dental bem sexy.

Eu quase tropecei numa rachadura da calçada. Ela ficaria o máximo com uma calcinha preta de fio dental. Ficaria o máximo também com uma calcinha rosa. Ou uma branca. Aliás, qualquer cor. Ai, cacete, daqui a pouco vou vê-la andando pela casa só de…

— E só para constar, eu não costumo ficar andando pelo apartamento só de calcinha, sutiã e salto alto.

E lá se vai meu sonho pelo ralo. Mas talvez eu possa mudar esse quadro.

— Será que não posso fazer nada para que reconsidere a possibilidade de se vestir assim em casa? Digamos, daqui uns três dias, depois que eu já tiver me mudado?

Ela soltou uma risada e balançou a cabeça.

— Acho que nenhum de nós dois vai querer ser surpreendido só com roupas íntimas, né? Sejamos honestos. Eu estava procurando uma colega de apartamento mulher exatamente porque é mais fácil duas mulheres morarem juntas. E você estava procurando um apartamento só para você. Mas nenhum dos dois teve sorte. Portanto, teremos que ser gentis e cuidadosos com o fato de que somos um homem e uma mulher, que são muito amigos, morando juntos. Vamos ter que nos adaptar a eventualmente conviver com o outro trazendo pessoas para casa, certo?

Eu concordei com a cabeça. Ela estava certa, mesmo eu querendo que não estivesse. E embora eu não estivesse mais no ritmo de pegar uma mulher por noite, havia algo de estranho em levar uma namorada para o apartamento que eu iria dividir justo com a Josie. Mesmo assim, era melhor estar preparado para o pior.

— Sim, mas nós vamos precisar bolar um esquema.

— Exatamente.

— Devemos fazer o que qualquer bom colega de quarto faz? Trepar com a pessoa no banheiro do bar antes de ir para casa — sugeri na maior inocência, piscando os olhos rapidamente.

Ela estapeou meu braço enquanto atravessávamos a rua.

— Você é terrível. Quero apenas dizer que vamos precisar de um código secreto. Um aviso básico. Tipo, fica combinado que, quando isso acontecer, nós mandamos uma mensagem com tal palavra para o outro.

— Tipo, aardvark? Sempre achei que aardvark seria um ótimo código, porque fica bem na cara que é um código.

Josie caiu na minha conversa.

— Feito, então será aardvark. Mas e se as coisas ficarem estranhas entre nós?

— O que ficaria estranho entre nós?

Ela deu de ombros.

— Sei lá. E se eu chegar em casa enquanto você estiver no banho, como eu vou saber que é para ficar longe do banheiro?

Franzi a testa sem entender.

— O som do chuveiro já não seria um aviso suficiente?

37

Ela estalou os dedos.

— Bem pensado. Mas na realidade eu estava pensando mais... no caso de começarmos a sentir algo estranho um pelo outro... — Ela fez um gesto entre nós, apontando para mim e para ela repetidas vezes.

Ahhhhhh, agora eu entendi, fingi sussurrar.

— Você quer dizer — eu disse, alongando-me em cada sílaba —, ten-são se-xu-al?

Suas bochechas ruborizaram na mesma hora.

— Não. Quero dizer coisas esquisitas mesmo. Não me refiro a *isso*. É só que somos um homem e uma mulher morando juntos. É bom estarmos preparados para qualquer... esquisitice.

— Estou só brincando, Josie — eu disse, abraçando-a de lado. — Nunca vai ficar nenhum clima esquisito entre nós. Mas, se porventura isso acabar acontecendo algo assim, apenas diga "Swedish Fish". Essa vai ser nossa senha para indicar esquisitices.

— Mas, aí, como neutralizamos a tensão?

Pensei, toquei meu queixo e disse:

— Essa é uma excelente pergunta.

Nenhum dos dois tinha uma resposta.

Alguns minutos depois, entramos no prédio, fomos até o elevador e subimos seis andares. Conforme caminhávamos pelo corredor, ela começou a me adiantar.

— Os dois quartos são minúsculos. Quando a Charlotte se mudou daqui para morar com o Spencer, o senhor Barnes aprovou que transformássemos o quarto do apartamento em dois, assim a Natalie poderia morar comigo. E Wyatt nos ajudou com isso.

Ela destrancou a porta de entrada, mostrou-me a sala de estar e, por fim, abriu a porta do meu novo quarto.

Minhas sobrancelhas subiram até o cabelo de susto. O quarto era do tamanho de... bem, de um colchão. A cama estava encostada na parede, e se o outro quarto fosse do mesmo tamanho que aquele, isso significava que minha cama estaria ao lado da cama dela.

Só uma fina parede entre nós.

Haja Swedish Fish...

Capítulo 5

A GARGALHADA DO MEU IRMÃO PÔDE SER OUVIDA POR todo o Battery Park enquanto ele lubrificava a correia da sua bicicleta. A luz de um poste iluminava seu trabalho e o sol começava a despontar no horizonte. Era cinco e meia da manhã de uma sexta-feira e estávamos nos preparando para nossa pedalada.

Conferi a pressão do pneu da minha bicicleta e virei a cabeça para olhar para Max.

— Eu não entendi qual é a graça!

Ele limpou a correia com um trapo, verificando se havia graxa suficiente.

— Mas isso que você acabou de me dizer é muito engraçado.

— Que eu vou morar com a Josie?

Ele fez um sim acelerado com a cabeça.

— Exatamente. E eu que achava que você era o gênio da família... Acho que você deve ter se esquecido de tomar uma dose de bom senso no dia em que decidiu isso — disse ele, girando a correia.

O ganha-pão de Max era fazer customização em carros, portanto esse tipo de ritual inicial fazia parte de sua rotina diária. Além disso, havíamos programado um treino de quase 50 quilômetros, por isso era importante garantir que as bicicletas estariam prontas para o desafio. E, com esse circuito de 160 quilômetros à vista, estávamos treinando quase todas as manhãs. Nós fazíamos parte de uma equipe que arrecadaria fundos para melhorar a prestação de atendimento médico para os veteranos.

Levantei-me, apoiando a mão no banco da bicicleta.

— Essa escolha foi totalmente baseada no bom senso. Nós somos amigos há uma eternidade. Eu preciso de um lugar para morar e ela de alguém com quem dividir as contas. E lembre-se que foi você quem me botou para fora.

Max também se levantou, exibindo toda sua altura. Eu já me considero um cara alto, mas ele supera os meus um metro e oitenta e três, e é bem mais largo. Ele é basicamente a definição da palavra intimidação, principalmente considerando seus músculos enormes e os olhos pretos. Mas ele sempre foi um cara muito tranquilo e simpático, então seu biótipo gigantesco não chegava a impressionar.

Ele apontou para o meu peito.

— Ei, eu não coloquei você para fora. Eu falei que você era bem-vindo para ficar sob a barra da saia do irmão mais velho todo o tempo que precisasse — disse ele, apontando para o luxuoso arranha-céu onde ele morava. Eu já tinha pedalado uma boa distância do centro até ali para encontrá-lo.

— Eu sei…, mas é muito longe do hospital. O apê da Josie é bem mais perto. Levo só dez minutos para chegar ao trabalho da casa dela, em vez dos quase 50 minutos saindo daqui.

Ele deu um tapinha no meu ombro.

— Cara, duvido que quarenta minutos a mais em cada percurso justifiquem a decisão de você ir morar com uma garota por quem você morre de tesão. Isso é loucura!

Fiz uma cara de desentendido.

— Eu não morro de tesão pela Josie. Somos amigos há muito tempo.

Max olhou para mim como se quisesse me incinerar. Ok, ele não é tão simpático e tranquilo assim. Eventualmente, ele pode ficar assustadoramente irritado.

— Você acha ou não acha ela gostosa?

Eu me esforcei para me conter diante daquela pergunta. Além do mais, a resposta era meio óbvia. Tão óbvia quanto o fato de que ela era a melhor confeiteira do mundo…

— Sim, eu acho a Josie gostosa. — Max deu um riso debochado, mas eu levantei um dedo para corrigi-lo. — Porém, apenas diante de uma análise puramente empírica e científica.

Ele balançou a cabeça como se não acreditasse em mim, então resolvi completar:

— E é importante ressaltar que nunca fiz nada a respeito. E isso porque sou um cara extremamente evoluído. Posso admirar a aparência de uma mulher sem necessariamente querer transar com ela a todo custo.

Max me deu outro tapinha nas costas.

— Então eu torço para que você e seu apreço puramente científico pelos atributos físicos de Josie não enfrentem problemas por estarem em tamanha proximidade com todos os ativos empíricos dela — disse ele, pegando o capacete que estava no guidão, prendendo com uma só mão e, em seguida, montando na bicicleta.

Também montei na minha e logo o questionei:

— Por que você acha que não vou conseguir aguentar morar com ela? A Josie é o máximo, e a gente se dá superbem.

A risada dele mais uma vez foi suficiente para me responder.

— Porque tá na cara que você gosta dessa garota.

Fomos pedalando para longe do parque, em direção à ciclovia do Rio Hudson, junto com muitos outros ciclistas da madrugada.

— Você está viajando. E, aliás, não podemos deixar de lado o fato de que eu, para minha própria surpresa, nunca dei em cima dela. Você não acha que se eu realmente sentisse alguma atração, algo já teria acontecido, pelo menos uma vez, nesses anos todos em que somos amigos?

Meu irmão balançou a cabeça em descrédito. Estávamos, agora, pedalando lado a lado na via.

— Não. Mas agora você está subindo de nível nessa situação toda. Sabe aquele papo de jogar um fósforo aceso num galão de gasolina?

— Hum... — adotei um tom sarcástico. — Não entendo muito bem o que você quer dizer com isso.

Ele torceu o nariz.

— Eu daria um croque na sua cabeça se não estivéssemos pedalando.

Nossas bikes foram acelerando conforme percorríamos o trajeto plano, contornando com cuidado os pedestres que dividiam a via conosco.

Assim que ultrapassamos um pelotão de corredores, eu o provoquei:

— Você me daria um croque — eu gritei —, se conseguisse me alcançar.

E, então, passei os 50 quilômetros seguintes mantendo um ritmo forte para ficar algumas bicicletas à frente do meu irmão. Quando terminamos, meu coração estava superacelerado e o suor escorria pela testa. Descemos de nossas bikes no mesmo local em que começamos, no Battery Park.

Então, olhei para o relógio.

— Ufa, ainda temos tempo para um café da manhã reforçado antes do trabalho. — Ainda faltava uma hora para o início do meu turno no hospital. As sextas-feiras costumam ser agitadas no PS, então, provavelmente, aquela seria minha única refeição do dia.

— Ótimo, vamos nessa.

— Ah, a propósito, é exatamente desse jeito que pretendo conciliar minha vida morando com a Josie. Como fiz agora com você, ficando à sua frente durante todo o percurso. É só eu acelerar diante de quaisquer potenciais complicações — eu disse, enquanto caminhávamos até nosso restaurante predileto do outro lado da rua.

— Continue dizendo isso para si mesmo.

Passamos o cadeado nas bicicletas e entramos para fazer nosso pedido.

E aquilo era exatamente o que eu pretendia fazer: continuar repetindo essa teoria para mim mesmo após me mudar para minha nova casa no fim de semana.

Capítulo 6

APONTEI PARA O SUPORTE ESTRANHO DE MADEIRA COM um gancho no topo.

— Isso. Me explique isso.

Josie colocou as mãos na cintura e respondeu:

— Isso é um suporte para bananas.

Fechei a cara para ela.

— Eu sei ler. Não estou perguntando *o que é isso*. Quero saber *por que* essa coisa existe. — Peguei o objeto da prateleira da *Bed Bath & Beyond*, mais conhecida como Império das Inutilidades. Tenho certeza de que há algum tipo de vórtex ou campo de força bem no meio dessa loja, atraindo os artigos de casa mais esquisitos, bizarros e peculiares do mundo. — Por que as bananas não podem ficar sobre a bancada da cozinha? Ou, quem sabe, numa tigela?

— Talvez bananas gostem de ficar penduradas? — ela sugeriu. — Assim elas ficam mais à vontade, têm mais liberdade?

Dando um tapa na minha própria testa, continuei dando corda.

— A-há! Claro, isso faz muito sentido mesmo.

— Só estou aqui para ajudar. — Ela puxou a manga da minha camisa. — Mas podemos, por favor, ir direto ao corredor das roupas de cama? Você não pode dormir num colchão sem nada.

43

— Vamos lá, mas fique sabendo que eu posso muito bem dormir sem nada num colchão — eu repliquei, fazendo-a rir conforme caminhávamos por outro corredor lotado de coisas desnecessárias.

Era uma da tarde, e eu tinha me mudado naquela manhã. Ao todo, a mudança durou duas horas. Como passei meus 20 e poucos anos no alojamento da faculdade de medicina e depois no da residência, eu não tive muito tempo — ou necessidade — de comprar coisas para mim, então, quase tudo o que eu tinha cabia numa mala. E dentro dela não havia lençóis para uma cama queen size. Logo, estava passando meu sábado numa loja *Bed Bath & Beyond*, que era mais ou menos como navegar por uma postagem do *Buzzfeed* com o título "Dez coisas que jamais usarei".

Bem, na realidade, aquilo estava mais para quinhentas coisas que jamais usarei. Opa, espere! Quinhentas e uma coisas, porque tinha acabado de avistar um item que seria o novo número um dessa lista.

— Não pode ser! — eu disse, correndo em linha reta até uma prateleira todinha dedicada a maçaricos de crème brûlée. Peguei um prateado e o ergui. — Por favor, diga que podemos fazer uma *open house* na qual você fará um crème brûlée e eu entro com toda pompa na cozinha — disse eu, estufando o peito e fazendo uma voz grave —, só para poder caramelizá-lo com meu maçarico, e então todos farão "oohh!" e "aahh!" com o fogo másculo que eu trarei para incinerar sua sobremesa.

Ela arqueou a sobrancelha.

— Um fogo másculo?

Acenei vigorosamente com a cabeça.

— E, em seguida, você permitirá que todos os convidados me deem um soco na cara por eu ser um completo idiota que tem um maçarico de crème brûlée.

Espremendo os olhos, ela perguntou incrédula:

— Você iria mesmo querer que as pessoas dessem socos na sua cara?

E eu respondi para ela com toda a seriedade do mundo.

— Se eu algum dia vier a comprar um maçarico de crème brûlée, você tem carta branca para enfiar a mão na minha cara, Josie. Aliás, mais do que carta branca, este é um apelo que eu te faço. — Coloquei o maçarico na prateleira, peguei a mão dela e a pressionei forte contra a minha. — Prometa para mim que você vai me esmurrar se um dia, por acaso, eu vier a comprar um maçarico de crème brûlée, um cabide de gravatas rotativo ou mais de

44

um tipo de ralador de queijo. Isso faz parte de nosso pacto de colegas de apartamento, ok?

Ela segurou minha mão com mais força ainda, e os olhos dela brilharam com intensa seriedade.

— Eu juro solenemente esmurrá-lo sob todas as circunstâncias supramencionadas. Como prova irrefutável de nossa amizade e de solidariedade entre colegas de apartamento.

— Você é uma santa — eu disse, colocando uma mão por trás da cabeça dela e a puxando para perto a fim de dar um beijo em sua testa.

Caramba, por que a pele dela tem que ter esse cheiro tão doce e sensual? Que cheiro delicioso era aquele, meu Deus? Será que... puta merda. *Cerejas*. Ai, caramba, ela tem cheiro de cereja. A fruta mais perfeita do verão. A fruta mais lasciva. Logo depois do beijo, comecei a imaginar se aquele aroma de cerejas era do creme para o rosto, do xampu ou da loção corporal.

Loção corporal.

Minha mente começou a divagar a esmo. E, então, a associação de imagens começou. Pois o que mais combina com loção corporal do que nudez?

Uma mulher nua no chuveiro. Lavando seu corpo. Ensaboando. Enxaguando.

Ai, que saco.

Pare de pensar nessa porra, Summers.

Enterrei aquelas imagens no canto mais escuro do armário da minha mente e me afastei de Josie, deixando as perguntas sem serem respondidas. Sem demora, abri um sorriso de orelha a orelha.

— Obrigado por se comprometer a não deixar que eu me torne um completo idiota.

— Pode contar comigo — respondeu ela, dando-me um tapinha nas costas.

Então Josie avistou e apontou para umas forminhas de cupcake. Ela parecia ofegar como um cachorro.

— Eu. Preciso. Daquilo.

— Mas você já não tem umas vinte daquelas, de todas as cores e formatos possíveis?

Ela concordou com a cabeça ao mesmo tempo em que pegava uma da prateleira.

— Sim. Mas eu preciso de mais. — Ela girou e esticou a mão na direção de outra coisa. — E isso é um alisador de glacê. Eu preciso muito de um novo. Minha Nossa, este corredor parece uma verdadeira seção de pornô para confeiteiros — completou ela, alegremente.

— Pornô para confeiteiros. Essa é boa — disse eu, oferecendo-me em seguida para ajudá-la a segurar os produtos. Depois que ela os entregou a mim, coloquei-os embaixo do braço.

Quando viramos para seguir para a seção seguinte, Josie parou de repente e deu um tapa numa grande caixa prateada.

— Responda rápido. Máquina de fazer de waffles. Este é o verdadeiro teste para ver se somos realmente compatíveis como colegas de apartamento. Nós precisamos de uma máquina de fazer waffles?

Olhei para ela com os olhos semicerrados e, então, bati com força com a palma da mão numa parte da prateleira que estava livre, como se estivesse batendo na buzina de um desses programas de auditório.

— E a resposta correta é… não. Nunca. É para isso que servem os *brunches* de domingo.

Tocamos as mãos no ar em comemoração.

— Você venceu essa rodada do *Quem é o melhor colega de quarto*. Porque quem vai querer comprar uma monstruosidade dessas só para fazer waffles uma vez por ano e, depois, ficar com esse trambolho ocupando o maior espaço na bancada da cozinha de um minúsculo apartamento de Nova York?

— Esse cara que não é — disse apontando para mim mesmo.

— Nem essa garota.

Caramba, nós éramos o máximo nessa história de morar juntos.

Continuamos desbravando a loja.

Em nossa jornada de busca por roupa de cama, passeamos por uma seção só de arandelas. Agora, fala sério, que merda é essa de arandelas? Será que alguém sabe o que são arandelas? Não, ninguém sabe, porque esse objeto nem deveria existir. Depois, uma ala inteira de máquinas de fazer sorvete de última geração, o que me forçava a me perguntar: *quem, na face da Terra, decidiu que nós deveríamos fazer nosso próprio sorvete? Será que as pessoas não conhecem, sei lá, a Ben and Jerry's, a Häagen-Dazs ou a sorveteria da esquina?*

No fim de um labirinto de corredores e escadas rolantes, chegamos às roupas de cama. Parei ali mesmo, só piscando os olhos. Tinha muita, muita, muita opção. Eu não fazia ideia de por onde começar.

— Josie, deve ter pelo menos uns 500 tipos de lençóis aqui — disse eu, com um tom sério.

— É bom ter poder de escolha — disse ela, com a mão apoiada no queixo, enquanto verificava algumas das opções disponíveis.

Analisei as fileiras e mais fileiras de lençóis azuis-marinhos, pretos, brancos, com bolinhas e outras estampas mais masculinas, e fiquei totalmente sem reação. Por que comprar roupa de cama tinha que ser algo tão complicado? Juro que reanimar um coração é mais fácil do que encontrar a contagem de fios mais adequada.

Apontei para as montanhas de algodão egípcio.

— Mas cada um deles se diz melhor que o anterior. E se eu pegar o macio de 300 fios e ficar imaginando que o de 500 fios era muito melhor? Ou será que eu preciso do melhor de todos, com 800 fios? Como é que se decide isso?

Ela pegou um pacote de lençol de 400 fios e o colocou nos meus braços com uma autoridade que foi... muito atraente.

— Simples assim.

— Caramba, mulher. Como você decidiu tão rápido? — eu disse, estalando os dedos.

— Com lençóis brancos não tem erro. E estes aqui são suficientemente macios — disse ela, afagando a embalagem plástica do lençol.

Meus olhos viajaram nos dedos dela, e fiquei observando-os sem piscar conforme ela alisava o lençol. Minha mente foi muito além, imaginando como seria sentir os dedos de Josie percorrendo meu abdômen... ou ainda se a barriga dela seria tão suave quanto aquele lençol.

Sacudi a cabeça. É claro que ela era suave. Ela tinha que ser suave. Normalmente as mulheres são assim, não há dúvidas quanto a isso.

— Ok, já me convenceu — eu disse, enfiando o lençol embaixo do braço com o resto das nossas coisas e saindo de perto da seção de roupas de cama para que não surgissem mais fantasias na minha mente, graças à livre associação de Josie, lençóis, dedos, afagos, pele macia, cerejas ou qualquer outra porcaria.

Quando estávamos prestes a deixar aquela seção, ela parou diante de uma pilha gigante de almofadas aveludadas, de todas as formas e tamanhos.

— Eu preciso de uma almofada nova.

Franzi a testa sem entender.

— Para quê?

Ela pegou uma almofada azul-marinho com lantejoulas nas bordas e a apertou contra o peito.

— Porque eu amo almofadas.

— Você é uma almofadófila?

— Total almofadófila.

Jogando a almofada de volta na pilha, ela afundou a mão e remexeu nas que estavam por baixo de tudo, vasculhando um mar de almofadas coloridas. Algumas eram quadradas, outras redondas, outras cilíndricas. Ela encontrou uma mais alongada de cor verde-esmeralda e logo se animou.

— Veja! — O rosto dela ficou tão iluminado quanto se tivesse encontrado um tesouro escondido.

— De onde vem todo esse seu amor por almofadas, Josie?

Abraçando-a com toda sua força, ela respondeu:

— Almofadas são simplesmente maravilhosas. Podemos tirar um cochilo com elas. E além do mais — disse ela, fazendo sinal com o dedo para que eu me aproximasse e ela pudesse sussurrar — elas são amigas dos peitos.

E, no exato momento em que ela disse isso, eu me transformei num personagem de desenho animado que fora abatido. Foi como se eu tivesse sido acertado por um golpe de safadeza e a parte depravada do meu cérebro tivesse ficado em polvorosa.

— Amigas dos peitos?

Josie levantou as sobrancelhas e recuou para o corredor mais próximo das almofadas.

Eu a segui.

Aliás, eu a seguiria para onde ela quisesse naquele momento, porque ela tinha acabado de proferir minha palavra favorita. *Peitos*. Para que conste, minha segunda palavra favorita é seios. A terceira é tetas.

Ela mordiscou o lábio, olhou para os lados e colocou a almofada bem no meio do vale dos deuses entre seus peitos.

Eu gemi.

Em voz alta.

E meu pau ficou todo animado dentro da calça, aquele maldito sem-vergonha.

Então, como se nada fosse, Josie Hammer começou a contar uma historinha.

— Era uma vez, eu tinha um crocodilo de pelúcia. Ele era uma criaturinha verde que morava na minha cama, um presente de quando eu era mais nova e tinha uma paixão pelo livro *Lilo, o Crocodilo*. Eu o fazia falar e acabei chamando-o de Lilo também.

— Muito criativo.

Os olhos dela piscaram.

— A verdadeira criatividade foi quando, na pré-adolescência, eu descobri o verdadeiro propósito de Lilo. Tipo, ele foi muito útil para esse meu amadurecimento precoce. Quando eu tinha 12 anos e esses carinhas começaram a crescer... — disse ela, apontando para aqueles orbes simplesmente magníficos — eu comecei a dormir com o Lilo, o Crocodilo.

— Você dormia com o crocodilo de pelúcia? — perguntei, com a garganta tão seca quanto meu pau estava duro.

Ela fez que sim com a cabeça e abraçou mais forte a almofada verde entre os peitos.

— Mas por que você dormia com ele? — perguntei, pois a resposta me escapava.

Tombando o corpo um pouco de lado e transferindo o peso para a direita, ela respondeu:

— Porque quando a gente dorme de lado, esses bebês meio que caem um sobre o outro e se esmagam. E isso é um pouco desconfortável.

Sei bem, deve ser exatamente como a pressão na minha calça naquele momento.

— Imagino — engoli em seco.

— Então Lilo, o Crocodilo tinha uma tarefa. Eu dei a ele o título de meu amigo dos peitos. Eu dormia abraçada com ele todas as noites, e ele me proporcionava um conforto incrível.

Que raiva daquele ser inanimado sortudo.

— Quando crescer, quero ser um crocodilo de pelúcia.

Os olhos verdes de Josie se arregalaram e ela riu em seguida.

— Mas eu gosto de você sendo o Chase mesmo.

Eu ergui o antebraço e disse:

— Então considere o seguinte, isso aqui não serviria como um ótimo amigo de peitos? Hipoteticamente, é claro. Tenho certeza de que meu braço caberia perfeitamente entre um par de seios.

Josie segurou meu braço, como se o estivesse analisando, e disse:

— Bem, se a almofada falhar, eu bato duas vezes na parede. Seu braço deve servir.

— Sinceramente, você nem precisa bater. Apenas entre no meu quarto, pegue minha mão e deslize-a por entre eles. — E meus olhos foram direto para o par de 42 dela. Que foi? Eu sei o tamanho só de olhar. É um dom, digamos, científico que tenho.

— Qual é a cor dos meus olhos?

Não assimilei muito bem a pergunta dela. Sobressaltado, olhei imediatamente para o rosto dela.

— Verdes — respondi hesitante.

Ela, então, apontou para os próprios olhos.

— Exatamente. E eles estão bem aqui.

— Ah, nem vem. Foi você quem começou a falar de peitos. Pragmaticamente falando, eu não tinha escolha a não ser olhar para o tópico da nossa conversa.

Josie me deu uma olhada do tipo "eu te peguei".

Levantei as mãos e logo disse:

— Eu nem vou considerar esse momento como constrangedor! Foi você quem tocou no assunto.

Num só movimento, ela pegou a almofada verde e me deu uma pancada na cabeça com ela.

— Mas a oferta de seu braço-amigo está anotada.

— Só queria ser prestativo. Nada mais.

— E eu fico muito agradecida. Mas prefiro comprar essa almofada.

Quando chegamos ao caixa, paguei pela almofada e a entreguei para Josie. Também paguei pelos materiais de confeitaria.

— Já te disse que sou ótimo em dar presentes? É meio que um talento especial que tenho.

Ela revirou os olhos, mas ao sairmos, deixou de lado a pose de durona e me deu um beijo no rosto.

— Obrigada pelos presentes maravilhosos. Foi muito fofo da sua parte.

Mais tarde, ao passarmos nossa primeira noite como colegas de apartamento, fiquei com um estranho ciúme daquela almofada.

Mas mais ou menos uma semana depois daquilo, não foi da almofada que senti ciúme.

Capítulo 7

Das páginas do Livro de Receitas da Josie

PIPOCA PARA NOITES NO SOFÁ

INGREDIENTES
1/4 xícara de chá de milho de pipoca
Uma pipoqueira de micro-ondas

MODO DE FAZER
1. Coloque o milho na pipoqueira.

2. Tampe o recipiente.

3. Ponha essa belezura no micro-ondas.

4. Essa é a parte mais difícil. Aproxime-se. Espere um pouco... pressione o botão de pipoca do micro-ondas. Apenas observe. Quando o micro-ondas apitar, *voilà*!

Sugestão para servir: despeje a pipoca numa tigela, salpique com um pouco de sal, rale um pouco de queijo parmesão e prepare-se para aproveitar o melhor petisco do mundo. Depois aninhe-se no sofá e assista a TV.

Instruções especiais: resista apoiar os pés nas pernas do Chase. Controle-se para não se aconchegar ao lado dele. Afaste suas mãos daquele cabelo. Aquele cabelo castanho-dourado, levemente ondulado, que parece tão macio. Vocês são amigos, e você gosta de passar o tempo com ele. É simples assim. E não presuma que amizade significa você poder ter a chance de tocar o cabelo dele. Mesmo que você queira muito, muito, *muito* mergulhar a sua mão ali para um cafuné.

Capítulo 8

Seis coisas que aprendi sobre as mulheres ao viver com uma...

UM

Elas usam muito papel-higiênico.

Calma lá, não estou me referindo a nada inadequado. Mas a verdade é que os pacotes simplesmente desaparecem.

Certa noite, depois de um dia inteiro de ossos quebrados e articulações torcidas no PS, Josie me ligou e pediu:

— Você pode trazer papel-higiênico quando estiver vindo para casa? Está quase acabando.

— Mas tem metade de um rolo — respondi. Na minha cabeça, isso deveria bastar para uns três dias, certo?

Errado.

Ou melhor, eu estava errado.

— Chase — ela me repreendeu, conforme eu seguia pela rua. — Isso só deve dar para mais algumas horas.

Mas eu sabia muito bem o porquê disso. Essa mulher simplesmente adora papel-higiênico e o utiliza para tudo. Ela parece um daqueles memes de gatinhos que enroscam as patinhas no rolo e então saem alegremente pela casa, andando e puxando todo o papel do suporte.

Ela usa papel-higiênico para remover a maquiagem. Para secar a água respingada em volta da pia do banheiro. Para tirar *a poeira* das coisas. Sim, ela faz uma bola enorme de papel-higiênico e limpa as prateleiras! Dá um trato em cada uma das coisinhas com suas patinhas de gata. Josie usa papel para assoar o nariz também, mas isso eu até acho bonitinho, porque ela faz um pequeno guinchado.

Entrei na porcaria da farmácia e peguei um pacote de rolos de papel-higiênico. Da marca preferida dela, claro. Porque isso a deixa feliz.

DOIS

Elas têm muito cabelo.

Eu encontro cabelo em praticamente todos os cantos da casa. Descubro fios castanhos no sofá a todo momento. Encontro fios cor-de-rosa na pia. E, verdade seja dita, às vezes eu encontro o cabelo da Josie no meu próprio cabelo. Shhh. Não diga a ela, mas… eu uso a escova de cabelo dela. Não sei explicar por quê, mas as escovas de cabelo de garotas são muito melhores do que pentes. São simplesmente boas pra caralho.

TRÊS

Mulheres gostam bastante quando fazemos tarefas "de homem". E mais: eu adoro o fato de Josie gostar que eu assuma essas responsabilidades masculinas. Desculpe se isso não me torna um cara "politicamente correto" ou coisa parecida. Claro que eu deveria combater esses estereótipos de gênero e tricotar um cachecol para ela ou plantar flores nos vasos da casa, mas não vou mentir — prefiro muito mais quando ela me pede para carregar coisas pesadas. Alguns dias atrás, ela queria que eu mudasse de lugar a mesinha de centro. Atendi prontamente ao pedido e adorei o fato de que ela deu uma bela encarada nos músculos do meu braço enquanto eu carregava o móvel. Outra noite, ela me pediu para abrir um pote de picles. Entrei na cozinha já com o peito estufado, flexionei os braços e fiz daquilo um verdadeiro show.

— Lá vem você com esse nariz em pé — murmurou ela.

Arqueei as sobrancelhas.

— É difícil encarar isso como um insulto, sendo que só ouvi a parte em que você disse "em pé".

Ela revirou os olhos.

— Cabeça dura.

Dei de ombros.

— Isso aí já chega a ser elogio.

— Seu-exibido-por-abrir-um-pote-de-picles.

Toquei-lhe o nariz com o dedo.

— Bingo.

— Agora você se ofendeu? — Ela deu um soco no ar em comemoração. — Excelente.

Franzi a testa.

— Ah, você está tentando me ofender? Fiquei triste agora — eu disse, então peguei um picles do pote e o comi.

Ela deu um tapinha na minha barriga.

— Está grávido?

Forcei um arrepio.

— Deus me livre!

— Credo, como se essa fosse a pior coisa do mundo.

Olhei bem sério para ela e disse:

— Meio que seria, sim.

QUATRO

Depois de um longo dia no hospital, o que descreve praticamente todos os meus dias de trabalho no Mercy, é legal ter alguém esperando por você em casa. E não digo isso só porque Josie faz a melhor pipoca do mundo.

Bem, mas fato é que ela faz mesmo. A pipoca dela é deliciosa, e quase todos os dias nós gostamos de ficar petiscando enquanto assistimos séries. Sempre que a pipoca acaba, dou uma sacudida e finjo pensar ainda haver mais, raspando o fundo da tigela.

— Você parece um cachorro — disse ela, certa vez. — Aquele tipo de cachorro que lambe o potinho depois que a comida acaba, só para garantir que não sobre nenhuma migalhinha no fundo.

Enfiei minha cara na tigela vermelha e lambi o fundo.

Ela a tirou das minhas mãos e a apoiou sobre a mesa de centro.

— Agora já chega — disse ela, colocando os pés sobre a mesinha. Em seguida, chegou um pouco para o lado e empurrou a vasilha na minha direção.

Olhei para os pés dela. As unhas estavam pintadas com esmalte azul-safira. Seus pés eram pequenos e esguios. E, de repente, meus olhos pousaram no peito do pé da Josie, e meu globo quase pulou para fora quando me dei conta daquela dádiva.

— As veias dos seus pés são muito bonitas.

Ela me encarou com a expressão mais incrédula da face da Terra.

— Como é que é?

Projetei-me à frente, peguei um dos pés dela e o ergui.

— Olhe para isso. É simplesmente maravilhoso — eu disse, examinando com o dedo aquela veia grossa e de um tom azulado em seu peito do pé. — Eu poderia sugar muito sangue daqui.

Ela piscou os olhos algumas vezes.

— Espere aí. Você é um vampiro e nunca me disse isso?

— Não. Sou só um aficionado por qualquer partezinha do corpo humano. Você poderia doar sangue pelo pé! — Fiz um som de sucção com a boca.

Josie deu um gritinho de aflição, estremecendo-se toda quando aproximei minha boca do pé dela.

— Você é maluco.

Soltei seu pé sobre minha coxa.

— Que outras veias gloriosas e saltadas você está escondendo aí? Deixe-me ver seus braços.

— Isso é algum tipo de fetiche médico?

Consenti com a cabeça, sem esconder o brilho no meu olhar.

— Você não estava tarada na forminha de cupcakes e no alisador de glacê? Ah, eu vi como você olhou para aquele rolo de massa também. Você tem seus fetiches, eu também tenho direito de ter os meus.

— Ok, você me convenceu. — Ela arregaçou um pouco a manga da blusa e mostrou o braço.

Envolvi o punho dela com a minha mão e percorri seu braço com os olhos, para cima e para baixo.

— Minha Nossa — eu disse, dando-lhe tapinhas na veia do antebraço.
— Você poderia salvar países só com esse membro.

— Você está falando sério?

— Sim. Essa é uma veia de primeira qualidade, Josie. É como se fosse uma mina de diamantes. Cara, se eu já não achasse que você é a última garrafa d'água do deserto, só de ver essa veia, eu me convenceria. Por favor, diga-me que você é doadora de sangue.

Ela assentiu.

— Claro. Aliás, quer tirar meu sangue um dia desses?

Respirei fundo e fechei os olhos.

— Não me provoque.

Quando abri os olhos, ela me deu um chute na barriga.

— Você é terrível.

— Eu sei.

Ela se sentou e perguntou:

— Qual foi a parte mais difícil de viver na África?

— Além do fato de lá não ter uma pizza boa?

Sorrindo, ela respondeu:

— Sim, além da abstinência de pizza, embora eu compreenda como isso deve ter sido difícil. Esfreguei minha mão no braço dela com a mente distante, enquanto me transportava de volta aos dias em que estive na República da África Central.

— Sem dúvida, todo o sofrimento que testemunhei.

— Ah, sim — disse ela, com um tom de voz sério. — Com certeza isso deve ter sido difícil.

— E foi mesmo. Mas num nível mais pessoal, imagino que seja a isso que você está se referindo, eu diria que foi a saudade dos amigos — eu disse, suspirando. — Senti muito a falta do Max, embora ele seja um pentelho, e do Wyatt também. Senti saudade de conversar com amigos que não eram médicos. Só por poder falar sobre algo que não fosse trabalho ou histórias de pacientes.

— Mas você é um cara bastante sociável — disse ela, com a voz suave.

Concordei com a cabeça e prossegui:

— Sempre fui. Mas eu adorava seus e-mails — eu disse, lembrando como Josie manteve contato comigo. Mais do que qualquer outra pessoa, ela sempre escrevia sobre as novidades. — Eu ficava empolgado só de ver seu nome na caixa de entrada do meu Gmail.

Ela abriu um grande sorriso.

— É sério?

— Sim — eu disse, concordando com a cabeça. — Eu vivi uma experiência incrível na África, mas eu sentia muita falta de casa, e receber notícias suas era como receber um pedacinho de Nova York a cada e-mail. Lembra-se daquela vez que você me contou sobre uma mulher que encomendou um bolo para si mesma em nome de seus cachorros. E, quando foi buscar, disse que estava ali para recolher uma encomenda feita por seus cães?

Josie riu.

— Ela era uma gracinha. Era uma escritora. Tinha acabado de chegar à lista dos mais vendidos e disse que seus cachorros queriam lhe dar os parabéns com um bolo.

— Que querida. E você não deixou de dar corda a ela.

Josie contraiu os ombros.

— Claro que eu abraçaria a brincadeira. Eu disse: "Satchel e Lulu estão muito orgulhosos de você. Aqui está o bolo de chocolate em camadas que eles pediram para comemorar a sua conquista".

— Você, provavelmente, fez com que ela ganhasse o dia. Se eu, que não tinha nada a ver, ganhei o dia com aquela história... O que não ajudou foi a foto do bolo que você mandou junto. Aquilo era muita tentação — eu disse, espremendo os olhos.

— Você sentiu saudade do meu bolo?! Que gracinha!

Um sorriso formou-se nos meus lábios. Um bem melancólico.

— Eu também senti sua falta.

— Sentiu mesmo? — perguntou ela, com a voz mais suave que o de costume, menos provocadora.

— Claro que sim. Você é uma das minhas melhores amigas.

— Sim, eu sei. Eu também senti sua falta. — Ela pigarreou rapidamente. — Você fez novos amigos na África?

— Ah, sim, sem dúvidas. Fiz amizade com alguns médicos e enfermeiras.

— Enfermeiras? — Uma constrição tomou conta de sua voz. Eu nunca tinha ouvido aquele tom antes. Por um milésimo de segundo, ela soou quase como se estivesse enciumada. Mas isso é bobagem. Éramos amigos há tempo demais para que as coisas começassem a mudar entre nós.

— Sim, éramos um grupo de amigos que ficou bastante próximo. Tinha a Camila, uma enfermeira meio hippie da Espanha, com umas tatuagens malucas pelo braço, que era o máximo.

— Uma enfermeira espanhola? Coberta de tatuagens? — perguntou ela, como se aquela fosse a coisa mais difícil a ser compreendida, ou a mais irritante.

— Sim. Ela era uma comédia. Vivia contando histórias engraçadas sobre os caras da terra dela. E tinha também um médico da Inglaterra, o George. E outro da Nova Zelândia. O nome dele era Dominic, e ele tinha aquele tipo de humor perfeito, sem demonstrar muito as emoções enquanto fala. Esse era o nosso grupo. Nós éramos muito unidos.

— E algum deles também tinha um fetiche por veias, assim como você? Levantei só uma sobrancelha e disse:

— Ah, eles teriam, se vissem um espécime como você para fornecer essa dose de pornô médico — eu disse, segurando o braço dela novamente, correndo o dedo por suas veias, como se estivesse hipnotizado.

Por um breve instante, a respiração dela ficou travada. Os pelos suaves e esparsos eriçavam-se um após o outro. E uma estranha sensação percorreu minha coluna, como se eu estivesse flutuando.

O que não fazia nenhum sentido, portanto mudei meu foco na mesma hora.

Desviei o olhar do braço para seus olhos verdes. Havia algo de diferente neles. Algo que eu nunca tinha visto antes. Mas não sabia explicar o que era. Não tinha um nome para aquilo.

— Eu tenho usado sua escova de cabelo — eu desabafei. E nem sei por que fiz essa confissão, mas ali, com aqueles olhos arregalados me encarando, não consegui me conter.

Levantando a boca, ela apenas disse:

— Eu sei.

— E você não se importa?

Ela se inclinou para a frente e correu os dedos por entre os meus cabelos. Sabe aquela sensação estranha? Duplicou. Triplicou. Multiplicou exponencialmente.

— Não. Mas acho que você ficaria ótimo com uma mecha cor-de-rosa.

CINCO

Os cheiros são maravilhosos.

Outra coisa que aprendi em relação ao fato de se morar com uma mulher é que tudo na casa tem um cheiro ótimo. O banheiro é como um antro de ópio tomado por encantos femininos. Na maioria dos dias, Josie acorda antes de mim e sai bem na hora que acordo. Quando entro no banheiro, parece que estou adentrando um covil de feminilidade.

Eu sempre paro na porta e inspiro profundamente.

Fragrâncias de cereja e aromas envolventes de baunilha e flores permeiam o ar, como um delicioso sonho de lascívia. Todas as manhãs, sou abraçado por aquele cheiro. É doce, sedutor e inebriante. É o cheiro de Josie.

Em resumo, é o ambiente mais perfeito do mundo para uma punheta.

O quê? E você vai me culpar? Eu acordo com o pau duro e fico sozinho sob uma ducha quente. É claro que faço um trabalho manual matinal.

SEIS

Há ainda outra coisa que acontece quando se mora com uma mulher, e contra a qual o homem tem que lutar. Algo que nós sequer temos como evitar.

Ereção matinal.

Acordar com o pau duro é um fato inevitável para todos que nasceram com um cromossomo Y. Na maior parte das vezes, a Josie sai bem antes de eu ir para o trabalho, então nem me preocupo com isso. Mas, de vez em quando, acontece de ela ainda estar lá. Como na manhã daquele sábado. Coberto apenas com uma cueca boxer preta, arrastei-me para fora do quarto, esfregando os olhos e bocejando. E lá estava ela no corredor, usando o short rosa mais incrível, que só piorou a situação da minha barraca armada. Na verdade, ao ver suas coxas macias e o volume dos seios por baixo daquela blusa de pijama transparente, só ajudou a destacar ainda mais o contorno na minha cueca.

Eu só não conseguia entender por que...

ELA. NÃO. ESTAVA. USANDO. SUTIÃ.

Eu não sou um homem religioso, mas estava considerando seriamente começar a rezar. Em nome dos peitos de Josie. Acho que eles eram a definição de paraíso. Aquelas duas coisinhas redondas e impecáveis. Deus me ajude, eu estava diante de um anjo.

— Bom dia, Chase.

— Bom dia, Josie — eu disse, com a voz grossa por conta do horário e da vista.

Os olhos dela desceram e ela piscou. Meu olhar seguiu o dela, e então eu reparei que meu pau apontava bem na direção dela.

Ela não pareceu intimidada.

Ignorando o constrangimento, continuei:

— Quero dizer, é realmente uma ótima manhã.

Josie sorriu de lado, e não pude deixar de notar que ela ficou olhando mais do que o normal. E não posso dizer que aquilo me incomodou.

No entanto, mais tarde eu descobriria que aquela noite não seria nada boa, pois foi quando aprendi a pior coisa de se morar com uma mulher como a Josie.

Ela iria a um encontro.

Capítulo 9

TENTEI SAIR ANTES DELA.

Não queria saber o que ela estava vestindo. Não queria saber como ela ia arrumar o cabelo ou mesmo aonde ela iria.

No entanto, ela fez questão de me contar.

Minha mão estava na maçaneta da porta, e eu desesperado para sair logo do apartamento, já que não queria ser o idiota patético que fica em casa enquanto sua colega de apartamento gostosíssima vai a um encontro.

Mas Josie deu um grito para me chamar do corredor.

— Ei!

— Diga?

Ela entrou na sala de estar.

— Estou indo ao Bar Boisterous, na rua cinquenta e alguma coisa.

Espremi os olhos e perguntei:

— Está bem. Mas por que você está me dizendo isso?

— Assim você saberá qual foi o último local em que estive.

Nessa hora eu senti uma irritação profunda.

— Por favor, não me diga que você está indo se encontrar com alguém que você acha que pode te esquartejar.

Ela estremeceu o corpo e fingiu estar com os dedos retorcidos, como um zumbi.

— Sim. Vou pedir que ele mande para você minha cabeça numa caixa.

— Isso não tem graça, Josie.

— E se ele colocar um laço no embrulho? Como se fosse um presente? — Ela se aproximou e imitou um estilo narrado de voz grave e assustadora. — Ele vai me cortar em milhares de pedacinhos e me atirar aos lobos.

— Sério. Não tem graça mesmo. Você está realmente suspeitando desse cara? — perguntei, sem dar muita trela para sua tentativa de me fazer rir. Apesar de que, em qualquer outra circunstância, Josie sempre ganha muitos pontos por ser capaz de fazer piada com as piores situações, deixando sempre os ânimos mais relaxados.

Mas não naquele momento.

Ela colocou as mãos na cintura. Vestia uma blusa branca bem decotada e uma calça jeans colada. O acompanhante dela não a merecia. Não sei nem quem ele é, o que faz ou qualquer coisa sobre ele, mas também não era preciso. Ele não merece nem um pouco essa humorista que estava à minha frente, com grande coração, peitos maravilhosos e um talento incrível na cozinha.

— Você fez uma pergunta ridícula, Chase.

Com a voz séria, eu disse:

— Ué, foi você quem veio me informar qual seria sua última localização.

— Só estava sendo precavida. Isso não é motivo pra paranoia.

— Desculpe — eu abrandei.

— Mas, sério. Preciso lhe pedir um favor. — Não havia brincadeira em sua voz.

— É claro. Pode pedir qualquer coisa. — *E eu farei.*

A voz dela foi inocente, até esperançosa, ao me pedir:

— Posso ligar para você se acontecer alguma coisa?

— Como o quê?

— Sei lá — disse ela, remexendo um pingente de coração em sua pulseira de prata. —Se eu sentir alguma coisa estranha. Eu vi o Henry só uma vez durante o verão, e foi bem bacana, mas depois ele teve que sair da cidade por conta do trabalho. Não sei muita coisa sobre ele, e normalmente minha amiga Lily, dona da floricultura na rua da confeitaria, é a pessoa a quem recorro nessas situações. Mas hoje ela saiu com o namorado, portanto, se alguma coisa acontecer, você pode ser meu salvador?

Ao falar daquele jeitinho, como eu poderia continuar alimentando minha enorme frustração com o encontro dela? Eu até posso achá-la uma gata, mas acima de tudo ela é minha amiga. Uma das minhas melhores amigas. Atravessei o piso de tábua corrida, passei um dos braços sobre os ombros dela e a puxei para perto para reconfortá-la.

Tudo parecia correr bem, exceto por um erro tático.

Inspirei profundamente e senti o perfume de seu cabelo. Aquela frustração voltou a crescer. E aumentou, porque então eu me dei conta de que Henry era quem sentiria o cheiro dela hoje à noite. Ele conheceria seu perfume de cereja.

Meus punhos serraram. Meu peito queimou. Minha mandíbula contraiu.

Porém, logo em seguida, disse a mim mesmo que só estava sendo possessivo. Eu era apenas um leão protegendo meu território e meu orgulho.

Isso não era pessoal. Não era um homem zelando por sua mulher. Era só uma questão basicamente animal. Não passava de uma postura de macho em relação a uma fêmea em um bando. Essas merdas de rei da selva. Era apenas um cara zelando por uma garota com quem se importava. Minha função era estar em alerta no papel de parceiro dela, para que ela estivesse segura.

— Você sabe que sim, querida — eu disse em seu ouvido.

Querida?

Mas que porra era essa? Eu não uso palavras de ternura. Eu não sussurro afagos no ouvido de ninguém.

— Obrigada — disse ela ao nos separarmos. — É que essa história toda de conhecer gente on-line... — ela respirou profundamente — é muito cheia de desafios. Saí com uma pessoa há alguns meses e, bem, digamos que não deu muito certo.

— Mas todos os relacionamentos são difíceis.

Ela concordou e curvou os lábios.

— Mas estou feliz por ter em quem me apoiar.

Inclinei-me como a Torre de Pisa.

— Apoie-se em mim.

Josie encostou seu ombro no meu, e meu coração acelerou. Tipo, assumiu uma frequência cardíaca muito mais rápida que o normal. Isso era estranho. Mas disse a mim mesmo que o ritmo acelerado vinha de uma questão básica — do desejo de qualquer ser humano de se sentir necessário. A garota mais legal que eu conheço precisava de mim para ser seu porto seguro. E eu seria exatamente isso para ela. Não seria o cara que fica pensando em seus peitos, suas pernas ou no cheiro delicioso de seu cabelo. Inferno, eu já sabia que levar uma amizade para outro nível só acabava por ferrar com tudo o que se construiu.

Se eu não me segurasse, eu podia destruir tudo, inclusive meu coração.

Quando Josie se afastou de mim, meus batimentos voltaram ao normal. Apontei para ela.

— No seu caso, eu atendo em domicílio. O médico está sempre a postos.

Ela me agradeceu mais uma vez e eu saí para encontrar alguns amigos no Joe's Sticks, um salão de bilhar em Upper East Side, perto de onde Josie estaria. Max, Spencer, Nick e Wyatt estavam ao redor de uma mesa, organizando as bolas para o jogo começar. Max me deu um tapinha nas costas quando cheguei.

— Como anda sua vida de seriado de TV?

— Ha-ha-ha.

Ele enfiou uma cerveja no meu peito.

— Cadê o terceiro elemento da equipe?

Peguei a garrafa.

— Seremos só nós dois.

Max me encarou com seus olhos escuros.

— Eu já notei. E notei também que esse fato, de serem apenas dois, só tornará as coisas mais difíceis para você — disse ele, balançando a cabeça e me entregando um taco. — Você está na minha equipe. E mal posso esperar para lhe dizer "eu te avisei".

— Isso é o que eu mais adoro em você. É um amigo com que eu sempre posso contar.

— Estou sempre às ordens — disse ele com uma piscadela, apontando para a mesa com a cabeça. — Você primeiro. Preciso que sirva de isca.

Cumprimentei os outros caras e então me preparei para a minha primeira tacada. Eu sou bom em sinuca. É uma questão de foco. Concentração. Mais ou menos a mesma habilidade necessária para se costurar uma testa. Sim, eu tenho excelente coordenação motora, e isso me ajuda a ser um jogador de sinuca foda. O Max também é fera, portanto, somos os imbatíveis irmãos Summers.

Preparei e mirei. Mandei a bola branca em cheio na bola roxa, que correu pelo feltro e fez aquele barulho suave de chocalho ao entrar em uma caçapa.

— Boa — disse Wyatt do canto da mesa. Mais cedo, ele me mandou uma mensagem dizendo que sua mulher, Natalie, estaria ocupada naquela noite com os preparativos do casamento deles, com a ajuda de Charlotte, a esposa do Spencer. Sim, *preparativos do casamento*. Wyatt e Natalie já eram oficialmente casados, mas eles iriam casar mais uma vez. Eles assinaram os papéis em Las Vegas havia pouco tempo, mas fariam uma cerimônia para a família e os amigos em algumas semanas.

Conforme andei ao redor da mesa, pensando na minha próxima tacada, Wyatt disse:

— Como anda a vida com a minha irmãzinha?

— Ótima — respondi, porque era mesmo.

— O que ela foi fazer hoje à noite?

Parei por um segundo, sem saber se deveria dizer o que ela realmente estava fazendo.

— Ah, ela saiu.

Spencer colocou a mão em volta da boca, como se fosse um megafone.

— Em outras palavras, ela está em um encontro.

Nick endireitou as costas e levantou uma sobrancelha para Spencer.

— Sério? Minha irmã não vai a encontros.

Spencer deu um tapa nas costas dele.

— Aham, pode crer. Eu também achava que a minha não ia — disse ele, dando-lhe uma encarada do tipo "estou de olho em você", já que o Nick estava noivo da Harper, irmã do Spencer.

Nick levantou as mãos, num movimento de defesa, e disse:

— Beleza, beleza. Não está mais aqui quem falou.

Spencer cutucou Nick com o taco.

— Vá se acostumando com essa ideia, cara. Eu tive que me acostumar a ver isso acontecendo com você, justo com você — disse Spencer.

Acertei mais uma tacada, mas errei a seguinte. Quando Nick se preparou para a sua vez, Wyatt gritou para mim:

— Quem é o sortudo da noite? E quando vamos ter que enfiar a porrada nele?

— Sei lá — eu disse, dando de ombros.

Ele olhou sério para mim.

— Como assim você não sabe?

— Cara, eu não sou o guardião dela.

— Eu sei, cabeção. Mas você precisa, ao menos, tomar conta dela — disse Wyatt, apontando sua cerveja para mim.

— É isso mesmo, Chase. Só tem homem podre por aí — disse Max, intervindo na conversa.

Nós todos brindamos diante daquela afirmação.

Mais tarde, Wyatt me puxou de lado.

— Tô falando sério, cara. Fique de olho na Josie por nós. Ela saiu com um cara na primavera passada que a machucou demais.

Como uma reação química, aquele ciúme excruciante de antes transformou-se numa substância completamente diferente — o desejo de machucar esse cara.

— Quem é esse filho da puta? Será que é o mesmo cara com quem ela saiu hoje à noite? Um tal de Henry?

Wyatt sacudiu a cabeça negativamente e exalou o ar dos pulmões.

— Não, acho que não é Henry. Eu não tenho muitos detalhes. Ela só contou para a Natalie. Mas, basicamente, ela conheceu esse cara pela Internet, ele a encheu de ilusões, mas quando eles se encontraram ficou claro que ele só queria...

Cerrei os dentes.

— Que merda! Odeio esses babacas.

— É, eu também.

— E o que aconteceu depois?

— Ele a dispensou depois de ter o que queria.

— O clássico filho da puta.

— Sim, o clássico — concordou Wyatt. — Juro que se ela tivesse dito para mim quem era ele, eu iria matá-lo. Isso porque ele nem cometeu o pior dos pecados. Mas só o fato de ele ter magoado a Josie...

— Já faz você querer matá-lo — eu completei.

— Odeio que isso aconteça com a minha irmã. Preciso que você cuide dela, Chase. Assim como eu faria pela Mia, se você precisasse.

Eu ainda não contei da minha irmã Mia, não é? Ela está na Costa Oeste, ralando até não poder mais para estabelecer sua empresa. E acredito que ela esteja indo muito bem, de acordo com as mensagens e e-mails que ela manda regularmente — Mas agora você está no apartamento da Josie, cara, você vai saber melhor do que ninguém o que está acontecendo. Por favor, fique de olho nesses caras que ela encontra na internet.

Eu dei um tapinha no ombro dele e completei:

— Pode contar comigo.

Só o que importava agora era essa função para a qual eu tinha acabado de ser escolhido. Há uma selva lá fora, e se eu pudesse fazer qualquer coisa para ajudar Josie Hammer a atravessá-la, eu faria. Eu posso farejar um babaca à distância. Eu sei que posso protegê-la dos idiotas do mundo.

Quando ela me ligou um pouco mais tarde, fui designado para meu primeiro serviço.

— O seu salvador está a postos. Aconteceu alguma coisa? — brinquei.

— Ele está engasgado — disse Josie.

A música alta tocava de fundo, mas ela parecia agitada, quase entrando em pânico. Imediatamente entrei em modo médico.

— O que está acontecendo?

— O cara com quem eu saí. O Henry. Ele está sufocando e não consegue falar. Ele está com uma caneta de epinefrina na mão sem conseguir utilizá-la. Eu a injeto na coxa?

A voz dela estava tensa, e com razão. Ela estava travada de nervoso, como já vi inúmeras vezes em outras situações.

— Sim — eu disse, saindo rapidamente me afastando do barulho do salão de bilhar. Depois eu mandaria uma mensagem de texto para Wyatt para explicar aonde eu tinha ido. — É fácil. Aplique na coxa dele e aperte até fazer um clique. Eu chego aí em cinco minutos.

— Por favor, fique no telefone comigo — disse ela, com a voz abalada.

— Claro que sim. — Fiz sinal para um táxi e pedi para ele ir correndo a alguns quarteirões dali, até o Bar Boisterous, mantendo-a calma durante o percurso, já que o cara já tinha conseguido voltar a respirar.

Assim que entrei no local, encontrei Josie com um cara barbudo, meio alternativo, e logo assumi o lugar dela. Ajudei-o a sair do bar e o acompanhamos até o hospital mais próximo.

Embora fosse uma noite agitada de sábado, eles o atenderam prontamente, e não só porque ele estava acompanhado de um médico, mas porque o rapaz com quem Josie havia saído ficou *muito perto* de ter um péssimo fim de noite.

O cara era muito alérgico, e havia traços de amendoim no molho pesto do sanduíche que eles comeram.

Duas horas depois, deixamos Henry são e salvo com os médicos e enfermeiros. Agora eles iriam cuidar dele e fazer de tudo para que ficasse bem.

Assim que as portas do hospital se fecharam atrás de nós, voltei a dar atenção à Josie.

Capítulo 10

Das páginas do Livro de Receitas da Josie

WAFFLES COM MORANGOS
(Pode dar origem a momentos inesperados)

INGREDIENTES
2 xícaras de chá de morangos cortados em quatro pedaços
2 ovos
2 xícaras de chá de farinha
1 1/2 xícara de chá de leite
1/2 xícara de chá de manteiga derretida
2 colheres de sopa de açúcar branco
4 colheres de chá de fermento em pó
1/4 de colher de chá de sal kosher
2 colheres de chá de essência de baunilha

MODO DE FAZER
1. Pré-aqueça sua máquina de waffles de acordo com as instruções do manual.
   Qual é, você sabe que tem o manual. Essa é a primeira vez que está fazendo waffles do zero. Admita.

2. Enquanto estiver aquecendo, prepare a massa. Coloque uma xícara de morangos no liquidificador e bata até formar um creme lisinho.

   Não se distraia por palavras de receitas, como "lisinho", imaginando suas mãos percorrendo o peitoral do Chase...

3. Adicione os ovos, a manteiga, o leite e a essência de baunilha ao creme de morangos. Bata no liquidificador até ficar uma mistura homogênea. Acrescente metade da farinha, do açúcar, do sal e do fermento em pó e siga o mesmo procedimento. Coloque a mistura restante de farinha e bata no liquidificador, e siga batendo. Por fim, misture com uma espátula o restante dos morangos em pedaços.

   Engraçado. Morangos me fazem lembrar da sobremesa predileta do Chase — o delicioso cupcake de morango que faço para a Sunshine Bakery. Acho que eu deveria fazer alguns para ele. Adoro como seus olhos cor-de-avelã brilham quando ele os come, como se fossem o prato mais incrível do mundo.

4. Quando sua máquina de waffles estiver devidamente pré-aquecida, pulverize com spray de cozinha e comece a fazer os waffles. Despeje a massa num canto e alise de um lado para o outro com uma espátula. Cozinhe. Remova os waffles da máquina e os coloque de lado. Repita até o fim do massa. Ou até você decidir ir até algum dos vários restaurantes maravilhosos de Manhattan que fazem waffles muito mais gostosos do que os feitos por essa confeiteira que aqui escreve.

Bônus: sem louça para lavar ou ter que guardar uma máquina ridiculamente grande e pesada. Além do mais, sair para comer waffles com o Chase é uma prova ainda maior de como combinamos como colegas de apartamento, principalmente porque quero contar para ele sobre o encontro maluco que eu acabei de ter.

Capítulo 11

JÁ NA RUA, JOSIE RESPIROU ALIVIADA E, EM SEGUIDA, colocou as mãos nos meus ombros.

— Não sei como te agradecer.

Assim que ela terminou a frase, ouvimos um táxi cantando o pneu no fim do quarteirão. Rejeitei com a mão o agradecimento dela.

— Nem pense numa coisa dessas. Eu não fiz nada.

Ela apertou meus ombros com mais força e olhou fundo nos meus olhos.

— Você foi incrível.

— Foi você quem aplicou a caneta de epinefrina. Você quase não precisou de mim.

Ela balançou a cabeça.

— Não é verdade. Eu precisei muito de você. Poder ligar para você, você ter vindo ao meu encontro, levá-lo ao hospital... Chase — disse ela, fazendo uma pausa —, isso foi mais importante que tudo.

Não foi mais importante que tudo, nem de perto, mas não podia negar que meu coração estava disparado por ouvir aqueles elogios. Queria não ter gostado tanto.

Josie inclinou a cabeça.

— Estou faminta. Você quer ir ao Wendy's e pedir uns waffles? Eles ficam por minha conta.

Só a minha barriga roncando já serviu de resposta.

— Comer waffles e pôr na sua conta? Ah, essa é a refeição dos meus sonhos.

Ela me cutucou e sorriu para mim enquanto caminhávamos pela calçada.

— Você é o rei do duplo sentido.

— E carrego este título com orgulho — eu disse, esforçando-me ao máximo para pensar nos waffles, e não em "pôr na conta" da Josie. Embora tivesse certeza de que essa seria a melhor combinação depois dos waffles.

Vendo ao longe as luzes fluorescentes do Wendy's, a curiosidade começou a me corroer. Depois de a garçonete nos trazer água e café e tirar nosso pedido, acariciei o queixo, como se tivesse uma barba.

— Barba, óculos, jeans apertado.

Ela franziu a testa, confusa.

— Essa é a sua lista de compras?

— Não. Mas parece ser a sua. Eu teria recebido uma mensagem de texto aardvark para que eu sumisse essa noite caso o rapaz não tivesse quase morrido? Então você curte um hipster? — Apontei com a cabeça para a direção em que ficava o hospital. Eu nunca havia pensado em qual seria o tipo de caras que ela curtia. Esse assunto não ocupava muito nossas conversas. Eu só soube muito vagamente a respeito de alguns poucos encontros e namorados que ela teve no passado. E estou bem ciente de que, embora eu seja muitas coisas, estou bem longe de me encaixar no perfil hipster.

Não sei bem por que meus músculos tensionaram enquanto esperava pela resposta dela. Ou por que eu torcia para que ela não tivesse uma queda por hipsters.

Ela riu e tomou um gole de sua água. Tranquilamente, ela deu de ombros.

— Eu não tenho um tipo específico.

Meus ombros relaxaram.

— Você apenas gosta de caras em geral?

Revirando os olhos, ela respondeu:

— Não. Claro que não gosto de todo mundo. Mas não tenho um tipo físico exclusivo de homens pelo qual eu me interesso. Óbvio que se for bonito é muito melhor, mas não é necessário ter nenhum pré-requisito, como ter ou não tatuagens, ter ou não barba, ser ou não musculoso, ruivo, essas coisas.

Passei uma das mãos pelo cabelo, incapaz de evitar jogar um charme para cima dela, mesmo naquele momento.

— E cabelo castanho-claro? Será que funciona bem para você?

Ela esticou a mão por cima da mesa da lanchonete e afagou meu cabelo.

— Sim, e encantadores olhos cor-de-avelã, maxilares marcados, braços fortes e uma barriga de tanquinho — disse ela, soltando minha mão, ao mesmo tempo em que meus olhos se arregalaram diante da lista de elogios e meu corpo curtia aquele momento de "pode dar uma apalpada para sentir".

— Talvez você devesse escrever o *meu* perfil do Tinder. — Fingi digitar alguma coisa num teclado imaginário. — Tipo: absurdamente bonito, maxilares marcados, olhos que derretem as mulheres, sagacidade brilhante e, de bônus, ótimo na cama.

Josie soltou uma risada.

— Bem, agora que você mencionou a característica de bônus...

Apontei para mim mesmo.

— Só estou sendo sincero e descrevendo todas as minhas características principais.

— Agradeço sua sinceridade por listar os opcionais de fábrica, Chase — disse ela, sem qualquer expressão. Então ela acrescentou: — Mas, na verdade, o ideal para mim é que seja inteligente, engraçado, goste de animais e trate bem as mulheres.

— Além disso, ele não deveria ser alérgico a amendoins, certo? Por acaso, eu posso comer amendoins numa boa.

Ela riu.

— Não ter alergias é opcional. Mas se gostar e puder comer nozes, já é melhor. Mas se amar noz-pecã, aí sim estamos falando de alguém para casar.

— Portanto, quanto mais frutas secas o cara consumir, melhor. Anotado. — Fingi estar fazendo uma marca de verificação num caderno.

— Além do mais, ganha pontos extras por não ser mentiroso — disse ela, fazendo uma longa pausa depois dessa última afirmação, enquanto uma garçonete passava perto de nós, equilibrando três pratos com ovos mexidos e bacon.

Peguei meu café e dei uma golada ávida. Quando apoiei o copo na mesa, perguntei:

— Então, qual é a história do verão passado? Wyatt mencionou que você saiu com um cara que não era muito legal.

Ela suspirou, olhou para a mesa e levantou a cabeça de novo.

— Ah, isso é bobagem.

Deslizei minha mão pela mesa e apoiei sobre a dela.

— Não é bobagem.

Josie balançou a cabeça.

— É só que... às vezes a gente abre o coração e a pessoa aproveita a situação para se passar por alguém que não é. Sabe o que quero dizer?

E como sei.

— Sei.

— E esse cara, Damien, era exatamente assim. Eu o conheci num site de encontros e nós nos demos muito bem. Tínhamos muita coisa em comum. O mesmo senso de humor, o mesmo amor por livros. Ele até gostava de jogar Scrabble.

Um foguete de ciúme decolou dentro de mim. Scrabble era uma coisa *nossa*. Cerrei os dentes quando ela falou aquilo.

— Curtimos muito o bate-papo on-line. Conversávamos até o sol raiar sobre tudo e nada. Ele chegou a mudar seu status no aplicativo para *explorando um novo relacionamento*. E nós saímos algumas vezes. Parecia um daqueles encontros aparentemente perfeitos, um encontro dos sonhos — disse ela, e eu logo passei a odiar Damien com todas as minhas forças. — Fomos a um piano bar, e mesmo quando ele me ouviu cantarolando, não tirou sarro de mim. — Ela deu um sorriso tímido. — E você sabe como eu canto mal.

— É melhor você só mexer os lábios — eu sussurrei.

O sorriso dela cresceu ainda mais.

— Ele não sabe dessa tática. Você é o único a par dessa história horripilante.

Durante um dos períodos de férias na casa dela, enquanto nós dois papeávamos na sala de estar, jogados no sofá dos Hammer, os pés dela apoiados sobre as minhas coxas, eu perguntei a ela sobre quais foram os momentos mais constrangedores de sua vida.

— Sem sombra de dúvidas. Segundo ano. Aula de música — ela respondeu prontamente.

Minhas orelhas ficaram em pé.

— Quero saber tudo.

— Todos os alunos tinham que cantar, um por vez, a canção típica inglesa "Scotland's Burning" na frente de toda a turma, e quando chegou à minha vez, caminhei até o meio do círculo, abri a boca e cantei: "Scotland's burning, Scotland's burning, look out, look out". E eu tinha certeza de que estava cantando razoavelmente bem. Até que vi a própria professora cobrindo os ouvidos.

— Ai!

— O verdadeiro "ai" foi quando a professora de música disse: "A partir de agora, só mexa os lábios, mocinha. Só mexa os lábios".

— E esse foi o fim de seus sonhos na Broadway.

Ela imitou esmagar um inseto com a mão e, logo, cantarolou uma frase da música. A pobrezinha era terrivelmente desafinada, e eu não era diferente, cometendo crimes musicais semelhantes com minha péssima voz.

— Não conte aos meus irmãos.

— Esse é o nosso segredo — eu disse.

E continuou sendo, desde então.

— De qualquer forma — disse ela, voltando à história do Damien. — No encontro seguinte, ele me levou a uma sessão de autógrafos. A Jojo Moyes estava lançando um livro em uma livraria da cidade e ele sabia que eu adorava o trabalho dela. Então nós fomos até lá e eu pedi que ela assinasse o meu *Como eu era antes de você*.

Meu ódio por ele se intensificou. Josie amava aquele livro. E, com certeza, aquele desgraçado deve ter usado aquela informação para tirar vantagem dela.

— Você me contou tudo sobre o livro no ano passado. Como você ficou arrasada com o final e como ele fez você refletir sobre tantas coisas.

Ela consentiu com um pequeno sorriso crescendo nos lábios.

— Foi mesmo. Não estou dizendo que concordo com as escolhas tomadas, mas o fato é que aquele livro me tocou profundamente — disse ela, levando a mão ao coração. Então ela subiu a mão para a cabeça, tocando a têmpora. — E também me fez pensar muito.

— Eu adorei saber da sua reação quando escreveu para mim sobre ele.

— E eu adorei compartilhá-lo com você — disse ela, e olhou para o nada. — E eu fiz o mesmo com ele. Contei a Damien como aquela história me fez refletir. Como eu passei a me sentir depois da leitura. — Ela respirou fundo. — E depois disso ele me levou à sessão de autógrafos. Ele estava tentando ser tudo aquilo que ele achava que eu queria, e assim ele poderia conseguir aquilo que *ele* queria.

Ela engoliu em seco, e sim, eu sabia até onde iria essa história. E não porque o Wyatt havia me contado, mas porque estava escrito nos olhos dela e reverberava em sua voz. Ai, como eu queria poder apagar qualquer dor pela qual ela havia passado...

— Mais alguns encontros, mais alguns beijos, mais algumas vezes estendendo o tapete vermelho para Josie Hammer... — Ela desviou o olhar por um instante, então mexeu a cabeça e olhou para mim. — E, por fim, nós dormimos juntos.

Embora eu soubesse aonde isso estava indo, eu não podia controlar a raiva que se revirava no meu estômago. Mas eu sabia que podia controlar a minha reação.

— E? — perguntei, mantendo o tom de voz.

— Foi bom — disse ela, sem muita emoção, e minha raiva só crescia. Mas eu mantive o controle.

— E ele não ligou no dia seguinte?

Uma inspiração profunda. Um brilho nos olhos dela...

— Eu esperei. Esperei como uma idiota. — A voz dela ficou fina como uma pluma. — Mas, como meu telefone era uma extensão da minha mão, eu cheguei a mandar uma mensagem para ele na noite seguinte. Como uma garotinha estúpida. "Ei!" — disse ela, imitando um tom de voz todo alegrinho. — "Espero que tenha tido um ótimo dia. Eu sei que eu tive. Estou pensando em você".

Meu estômago se revirou em uma fúria incontrolável.

— E ele chegou a responder?

Ela concordou com a cabeça.

— Uma vez. Naquela mesma noite. Ele disse apenas: "O dia foi ótimo".

O cara nem para responder o *meu* dia foi ótimo.

— E essa foi a única resposta que teve dele?

— Sim. Ele mudou o status para *disponível e buscando um novo relacionamento* na manhã seguinte. E nunca mais soube dele.

— Esse cara é um dos maiores lixos do planeta — eu disse, esmagando a mão dela. — Ele não merece você e foi um completo idiota por ter te iludido. Se ele entrasse por aquela porta agora, eu... — Olhei para a mesa e peguei uma garrafa laranja, empunhando-a como uma arma. — Eu jogaria pimenta nos olhos dele.

Ela sorriu.

— Mas aí seria um grande desperdício de uma ótima pimenta.

Peguei o frasco e disse:

— Eu poderia comprar todas as pimentas de Nova York só para despejá-las nos olhos dele.

O risinho dela virou um sorriso de orelha a orelha.

— Hum, agora você está me tentando.

Ergui um dedo, pois eu tinha acabado de ter uma ideia.

— Espere. Já sei. Grave enquanto eu canto "Scotland's Burning", invada o celular dele e coloque-a lá dê um jeito que a música fique tocando repetidamente, enlouquecendo-o com minha péssima voz.

Ela gargalhou tão alto que chegou a roncar. Foi adorável e recompensador ao mesmo tempo.

— Se queremos mesmo torturá-lo, acho melhor fazermos isso — disse ela, com os olhos verdes cintilando diante de uma possível pegadinha épica.

Ergui a mão para batermos em comemoração. Ela bateu na minha mão e, depois, entrelaçou seus dedos nos meus. Apertei-os de volta, deslizando suavemente as pontas dos meus dedos sobre a pele macia de sua mão. Os olhos dela tremularam com um brilho diferente, uma empolgação incomum, algo que ainda não tinha visto em Josie, mas que me deixou com vontade de descobrir aonde aquilo poderia chegar.

Porém o olhar se dissipou rapidamente, assim que a garçonete chegou.

— Waffles para dois — disse ela, com um forte sotaque de Long Island e fazendo barulho ao mascar o chiclete, enquanto servia os pratos.

Nós agradecemos e, quando a garçonete saiu de perto, Josie pegou o garfo.

— Mas, falando sério, o que você poderia fazer? Cedo ou tarde, todo mundo acaba caindo nas garras de um Damien uma vez na vida. E não foi uma coisa tão terrível assim. Machucou, mas eu já superei. Quero que você saiba disso, já que perguntou.

— Ei, não diminua seu sentimento só porque outros também passaram pelo mesmo. A dor de uma gripe pode não ser tão intensa quanto uma apendicite, mas as duas doem.

Ela sorriu.

— É verdade.

— Eu apenas sinto por não ter estado aqui na época para dar uma surra nesse cara — eu disse, e comecei a devorar meus waffles. — Além do mais, preciso dizer uma coisa. Vem cá… Damien? Já não era uma espécie de presságio? Sacou? Por causa do filme?

Josie soltou uma risada.

— Pois é. Eu já estou começando a ler certos sinais. Claramente, ainda tenho muito o que aprender. Mas agora você está aqui, e eu tenho um decodificador particular.

— Serviço 24 horas à disposição para decifrar homens — eu disse, dando uma deliciosa garfada em outro waffle. — E quanto ao Henry? Você vai encontrar com o Senhor Amendoim outra vez?

Ela deu de ombros.

— Não sei. Ele era legal, mas não rolou uma química, sabe?

Comemorei mentalmente e tentei não demonstrar minha felicidade.

— O que é necessário para conseguir um segundo encontro com a inigualável Josie Hammer? — perguntei, enquanto cortava mais um pedaço do waffle. — Conte para mim o que você está buscando num homem?

Levantando o canto dos lábios em um sorriso e ela responde:

— Eu quero o que toda mulher quer.

— E o que é?

Ela empinou a cabeça, encarou-me profundamente, umedeceu os lábios e respondeu:

— O pacote completo. Eu quero o pacote completo.

Capítulo 12

QUANDO VOLTAMOS AO APARTAMENTO, PEGUEI O IPAD dela de cima da mesa de centro. Já estávamos avançando na madrugada, mas eu não me importei.

— Amanhã nós dois estamos de folga. Então não há desculpa. Mostre para mim. Vejamos quem faz você deslizar para a direita, ou qualquer que seja a ação desse aplicativo aí que você usa para encontrar pretendentes.

Afundei-me em nosso confortável sofá e me acomodei nas milhões de almofadas que, ali, se multiplicam como coelhos, graças à almofadofilia da srta. Hammer.

Josie curvou-se até a mesa, pegou um elástico de cabelo e amarrou suas madeixas castanho-claras em um rabo de cavalo. Alguns fios caíam ao redor do rosto, emoldurando suas bochechas com mechas cor-de-rosa. Os lábios dela estavam brilhantes, e imaginei que, em algum momento, ela deve ter passado novamente um pouco de batom. Talvez quando fiz um pit stop no banheiro da lanchonete. Tenho certeza que teria notado se ela tivesse passado na minha frente. Eu teria parado para olhar, pois eu adoro o jeito que seus lábios formam um *O*. Imaginei aquela cena por alguns segundos e todas as deliciosas possibilidades que ela proporcionava. Como seria se sua boca abrisse de prazer ao chamar meu n...

Pare com isso, colega.

Esforcei-me para me lembrar do meu talento especial: separar emoções e pensamentos. Porque apreciar os lábios dela não significava querer beijá-los. E também não significava que eu não pudesse ser seu guardião.

— Você quer mesmo ver os caras? — perguntou ela, sentando-se sobre os próprios pés ao meu lado.

— Claro que quero. — Eu não podia deixar que ela sofresse com outro Damien. Certamente eu seria capaz de reconhecer de imediato o tipinho de cara que faria uma merda dessas. Sem querer ofender a Josie, mas as garotas nem sempre conseguem identificá-los. Eu só queria ajudá-la a traduzi-los para que ela conseguisse aquilo que queria e merecia ter em sua vida.

Ela desbloqueou o iPad, entrou no aplicativo e clicou numa foto de perfil. O cara parecia ter uns quarenta e poucos anos e sorria como um corretor de imóveis.

— Esse é o Bob. Parece que ele me mandou uma mensagem essa noite.

Esfreguei as mãos na minha frente.

— Muito bem. O que o menino Bobby tem a dizer?

Ela abriu a mensagem no site e leu em voz alta.

— "E aí, Moça Confeiteira. Gostei da sua foto. Você é bem gata. Temos muito em comum. Também gosto de livros."

Olhei para ela com reprovação, coloquei as mãos nas axilas e sacudi os ombros para frente e para trás, como um macaco.

— Mim gostar de livros. Livros são legais.

— Pelo menos ele não começou me perguntando que tipo de sexo eu gosto — disse ela, como se isso tornasse a primeira mensagem dele menos neandertálica.

Balancei a cabeça e disse:

— Permita-me que eu faça as honras. — Fechei a janela do cara para que não aparecesse mais. — O que mais temos aqui?

Ela olhou para a tela e apontou para uma mensagem de um tal FireTrev.

— Que tal o Trevor? Ele é bombeiro.

Li o lema em seu perfil.

— Baby, posso acender seu fogo? — Arqueei a sobrancelha. — Eliminado.

Josie agarrou meu braço e interveio:

— Isso é muito pior do que você dizer "o doutor chegou"?

— Primeiro, eu não estou num site de namoro, portanto eu jamais escreveria algo assim. Segundo, não tem nada a ver. Por isso mesmo que vamos fazer mais um acordo aqui e agora. Se algum dia eu escrever algo do gênero num site de namoro, você me dá um soco na garganta.

Os lábios dela tremeram com malícia.

— Com um maçarico de crème brûlée?

— Considere esse seu instrumento de tortura oficial para me dar um golpe na garganta, se eu exceder meu nível máximo aceitável de imbecilidade.

— E existem níveis aceitáveis?

Dei de ombros, como se fosse a coisa mais normal do mundo.

— Olha só, não tem como expurgar a imbecilidade por completo. Ela é como as baratas. Irá sobreviver até com uma explosão nuclear. A imbecilidade é uma característica muito persistente nos homens. Prefiro aceitar que existem níveis de imbecilidade com os quais um cara pode viver, normalmente manifestados na forma de arrogância, autoconfiança ou fanfarronice.

— Espremi meus olhos. — Você vai ficar bem diante dessa dura realidade?

Ela concordou como se batesse continência.

— Parece-me aceitável.

Voltei de novo as atenções para a tela e me aproximei.

— O que mais temos aqui?

Josie pegou uma almofada vermelha entre nós e a jogou para trás do sofá. Interessante. Ela abriu mais espaço. Bateu com as mãos no lugar vago ao seu lado, então cheguei mais para perto enquanto ela clicava numa nova mensagem. A foto do perfil era uma imagem demasiado sutil de um cara com cabelo escuro em um terno alinhado.

— Isso aqui mais parece que o cara pegou a foto de um daqueles sites de imagens para propaganda.

— Provavelmente. Vamos ver o que ele diz.

A mensagem preenchia a tela enquanto ela lia:

— "Vou fazer uma série de perguntas a você. Eis a primeira. Você sairia com um cara que gostasse de usar suas calcinhas?"

Voltei imediatamente os olhos para ela.

— Essa merda é de verdade?

Ela gargalhou.

— Sim. Infelizmente, é.

— Mas isso é ridículo — zombei dela. — Podemos seguir em frente e bloqueá-lo agora mesmo? Espere. A resposta para a pergunta dele é um categórico não, certo?

— Em termos gerais, acho que calcinhas são itens feitos para só uma pessoa.

Eu estava prestes a sair da página do cara, quando uma ideia maligna se apoderou da minha mente.

— Posso responder pra ele?

— O que você vai dizer? — perguntou ela, com a curiosidade reverberando em sua voz.

— Você confia em mim?

O olhar dela dizia "dãããã".

— Sim, mas...

Estalei os dedos e disse:

— Permita-me assumir o leme.

Ela agarrou meu braço.

— Você não vai escrever nada muito maluco, não é?

— Nada que não vá te deixar alegre. — Passei os dedos por cima do teclado para, então, começar a digitar e dizer as palavras em voz alta: — Claro, mas só se ele usar minhas calcinhas na cabeça. Para trabalhar.

Ela colocou a mão sobre a boca, rindo. Tomei aquilo como um sinal para continuar com aquela bobagem.

A pergunta seguinte do Capitão Sutil foi:

— Qual é o tipo de vídeo erótico que você acha mais excitante?

Imagine se eu não estava louco para saber o que a excitava, mas esse não era o foco. Respondi ao cara de terno:

— O tipo no qual participa a mãe do cara.

Josie gargalhou alto dessa vez, então li a resposta seguinte:

— Quantas vezes você goza por semana?

Virei para ela, e embora eu estivesse morrendo por dentro para saber qual era a frequência semanal dos orgasmos dela, muito mais do que aquele mauricinho esquisito pudesse imaginar, agora não era hora para isso. Respondi àquela pergunta com:

— Ótima pergunta. Eu adoraria responder, mas talvez pudéssemos começar a entrevista com perguntas mais simples. Qual foi o último livro que leu, qual sua marca de cereal favorita, você costuma usar meias?

O cara devia ter acabado de gozar e, logo em seguida, viu a mensagem dela, porque a resposta dele foi bem direta.

— *Apanhador no campo de centeio*. Eu não gosto de cereal. Meião.

Saí do aplicativo e lancei a ela um olhar incisivo.

— *Apanhador no campo de centeio* é um livro exigido no Ensino Médio e, se esse foi realmente o último livro que ele leu, Deus nos livre. Além disso, meião é muito fim de carreira. E você não pode sair com um cara que não goste de cereais. Não há desculpa para isso.

Ela fez sinal de promessa:

— Juro solenemente preservar meu amor por cereais — disse ela, apoiando o iPad na mesa. — Muito bem, então estabelecemos hoje que há claramente um mar de opções, que o amor por certos itens do café da manhã é inviolável e que uma mulher precisa aceitar um pouco de imbecilidade de seu homem. Correto?

Acenei com vigor.

— Está correto.

— Estou aprendendo — disse ela, passando uma mecha cor-de-rosa do cabelo para trás da orelha e fazendo o bracelete prateado deslizar pelo braço. — Mas e quanto a você?

Franzi a testa sem entender.

— O que tem eu?

— Por que você é tão avesso a esses aplicativos? É por causa da Adele? O que aconteceu exatamente com ela? Nunca entendi por que vocês terminaram.

Eu suspirei. *Adele*. Nosso relacionamento tinha acabado há dois anos. Um pouco antes de eu ir para a África.

Adele e eu nos identificamos e nos tornamos amigos logo que nos conhecemos na residência da faculdade. Depois, aos poucos, fomos passando para algo mais. Ela era inteligente, extrovertida e tinha boas maneiras no trato pessoal. E por trato pessoal, eu me refiro ao trato que ela me dava.

Com cabelos ruivos, pernas longas e um corpo incrivelmente sensual, Adele pareceu, em certo momento, ser a mulher perfeita para mim. No entanto, ela também gostava de experimentar umas coisas menos tradicionais.

— Digamos que a corretora de imóveis não foi a primeira mulher a me convidar para um *ménage à trois* — eu disse a Josie.

Ela me encarou curiosa e fez um gesto rápido para que eu desenvolvesse mais o assunto.

— Ela achava que uma das enfermeiras, uma morena chamada Simone, era muito gostosa, e me pediu para considerar a hipótese de fazer um *ménage*. Sinceramente, essa não era minha praia. Sou um cara do tipo que gosta de uma mulher só.

— Você não tem nem uma vontadezinha de brincar?

Balancei a cabeça negativamente.

— Não. Não quero. Não preciso. Não é minha praia, nem meu lago, nem meu riacho. Mas ela queria muito. Era a fantasia dela e eu era louco por Adele. Eu queria dar isso a ela, porque era o que Adele queria.

Josie inclinou-se jocosamente.

— E foi muito difícil dar conta de duas mulheres ao mesmo tempo?

— Não — disse eu, com cara de escárnio. — Porque eu simplesmente não dei conta.

— Não?

— Não participei da brincadeira. Elas deram conta delas mesmas e eu fiquei ali como uma espécie de vela.

Ela franziu a testa sem entender.

— Isso é... estranho?

— Um pouco, eu acho — respondi, dando de ombros.

— Quer dizer que você se separou dela por causa de um *ménage*?

Fiz que não com a cabeça mais uma vez.

— Não. Não me importa passar por uma experiência sexual esquisita. Quer dizer, todos podemos passar por isso, certo?

— Claro que sim.

— O que me incomodou foi que Adele, minha melhor amiga naquela época, continuou, durante vários meses após o *ménage*, com aquela paixão platônica pela Simone.

O queixo de Josie caiu.

— Não sei se aquilo foi mais ou menos devastador do que se ela tivesse me traído fisicamente também. O que sei é que, quando terminou comigo, ela me disse que estava apaixonada pela Simone e que estava "emocionalmente envolvida" com ela desde o *ménage*.

Ela fechou a boca e sussurrou:

— Puxa, que barra.

— Pois é, e isso não foi nenhum segredo no hospital em que trabalhávamos. Todo mundo sabia da vida de todo mundo lá. E alguns médicos diziam: "Não dê muita bola para isso, você não tem uma perereca, então nunca teve chance". — Essa foi a maneira como a qual alguns dos meus amigos tentaram me animar depois da separação. — Tudo bem, ela gostava de mulheres, e descobriu isso comigo. E eu sou homem o bastante para não pirar e ficar achando que eu a fiz virar gay. Não tem nada a ver isso. Mas o fato de eu não ter o equipamento certo — eu disse, olhando para entre as pernas —, não tornou a separação menos dolorosa.

Josie acariciou meu braço.

— Isso não tem a ver com o equipamento. Não tem nada a ver se você tinha ou não alguma chance com ela. Tem a ver com isso aqui, com seu coração — disse ela, colocando a mão no meu peito. O toque dela era delicioso, e todos os meus instintos me diziam para segurar sua mão e apertá-la contra mim. Porque eu gostava da sensação de ter as mãos dela no meu corpo.

Que novidade.

— Exatamente. Trata-se de amizade, de compromisso, de expectativas criadas em conjunto. Mas havia esse senso entre nossos colegas de que eu só devia me sentir magoado se ela tivesse transado com alguém com um pau. Mas eu sei que a questão não é essa. A questão é que ela se apaixonou por outra pessoa e se envolveu com essa pessoa enquanto ainda estava comigo. Não machuca menos só porque eu jamais poderia — fiz aspas com as mãos — "competir" com a Simone.

— Claro, e também machucou porque você confiou nela. Porque antes ela era sua amiga.

— Isso — eu disse, e foi assim que aprendi, da pior maneira possível, que amizades não devem se transformar em relacionamentos amorosos, pois só resultam em corações partidos. — Essa foi a pior parte. Eu sentia falta de tê-la na minha vida.

— Entendo perfeitamente. Eu sentiria muito a sua falta se você não estivesse na minha vida.

— Eu também sentiria sua falta — eu disse. — Como senti quando estava na África.

Ela sorriu discretamente.

— E eu sentiria ainda mais falta de você se algo acontecesse entre nós.

Meus músculos contraíram. Mais um lembrete para que eu mantenha meus pensamentos sobre Josie *neste* nível — o nível da amizade.

Os olhos dela percorreram por mim, parando na altura dos meus ombros.

— Por que você está tão tenso? — disse ela suavemente. Em seguida, ajeitou-se no sofá e veio para trás de mim, afastando-me do encosto. E sem eu me dar conta, ela começou a massagear meus ombros.

Foi completamente inusitado sentir as mãos da Josie me acariciando. Ela estava me reconfortando, embora aquele assunto já não me machucasse mais. Mesmo assim, ela parecia querer aquilo e — puta merda! — que talento ela tinha nessa arte. Ela afundava os dedos nos meus ombros de tal jeito que eu chegava a gemer.

— Caramba, Josie. Você tem mãos maravilhosas.

— É porque fico sovando massa o dia inteiro — disse ela, o que me fez rir e me curvar para trás, apoiando as costas em seu peito enquanto ela esfregava meus ombros. Naquele momento eu era um hedonista, um gato, alguém que queria todos os prazeres para si. Mas as mãos de Josie eram realmente mágicas, e eu não tive escolha a não ser sucumbir a elas.

— Seus ombros estão tensos, querido — disse ela, com a respiração suave roçando no meu pescoço.

Querido pra lá, querida pra cá.

Nós dois vínhamos usando palavras de carinho um com o outro nos últimos tempos. O que era aquilo?

Mas enquanto os polegares dela se afundavam nos meus músculos, eu não conseguia pensar em nada. Desliguei minha mente e me entreguei à extraordinária sensação das mãos da Josie em mim. Eu gemi e murmurei:

— Isso é *tão* maravilhoso.

Pude sentir o corpo dela se acomodando atrás de mim. Aproximando o rosto de mim. Os lábios dela estavam perto do meu cabelo.

— Que bom. Deixe eu cuidar um pouco de você. Vou fazer com que se sinta melhor.

Ela mal sabia que fazia com que eu me sentisse milhões de vezes melhor, embora nem estivesse mais me sentindo mal com toda aquela história com a Adele. No entanto, não queria abrir mão daquela massagem espetacular. Aquela sensação era maravilhosa. E todo o meu corpo estava sentindo aquilo, inclusive lá nos Países Baixos, onde havia uma imensa estátua indicando o quão ótima estava aquela sensação.

Estava uma delícia.

Estava um tesão.

86

De olhos fechados e com as mãos dela me massageando, minha mente vagou sem limites, imaginando-a deslizar pelo meu peito, descendo pela camiseta e...

Meu pau endureceu nessa hora. E a barraca ia ficando cada vez mais armada conforme eu imaginava o caminho de volta — aquelas mãos fortes e macias, divertindo-se no meu abdômen, passeando pelo meu peitoral, explorando cada detalhe do meu corpo.

Expirei com força. E aquilo acabou soando como um gemido de prazer. Porque minha fantasia não parou por aí. Conforme ela me tocava, eu imaginava as mãos dela deslizando pelo meu cabelo, seus lábios esfregando no meu pescoço, o cheiro dela por toda parte.

Então eu me via fazendo o óbvio.

A única coisa possível.

Virando e a puxando para baixo de mim, segurando-a pelos punhos acima da cabeça.

E fodendo com ela.

Embora eu fosse o único amigo dela, embora eu quisesse me manter naquele nível, todos os sinais, na mente e no corpo, apontavam para uma direção totalmente diferente.

Josie Hammer me deixava completamente excitado, e esse era um puta problema.

Capítulo 13

ALGUNS DIAS DEPOIS, ENCONTREI SOBRE A MESA DE centro um saco plástico transparente da confeitaria de Josie. Dentro dele, uma variedade de frutas secas, como nozes-pecã, avelãs e amendoins. Havia um bilhete, pendurado com um laço amarelo, que dizia:

Obrigada de novo por ter vindo ao meu socorro esse fim de semana.
O que eu faria sem um amante de frutas secas como você?

Sorri, guardei o cartão, e comi algumas frutas no caminho para o trabalho.

* * *

AS SEMANAS SEGUINTES PASSARAM VOANDO NO HOSPItal, sendo preenchidas por ferimentos de bala, dores no peito, quedas no chuveiro, overdoses, queimaduras com água fervente e uma maçã que fora enfiada naquele lugar que o sol não toca.

O homem que teve relações íntimas com a fruta me disse que caiu sobre uma cesta de maçãs verdes enquanto varria o chão.

— Gosto de ter maçãs por perto, com fácil acesso. Elas fazem bem para a saúde — disse ele, enquanto explicava seu… acidente.

No caso dele, comer uma maçã por dia não o impediu de ter que procurar um médico.

Houve também um turno vespertino em que os paramédicos chegaram às pressas com um britânico incrivelmente educado que colidira contra um poste de madeira num canteiro de obras.

— Parece que entrou uma farpa em mim — disse ele, com um pedaço de madeira de 20 centímetros cravado nas costelas.

Ai.

Hoje, tivemos um caso inesperado que envolvia um bebê.

Quando voltei para casa, contei a história para Josie enquanto ela puxava uma lasanha para fora do forno para verificar o ponto. Encostei-me na porta da minúscula cozinha, saboreando o aroma do prato que estava sendo preparado.

— A garota tinha 18 anos e chegou reclamando de infecção alimentar. Quando a informamos que ela estava grávida e com dez centímetro de dilatação, ela disse que nos processaria por difamação.

— Mas é claro. Ouvir um médico dizer que você está grávida é com certeza caso de processo, com toda a base jurídica para tal — disse ela ao fechar a porta do forno. — Mais cinco minutos e está pronto.

— Então ela começou a empurrar, e quando o bebê saiu dela, suas primeiras palavras foram: "Não é meu. Ele precisa voltar para a mãe dele. Mandem ele de volta para a mãe verdadeira".

Josie franziu a testa.

— Ahhhh, coitadinha.

Acenei concordando com ela.

— Pois é.

Inclinando a cabeça, ela disse:

— Você acha que ela não queria ter engravidado e por isso estava negando ou que ela tinha algum tipo de problema mental?

— Difícil saber. Essa não foi a primeira menina que entrou no PS dizendo que não sabia que estava grávida.

— Mas se ela não quiser ficar com o filho, o que vai acontecer com o bebê?

Dei de ombros e peguei uma das uvas que estava em uma tigela de vidro sobre a bancada, jogando-a na boca.

— Não sei. Quem tem que resolver isso é a assistente social do hospital.

— Queria poder fazer alguma coisa para ajudar esse bebê — disse ela, com uma voz suave.

— Vai ficar tudo bem. É um bebê saudável — eu disse, já que era só isso que eu sabia sobre aquele caso.

A preocupação se estampou em seu rosto, e Josie franziu as sobrancelhas.

— Mas como você sabe que vai ficar tudo bem?

A pergunta dela me fez parar para pensar.

— Para ser sincero, eu não sei, mas eu *confio* que as pessoas certas irão ajudar ambas as partes.

Ela deu um forte suspiro e balançou a cabeça.

— Mas pense, só por um segundo, no que irá acontecer em seguida. Como será a vida dessas duas pessoas depois?

Novamente dei de ombros, parte de mim querendo dar a resposta que ela queria e parte de mim querendo terminar aquela conversa. Não gosto muito de refletir sobre o que acontece com meus pacientes depois. O *depois* nem sempre é agradável. Faço tudo o que posso na sala de exames. Não posso ficar remoendo sobre a vida de todo mundo, pois tenho zero controle sobre ela.

— Não posso passar meu tempo focado nisso, Josie — eu disse, tentando manter a voz equilibrada.

— Por quê? É uma coisa triste. Por que é tão ruim focar nisso? — Ela olhou para o relógio do forno. — Eu não consigo deixar de pensar. Eu me sinto mal pelas duas partes envolvidas.

Levantei as mãos em sinal de rendição.

— Ela ficará bem.

Ela me encarou com um olhar cético.

— Quem? O bebê? A mãe?

Encarei-a de volta.

— Os dois, eu presumo.

A voz dela subiu de tom, expressando uma mistura de tristeza e irritação.

— Você não pode simplesmente presumir uma coisa dessas.

Fiz que sim com a cabeça.

— Posso, sim. Faz parte do meu trabalho.

Ela mexeu a cabeça e contraiu a testa.

— Eu não entendo. Como você pode separar as coisas tão facilmente? Como pode dizer que ela ficará bem sem ter certeza disso?

Respirei fundo e busquei assumir a postura mais tranquila possível. Josie estava deixando levar-se pelas emoções. Ela estava se apegando a pacientes que nem eram dela. Eu precisava acalmar a Florence Nightingale dentro dela.

— Ei — eu disse com o tom de voz mais calmo que pude, colocando a mão sobre o braço dela. — Existem pessoas no hospital que vão ajudar. Temos uma excelente assistente social e faremos tudo que estiver ao nosso alcance. A única maneira que eu tinha para ajudá-la clinicamente era me focar na parte física. Agora, outras pessoas irão ajudá-la, está bem?

Ela inspirou com força, como se buscasse sugar oxigênio depois de ter ficado sem respirar durante algum tempo. Quando ela acenou como se tivesse aceitado o que eu havia dito, preparei-me para apagar esse episódio da cabeça, mas, então, ela passou por mim e saiu da cozinha.

— Com licença — ela balbuciou, com a voz emocionada e, segundos depois, ouvi a porta do banheiro bater.

— Merda — murmurei.

Então esperei. E esperei. E esperei.

Quando o alarme do forno tocou, pensei que de alguma forma o relógio biológico de cozinheira dentro dela a tiraria do banheiro. Mas sessenta segundos se passaram e ela ainda estava fora de combate; então, peguei a luva de forno, tirei a lasanha e a coloquei no suporte para travessa. Por um minuto fiquei ali parado, mas então decidi agir. Não sei o que estava incomodando Josie, mas eu poderia ajeitar o que estava ao meu alcance.

Colocar a mesa do jantar.

Procurei uma garrafa de vinho, escolhi um Merlot e tirei a rolha. Quando encontrei duas taças, coloquei-as sobre a mesa de centro da sala de estar, que dobrava de tamanho para virar uma mesa de jantar. Acrescentei os guardanapos de pano, o único que usávamos desde que Josie me ensinou que os de papel eram ruins para o meio ambiente. Quando voltei à cozinha, peguei dois pratos amarelos e uma espátula. Servi um bom pedaço da lasanha para ela e outro para mim.

Conforme dispunha os pratos sobre a mesa, junto com os talheres, ela voltou ao meu encontro, com um chumaço de lenço de papel nas mãos.

— Sinto muito — ela disse, com a voz chorosa. Sua expressão aparentava tranquilidade e arrependimento. — Não quis forçar tanto a barra sobre uma paciente sua.

— Não tem problema nenhum. Mas... você está bem? — eu disse, aproximando-me dela.

— Não é você. É que... — Ela esfregou o rosto com os lenços. — Eu tive um dia muito longo hoje e acabamos ficando sem o mil-folhas antes do que esperávamos, já que tínhamos anunciado o especial de terça-feira. Uma cliente chegou e fez um escândalo por causa disso, e saiu falando que ia... — Ela pausou a imitar a voz afetada da cliente —... "fazer uma reclamação" no Yelp. E sei que é só um detalhe no meio de tantas coisas mais importantes, mas trabalhei tanto para estabelecer um bom negócio depois que minha mãe morreu, e às vezes uma única crítica pode acabar com tudo. Então, estou o dia inteiro na expectativa de que algo de ruim vá acontecer. Ainda por cima, o namorado da minha amiga Lily está agindo como um completo idiota, e eu me sinto mal por ela, porque ela ainda gosta dele, mas ele não é digno da dedicação dela e eu quero fazer com que ela perceba isso. Nisso, comecei a fazer essa lasanha para tentar esquecer de tudo. — As palavras saíam dela como se estivesse num confessionário. — Então você chegou em casa, e você é tão bom em separar as coisas, e eu não consigo fazer isso. Sou péssima nisso. — Outra lágrima escorreu pelas bochechas dela.

Peguei um dos lenços de sua mão e sequei seu rosto com ele.

— Você não precisa lidar com as coisas da mesma maneira que eu lido. Você é você, e deve lidar com elas da forma que achar necessário.

Ela respirou fundo e concordou.

— Queria conseguir me fechar para as coisas do jeito que você faz.

— É uma bênção e uma maldição — eu brinquei.

— É um dom — disse ela, com forte ênfase.

— Veja bem. De certo modo eu tenho que fazer essa separação, porque não posso reagir às coisas da mesma forma que um paciente reagiria. Se eu fizesse isso, não seria a pessoa mais indicada para cuidar deles, entende?

Josie acenou com a cabeça, enquanto a envolvi com um braço para guiá-la até o sofá.

— Sinto muito por ter discutido com você — sussurrou ela.

Balancei a cabeça.

— Imagina, isso nem chegou a ser uma discussão. Mas se resolver discutir comigo, eu sei me virar. — Estufei o peito e bati com a mão nele. — Aço, meu bem. Eu sou de aço. Eu aguento tudo.

Ela deu um sorriso tristonho, meio sem graça.

— Mas olha só. Não fique frustrada por suas emoções estarem sempre à flor da pele. Isso faz parte de quem você é, e faz parte do que a torna... — Fiz uma pausa, em busca das palavras certas — uma das pessoas mais incríveis que conheço.

Ela espremeu meu ombro.

— Ah, pare com isso.

— Mas é verdade — eu disse. Então parei um pouco e dei um sorrisinho sarcástico. — Mas, agora, falando a verdade, eu achei que você estava de TPM.

— Seu idiota — disse ela.

— Sou um completo idiota. Mas esse idiota serviu o jantar. — Apontei na direção da refeição. — Quer jantar comigo?

— Nossa, achei que nunca iria pedir.

Minha barriga agradecia a cada garfada que eu dava na lasanha. Apontei com o garfo para o prato.

— Essa é a coisa mais gostosa que já comi.

— Você diz isso sobre tudo o que eu faço.

— E nunca minto sobre nada do que você faz.

— Obrigada — ela disse, com um sorriso. — E caso esteja se perguntando, menstruei na semana passada e você nem notou.

— Caramba, você é sorrateira no departamento de reações hormonais.

Ela me cutucou com o ombro.

— Desculpe mais uma vez. Você me perdoa?

Olhei bem para ela, e por um segundo fiquei tentado a percorrer as mãos pelos seus cabelos, esfregar meus lábios nos dela e beijá-la suavemente para garantir que estava tudo bem.

Então acordei daquele delírio.

Mesmo assim, queria poder dizer a verdade para ela. Queria poder dizer que a cada dia que passa fica mais difícil continuar me enganando. Queria poder dizer que ela põe à prova minha habilidade de compartimentalizar como nada nem ninguém jamais o havia feito. Todos os meus instintos me dizem para beijá-la, tocá-la, levá-la para a cama.

Mas um homem não pode se deixar levar pelos instintos.

A mente acima do homem, eu fico me reafirmando.

A boa notícia foi que, quando ela deu outra olhada no Yelp naquela noite, a confeitaria dela ainda estava com uma nota de avaliações excelente. Eu disse que a mulher estava só de papo-furado. Quando ela beijou minha bochecha para me desejar boa noite, cerrei os punhos com força para lembrar de me manter sob controle. Meus olhos não desviaram dela enquanto ela dava meia-volta e caminhava para o seu quarto, e esse é um grande problema. Está ficando cada vez mais claro que essas gavetas separadas estão ficando cada dia mais bagunçadas.

Não sei direito como mantê-las fechadas.

Mas prometo continuar tentando.

Capítulo 14

NOS DIAS SEGUINTES, VOLTEI A ME COMPROMETER COM minha missão inicial. Meu foco estava em estabelecer e sustentar a ala da amizade na casa de Josie e Chase, em vez de inaugurar o corredor da luxúria.

Tudo corria bem na maior parte do tempo. Eu monitorava o Yelp e ficava feliz em reportar que a brigona não chegou a levar a confusão adiante. Quando os lenços de papel que ela gostava estavam para acabar, eu buscava mais. E ofereci minhas papilas gustativas como cobaia para seu macaron de acerola. E ela estava certa — é maravilhoso.

Mas era preciso apenas um piscar de olhos para que eu recaísse.

Ela estava em seu quarto e o corredor estava cheio de vapor, já que seus banhos são tão quentes quanto a temperatura da superfície de Mercúrio. Estava no nível sauna quando fui até o banheiro para escovar os dentes, antes de sair para um treino de bike logo cedo com o Max.

Quando terminei, ela me chamou:

— Ei, Chase, você ainda está no banheiro? Esqueci de passar meu creme hidratante quando estava aí.

— Qual deles? Eu levo para você.

— O de cerejas negras — ela gritou. — Prateleira de cima do armário de madeira.

Ah, essa é outra coisa que você aprende ao viver com uma mulher. Elas tomam conta de todo o espaço disponível nos banheiros da propriedade. Mia, minha irmã, também era assim, e então, desde a adolescência, eu já havia aprendido a sobreviver com um espaço mínimo. Com Josie, tratei de reivindicar o direito a um canto do armário de remédios, onde ficam meu desodorante e o creme de barbear. O resto? Ela amontoou onde quis.

Peguei o tal creme, enfiando minha perfumada fantasia de arrastar a língua pelo meio do vale celestial dos seios dela na gaveta puritana, a mesma em que mantenho pensamentos de gatinhos, cachorrinhos e patinhos. A proximidade com coisas fofinhas irá apagar a safadeza desses delírios e transformá-los em pensamentos mais saudáveis, certo?

A porta do quarto dela estava aberta, mas eu bati mesmo assim.

— Pode entrar — disse ela, e quando abri a porta toda, vi que não estava pronto para passar por aquele teste. Vi que jamais passaria por ele.

— Você precisa de uma toalha para combinar com o pano de prato que está usando? — perguntei, porque produzir humor era a única maneira de lidar com o fato de que ela estava com a menor toalha do mundo cingida ao redor dos seios.

Eu não sou tão forte assim. Vou agitar a bandeira branca a qualquer segundo.

— Ah — disse ela, olhando para baixo e levantando um pouco mais o pedaço de pano. — Dia de lavar roupa. Essa era a única toalha sobrando. Acho que é uma toalha de rosto.

— Também estou achando — eu disse, enquanto ela tentava ajustar o material azul que cobria seus bens preciosos, puxando a outra ponta sobre a coxa. Ao fazer isso, ela destruiu todo o trabalho que eu havia feito nos últimos dias, porque ela acabou revelando ainda mais de seu corpo macio e perfeito. O volume do peito estava desvelado. Minha boca encheu d'água. Eu babei. Espumei. Caí no chão em uma pilha de hormônios que liberavam testosterona. Cientistas estudarão durante anos o meu caso, como um exemplo de morte por superexposição a gostosura.

Ela ficou me encarando com a mão estendida.

Pisquei, esforçando-me para reconectar a boca aos últimos neurônios que ainda não tinham sido obliterados.

— É. Que foi? — Balancei a cabeça. — Você falou alguma coisa?

Ela apenas riu.

— O creme. Pode me entregar?

— Ah, é mesmo — eu disse, olhando para minha mão, como se tivesse acabado de descobrir que ela faz parte do meu corpo. É. Eu não estava tão morto assim. Não me desfiz no chão. Sobrevivi à overdose, e estou vivo e boquiaberto. Entreguei o frasco a ela. — Está aqui.

Juntei cada pedacinho de determinação que havia dentro de mim e saí do quarto, peguei a bicicleta no porão e saí pedalando pela cidade para me encontrar com Max. Passar algum tempo com o meu irmão era o melhor brochante do mundo.

Só para garantir, resolvi acrescentar minha irmã à essa mistura, e trancando a bicicleta no porão do prédio após terminar a pedalada, liguei para Mia.

— Já salvou o mundo? — perguntei, assim que ela atendeu o telefone.

Minha irmã tem uma risada incrível, calorosa e convidativa que combina perfeitamente com seu humor irônico.

— Só mais alguns coelhinhos — disse ela.

A empresa de Mia é especializada em maquiagem e produtos de beleza que não são testados em animais, e é o resultado perfeito para o desejo que ela sempre teve, desde criança, de salvar todos os animais.

Batemos um papo rápido e, em seguida, ela teve que voltar ao trabalho.

Aquela ligação, porém, cumpriu sua função e manteve minha mente longe do corpo de Josie.

Mas só por alguns dias.

Na sexta-feira à noite, Josie cruzou a sala de estar batendo os saltos no chão. Levantei os olhos do livro que estava lendo no celular.

Naquela noite ela estava usando um vestido cor-de-rosa-escuro que... Uau. Só uau. Simplesmente, fabulosamente, incrivelmente gostosa. O vestido abraçava os quadris e seios, e realçava as pernas fortes e tonificadas pelo futebol.

Pisquei os olhos algumas vezes. Acho que umas dez. Talvez mais de cem.

— Quem é o sortudo? — perguntei, com minha melhor voz de "sou só um amigo preocupado com você".

— Tenho um encontro com Paul hoje à noite. É aquele gerente de software que você escolheu no site, o único que você achou que parecia normal, lembra?

— O raro achado que escrevia direito e tinha a capacidade de fazer perguntas sobre algo que não fosse lingeries e boquetes — eu disse, porque

97

percebi que, uma hora ou outra, teria que dar aval a um deles, e ele era a melhor opção. — Mas você está muito arrumada.

Ela deu de ombros, como se não fosse demais.

— Eu tinha o vestido, mas me faltava uma oportunidade para usar. Achei que seria divertido. Nunca consigo me vestir bonita para o trabalho.

Por dentro, fiquei pensando que ela poderia se vestir assim para mim quando vamos na loja de roupas de cama, ou no mercado, ou até na farmácia para comprar papel-higiênico. Claro que isso era bastante egoísta da minha parte, mas foi o que pensei.

— Bem, ele é um maldito de um sortudo por vê-la assim nesse vestido.

Josie lutava para fechar um colar.

— Não consigo fechar. Você pode me ajudar? Meus dedos ainda estão escorregadios por causa do creme.

Fiquei de pé, esfreguei as mãos na calça jeans e me aproximei dela. Ela juntou o cabelo e o ergueu para cima, expondo a nuca. Minha garganta ressecou. Os pelos do meu braço se eriçaram de desejo. Seu pescoço, longo e harmonioso, era simplesmente incrível. Material de primeira para sair beijando.

Mas como eu não podia, apenas peguei as pontas do colar e, embora flertasse com a ideia de levar mais tempo que o necessário para fechá-lo, resolvi agir como um cavalheiro e o fiz rapidamente. Por mais que eu quisesse passar a noite inteira ali, eu não podia me deixar levar pela tentação.

— Pronto — eu disse e, observando-a abaixar novamente o cabelo, torci para que Paul não fosse o cara que teria a sorte de abrir aquele colar esta noite. Assim que aquela terrível noção tomou conta de mim, cerrei os punhos de raiva e procurei manter meu ciúme sob controle.

Torci para que ela odiasse o cara. Porque não havia como qualquer homem estar em sua companhia naquela noite e não se apaixonar por ela.

Saí pouco depois dela, para não ficar em casa como um paspalho desacompanhado numa sexta-feira à noite e chamei uma radiologista loira chamada Trish, que gostava de jogos de simulação de ligas de beisebol. Como sou grande fã dos Yankees, teríamos boas chances de conversar sobre coisas que vão além de assuntos do trabalho. Em um bar não muito longe, pegamos cervejas e assistimos ao jogo no telão, debatendo sobre os melhores arremessadores da história. Estava indo tudo bem, mas quando chegou aquele momento inevitável do vamos ou não vamos, senti que na verdade eu não queria, e então apenas me despedi e fui embora.

Ao caminhar pelas ruas de Murray Hill, ouvindo ao audiolivro sobre física na vida cotidiana e desviando dos grupos já embriagados de nova-iorquinos, dei-me conta de que queria muito mais conversar com Josie do que estar em um encontro, e torci para que Paul fosse um panaca.

Quando abri a porta, fui recepcionado pelo aroma do mil-folhas. Isso era um sinal de que o encontro dela também acabara mais cedo, o que significava que eu estava pulando de alegria.

Fui até a cozinha. Ela puxou uma travessa do forno e sorriu. Ainda usava o traje do encontro, com exceção dos saltos. Como ela ficava linda com aquele vestido extravagante e os pés descalços.

— O encontro acabou mais cedo?

Acenando com a cabeça, ela respondeu:

— Quando ele me convidou para ver seu esquilo da Mongólia imaginei que fosse hora de ir embora.

— Isso não a deixou empolgada?

Ela balançou a cabeça.

— Se ele tivesse dito furão, quem sabe. Mas esquilo da Mongólia, com certeza, não.

— Ele estava na calça dele ou dentro de uma gaiola?

— Não quis pagar para ver. Apenas agradeci, disse que precisava regar as plantas e dei o fora dali.

Contra a minha vontade, um sorriso se formou no canto da minha boca.

— Acho que isso explica por que Trish não me convidou para a casa dela. Tentei a cantada do hamster.

Dando um tapa em mim com sua luva de forno em formato de panda, ela continuou:

— Mas acho que eu já deveria ter me ligado. Ele fez um monte de comentários sobre masturbação no começo do encontro.

Curvei-me sobre o balcão da cozinha e retruquei:

— E isso a preocupa, já que você nunca faz isso, certo?

Deslizando a espátula por baixo da sobremesa, ela me olhou de soslaio.

— Exatamente, Chase. Eu nunca toco uma. Nunca. — Balançando a mão sobre a virilha, ela concluiu: — Essa zona não aceita mãos.

Levei o comentário dela a sério.

— Tudo bem. Você usa brinquedinhos então, já entendi. Que tipo? — perguntei, porque não consegui me conter.

Ela revirou os olhos.

— Não vou contar.

Pigarreei com deboche e fiz menção de pegar um doce da travessa. Ela me deu um tapa com a espátula.

— Ai! — eu disse, retraindo a mão.

— Isso não doeu, e você deveria saber que não gosto que peguem minhas sobremesas antes de estarem prontas.

— E você deveria saber que não deve bater nas minhas mãos. — Levantei as duas, com os dorsos voltados para ela.

Com uma velocidade que nem vi de onde veio, ela me bateu novamente com o utensílio. Dessa vez, na outra mão.

— Agora chega. — Fui na direção dela, fazendo cócegas em sua cintura. — Você me conta quais brinquedos usa e eu paro.

Ela caiu na gargalhada e abanou os braços, atingindo-me com cotovelos, mãos e a espátula, até que eu cedi a suas súplicas de misericórdia.

Encarei-a em nossa minúscula cozinha.

— Estou esperando.

— Você quer mesmo saber?

Acenei avidamente com a cabeça. Estava brincando com fogo, mas não conseguia resistir. O desejo de saber superava qualquer coisa.

Josie voltou a pegar os doces com a espátula, balançando a cabeça.

— Não posso acreditar que estamos mesmo falando sobre isso.

Estendi as mãos em sinal de rendição.

— Qual é? Nós falamos sobre tudo. — Então, uma ideia me veio à cabeça. Abri o armário da cozinha, peguei uma garrafa de tequila e a ergui. — Isso vai ajudar com toda essa sua timidez.

Ela me encarou com os olhos semicerrados.

— Eu não sou tímida.

Peguei dois copos de shot e servi um pouco em cada um.

— É melhor prevenir do que remediar, Senhora Não Sou Tímida.

Entreguei-lhe o primeiro e ela o pegou. Então levantei o copo e virei, sentindo a bebida descer queimando. Em seguida, ela me acompanhou e engoliu rapidamente, pousando imediatamente o copo sobre o balcão, ao lado do meu.

Esfreguei as duas mãos e disse:

— Hora de confessar sobre seus brinquedinhos. O que você tem lá?

Ela arqueou a sobrancelha.

— Sério? É sério mesmo que você quer saber?

Apertei os olhos.

— Qual parte de que você mora com um safado sem-vergonha você não conseguiu entender? É óbvio que eu quero saber. Eu sou homem. Isso é como uma manhã de Natal. Mas se isso ajudar...

Servi mais duas doses e deslizei o copo até ela. E tomamos mais uma.

Josie respirou fundo.

— Já que você perguntou... eu tenho alguns brinquedinhos, sim. Uma pequena bala prateada, um golfinho grande e alguns vibradores de dedo à prova d'água.

Minha temperatura interna subiu até os píncaros. Agitei a gola da minha camiseta para me refrescar.

— Para o chuveiro? — falei com a voz afetada.

— Como não temos uma banheira, sim, seria para o chuveiro.

— Você se masturba enquanto toma banho? — perguntei, e visualizei claramente em minha cabeça Josie debaixo de um jato quente de água que escorre pelos seus seios, enquanto um vibrador de dedo fazia seu trabalho entre suas coxas.

Conforme dispunha os doces numa travessa para esfriar, ela concordou com a cabeça. Só então eu me lembrei que, na noite em que entrou em pânico, ela prometeu fazer mil-folhas para mim. E ela de fato fez. Porra, acho que ela é perfeita, tanto com relação às sobremesas quanto com seu pequeno hobby na hora do banho.

— Por que pergunta? — perguntou ela, com uma voz toda inocente. Então ela colocou os dedos sobre a boca. — Você fica ocupado descabelando o palhaço na sua cama enquanto estou dormindo?

Apontei o dedo para mim mesmo.

— Eu também faço isso no chuveiro, querida.

Arqueando a sobrancelha, ela disse:

— Acho que o chuveiro é como um padre que guarda nossos segredos. — Ela apontou para os mil-folhas. — Assim que esfriarem, você pode pegar um. Agora me diga, você limpa o chuveiro quando termina? — Ela deu uma piscadela, pegou a garrafa e os copos de tequila e se jogou no sofá.

Eu a segui, como o cãozinho que sou. Língua para fora e ofegante, só esperando uma migalha cair.

— Eu sou o Senhor Limpinho, lembra? — Dei uns tapinhas no encosto do sofá. — Mas aposto que você não faz isso só no chuveiro. Com certeza você deve ter tocado algumas aqui nesse sofá, antes de eu me mudar. Esse é o sofá da siririca, não é? Pode admitir.

— Bem... — Enroscando uma mecha do cabelo nos dedos, ela ficou refletindo sobre a resposta. — Não tem jeito de assistir filme pornô no chuveiro, né?!

Grunhi ao ouvi-la admitir. As imagens percorreram meu cérebro de forma veloz e furiosa.

— É aqui que você vê filme pornô e toca uma?

Rindo, Josie pegou a garrafa e serviu outra rodada. Ela me entrega um copo e então brindamos. Mexendo as sobrancelhas, ela respondeu:

— Sim, sou conhecida por assistir pornô de vez em quando.

Levando o copo aos lábios, ela bebeu todo seu conteúdo. Acompanhei seu ritmo, dose por dose, e a bebida foi soltando nossas línguas cada vez mais. Sempre fomos muito abertos um com o outro, mas essa conversa estava indo por um caminho completamente oposto.

— Só de vez em quando? — perguntei.

Ela deu de ombros, com um olhar sem-vergonha, do tipo "eu tenho um segredinho".

— Tudo bem. Conte ao doutor. Masturbação é normal. Não fique envergonhada. — Eu a envolvi num grande abraço, como se estivesse buscando reconfortá-la. Não porque quisesse tocá-la. Quando nos separamos, pigarreei para me recompor. — Então, falando sério. Que tipos de vídeos íntimos você gosta? — indaguei, adotando um tom de entrevista, como se fosse o cara do site que estivesse perguntando.

Só que, vinda dele, ela seria considerada inadequada. No entanto, vinda de mim, essa pergunta era aceitável, já que era tudo em nome da pesquisa científica.

— Você quer saber? — perguntou ela, com os olhos arregalados e me encarando.

Sem dúvida que sim. Muito. Estou morrendo para saber o que a excita.

— É claro que quero saber o que deixa a pequena Josie feliz no sofá da siririca. — Ela jogou uma almofada na minha direção e eu a peguei no ar.

— Tudo bem. Antro dos Prazeres. Podemos chamá-lo de seu Antro dos Prazeres e Desejos Íntimos?

— Só se eu puder dizer que o chuveiro é sua Zona da Punheta.

Fingi deixar o queixo cair, com uma expressão chocada.

— Está bem, pode chamar de Zona da Punheta. Apenas responda à pergunta.

— Ok — disse ela, respirando fundo e endireitando os ombros. — Eu gosto de pornô de homem com homem.

Fiquei sem reação por alguns segundos.

— É sério?

— Sério — disse ela, confirmando com a cabeça. — Isso incomoda você? Você parece surpreso.

— Eu fiquei surpreso, mas não me incomodou. Cada um com a sua fantasia.

— Sua vez — disse ela, mexendo a cabeça em minha direção. — O que você gosta?

A resposta era fácil.

— Eu gosto de vídeos com garotas se masturbando sozinhas.

Ela arregalou os olhos e pude perceber neles uma ponta de desejo.

— É mesmo?

Acenei concordando.

— Por quê? — perguntou ela, com a voz suave, mas impaciente. Sua curiosidade parecia transbordar.

Mudei um pouco de posição, em uma tentativa de aliviar a pressão na minha calça, o que não adiantou. Meu pinto estava tentando atingir um novo recorde por dureza naquele momento, como se quisesse competir nas Olimpíadas da Ereção. Mas não podia culpar meu pau, era impossível não ficar excitado durante uma conversa daquelas.

A tequila estava colaborando com minha atitude de honestidade absoluta. Ou então, quem sabe, apenas o fato de conviver com ela já fosse responsável por isso. Por algum motivo, eu não estava a fim de me conter naquela noite.

— Porque... tem alguma coisa na figura de uma mulher proporcionando prazer para ela mesma que não sei explicar. Ela está tão excitada que precisa dar um jeito naquilo imediatamente. Ela está cheia de tesão por causa de sua mente, sua imaginação, e ninguém precisa fazer nada para resolver aquilo por ela. Ela fecha os olhos, suas mãos descem pelo seu corpo e ela cria uma fantasia interior.

Josie respirou forte.

— Isso dá muito tesão — ela sussurrou, com a voz diferente. Excitada.

Estiquei o braço pelo encosto do sofá e continuei descrevendo a cena com mais palavras, adorando a direção maluca que a conversa daquela noite estava tomando.

— Adoro ver como, antes mesmo de tirar a calcinha, já dá para perceber que ela está molhada. Aquilo me excita demais.

Olhei para os olhos dela, e pude perceber que suas íris verdes reluziam com um desejo inconfundível. Eu também não escondia o meu. Não sei se sentíamos um tesão momentâneo um pelo outro ou se estávamos ficando excitados pela conversa. Também não fazia a menor diferença. Naquele momento, eu não conseguia separar mais nada. Eu estava duro e sou capaz de apostar que ela estava molhada.

— É divertido ficar molhada — disse ela, com uma voz rouca que penetrou até meus ossos, como uma dose de pura luxúria. — Eu entendo por que você deve gostar de ver aquilo.

— Também me excita pra caramba ver uma mulher linda abrindo as pernas e se tocando para gozar.

Ela piscou os olhos e, em seguida, deu um sopro longo e intenso, abanando o rosto com a mão.

— Nossa. Esse mil-folhas deve ter assado na temperatura máxima, porque está um forno aqui dentro.

Toquei seu braço e, por um segundo, sua respiração parou.

— Sua vez. Por que você gosta de ver dois caras se pegando?

A resposta dela saiu numa só expiração.

— Porque eu gosto de homem.

— E? — perguntei, lembrando-me do comentário dela sobre tipos. — Mas por que esse tipo de pornô especificamente?

Ela colocou uma mecha do cabelo por trás da orelha e inspirou profundamente. Talvez estivesse juntando coragem, ou talvez a bebida já tivesse dado essa coragem a ela, porque sua resposta foi valente e excitante.

— Eu gosto do que torna um homem *homem*, e ver dois deles juntos me excita ainda mais. Veja bem, eu sou completamente hétero. Mas é por isso que eu gosto — disse ela, levando a mão ao meu cabelo. — Gosto de tudo o que faz um homem ser homem.

Josie arrastou sua mão pelos meus cabelos, e fechei meus olhos trêmulos. Saboreei aquele toque e a maneira com que o desejo se espalhou pelo meu corpo por causa daquele simples ato de carícia.

— Adoro uma mandíbula máscula — disse ela, arrastando o dedo pelas linhas do meu rosto; a luxúria tomava conta de mim como brasas ardentes.

Abri os olhos e engoli em seco, com dificuldade. Mas não disse nada. E nem era preciso. Ela estava compondo um solilóquio à forma masculina e, naquele instante, eu era sua musa.

— Amo uma barba por fazer — ela continuou falando e tocando meu rosto, manifestando em mim tudo aquilo que gostava. Então sua mão desceu até meu braço. — E braços e músculos fortes.

Sua mão deslizou até minha barriga. Os olhos dela cintilavam com malícia. Ela baixou o tom de voz, produzindo um sussurro cheio de sensualidade.

— Também amo o caminho que leva à felicidade.

Nessa hora, o fogo se espalhou por completo. Meu sangue fervilhava e me consumia. Não sabia se seria capaz de voltar ao normal.

— Por isso que gosto de ver dois homens — ela terminou, como se fizesse a conclusão de uma resposta de prova. — Homens simplesmente me excitam. Mas não quero fazer um *ménage*.

— O que você quer então?

Ela realinhou os ombros e endireitou as costas para falar.

— Um cara que me queira tanto quanto eu o queira.

Que se foda essa situação de ter que dividir apartamento. Que se foda a situação imobiliária de Nova York. Que se foda os horrores de encontrar quatro paredes. O que mais quero agora é ser esse cara.

— Você deveria ser venerada. É o que você merece — eu disse, sentindo minha voz ficando rouca pelo tesão que eu não conseguia conter. — Você é perfeita.

Os lábios dela se abriram e as palavras saíram deles docemente.

— Você também é.

Estávamos ali, no seu Antro dos Prazeres, falando sobre o que nos deixava excitado. Não sei como achava que poderia separar sexo de amizade e luxúria de emoções, mas com a Josie me encarando cheia de desejo no olhar, eu tinha que exercitar cada milímetro do meu autocontrole.

Felizmente, ela se levantou e me salvou de mim mesmo. Ela deu um tapa na própria testa.

— Esqueci completamente. Preciso lavar o cabelo. — Ela o balançou. — Acho que deve ter resto de mil-folhas nele.

— É. Você tem mesmo que tirar esses restos de mil-folhas do cabelo.

Ela saiu andando e entrou no banheiro.

Desta vez, eu sabia que ela não estava batendo em retirada, não estava chorando, não estava triste. Ela estava morrendo de tesão.

Capítulo 15

UM MINUTO DEPOIS, OUVI A TORNEIRA DO CHUVEIRO ligando e o som do jato de água contra o azulejo. Minha respiração acelerou-se e fechei os olhos, imaginando Josie nua. Na minha fantasia, eu ficava parado de pé, apenas observando. Suas mãos deslizavam em torno dos seios e desciam por entre as pernas. Não eram necessários brinquedos, ela já estava muito excitada.

E eu também estava. Meu pau me puniria mais tarde, se eu não lidasse com aqueles níveis épicos de ereção

Dane-se.

Eu não estava mais aguentando aquilo. Tinha que fazer alguma coisa a respeito daquela situação com minha colega de apartamento. Ela estava sã e salva no chuveiro, e eu, são e salvo na sala. Baixei o zíper da calça, enfiei a mão para dentro da cueca e tomei meu pau em uma das mãos.

Com o chuveiro como minha trilha sonora, fui acariciando meu pinto, com movimentos longos e demorados, da base até a ponta. Levei a outra mão até as bolas, que estavam absurdamente inchadas de tesão por ela, de desejo totalmente inadequado pela minha colega de apartamento, minha melhor amiga, irmã do meu melhor amigo.

Mas o que eu poderia fazer?

A poucos metros de mim, a mulher dos meus sonhos libidinosos estava nua e se masturbando. Aquela era minha maior fantasia. Josie estava tão excitada naquele momento que ela teve que ir se resolver no banheiro. Deus que me perdoe, mas eu não tinha outra escolha.

— Delícia — murmurei, porque a boceta dela deveria estar muito molhada e lubrificada, incrivelmente escorregadia.

Segurei mais forte, e então espalhei uma gota do líquido expelido sobre a cabeça do meu pau e, depois, por toda sua extensão. Aquilo facilitou meu voo solo. Não podia enrolar demais, porque o tempo estava contra mim. Só havia uma missão no horizonte e eu pegara um atalho, em busca do alívio imprescindível.

Provavelmente, ela já estava quase lá, curvada contra a parede do chuveiro; como era sortuda aquela maldita água que escorria por todo o corpo dela.

Com aquela visão gloriosa em mente, afundei-me no sofá e continuei minhas carícias. Movimentos mais longos, rápidos e intensos. Agarrei com mais força meu pau e imaginei a cena que estaria rolando ali do lado. Imaginei os dedos de Josie correndo solto, querendo rapidamente chegar ao clímax. Imaginei Josie pegando o vibrador de dedo e deslizando-o livremente, esfregando-o em seu clitóris pulsante com frenesi, porque, assim como eu, ela estava desesperada, ávida por um orgasmo.

Soltei o ar com força. Aposto que ondas de prazer percorriam o corpo dela à medida que a água escorria por seus cabelos, que sua pele esquentava e que ela esfregava aquele aparelho mágico pelo clitóris.

Ah, as coisas que eu poderia fazer para ajudá-la...

Tocando minha punheta com mais força, a respiração ficando ainda mais ofegante, imaginei adentrar o banheiro naquele exato momento, arrancando minhas roupas e entrando debaixo d'água, pegando aquele brinquedinho para usar nela. Imaginei deixar o corpo dela se derreter sobre o meu enquanto eu a excitava, ao mesmo tempo que ela me implorava para que eu continuasse.

"Chase, isso é uma delícia."

"Chase, estou me derretendo por você."

"Imploro que você me faça gozar."

Meu pau agora estava duro como aço, e minha respiração oscilava e se intensificava a cada segundo. Eu me masturbava com ainda mais força e mergulhava cada vez mais na fantasia de fazê-la flutuar. Eu tomaria o vibrador de suas mãos e acariciaria seu doce clitóris, enquanto meus dedos a penetrariam. Ela cairia em meus braços.

A tensão se espalhou pelas minhas pernas, e meus quadris enrijeceram ao imaginá-la se masturbando novamente, desta vez com a minha boca, fazendo com que ela enlouquecesse com minha língua. Então apoiaria suas mãos no azulejo e penetraria sua boceta quente e molhada, divertindo-me com seus seios magníficos, enquanto a fodia até ela gozar de novo.

Como eu estava prestes a fazer. Puta merda. Eu estava prestes a gozar com muita força, porque aquilo era tudo que eu mais queria. Queria ser o cara que viraria seu mundo de pernas para o ar de tanto prazer. Queria ser o homem que ela quer. Queria, mais do que tudo, ser aquele por quem ela se masturba.

Um clímax intenso e profundo retumbou pela minha coluna, incendiando-me ao gozar nas mãos.

Respirava ofegante como um homem que acabara de terminar uma corrida de velocidade, como se eu tivesse pedalado com mais força do que nunca. Quando abri os olhos, agradeci aos céus pelo fato de Josie manter estoques de papel-higiênico e lenço de papel pela casa toda. Peguei um chumaço de lenços que estava ao meu lado para me limpar e, em seguida, fui até a cozinha para lavar as mãos e guardar meu pau dentro da calça.

Quando o chuveiro desligou, as imagens não haviam parado. Só o que via era seu corpo nu, molhado e faminto por mim. E não conseguia parar de fodê-la em minha mente. Era impossível tirar minhas mãos dela.

Cinco minutos depois, ela saiu do banheiro com o cabelo enrolado na toalha, com uma calça de pijama azul e um top rosa. Juntando as mãos à frente do corpo, ela disse com um tom doce e inocente:

— Acho que o mil-folhas já deve estar bom para comer.

Logo, então, sentamo-nos com nossos copos de leite e os pratos de sobremesa, como duas pessoas comportadas.

Ao vê-la mordiscar um canto do doce coberto de chips de chocolate, fiquei me perguntando se ela imaginou dois caras desconhecidos no chuveiro.

Ou se, assim como eu, ela se aliviou pensando no colega de apartamento.

Capítulo 16

Das páginas do Livro de Receitas da Josie

MIL-FOLHAS ESPECIAL COM PODERES MÁGICOS DE AMNÉSIA DA JOSIE

INGREDIENTES
1/2 xícara de chá de manteiga sem sal derretida
1 1/2 xícara de chá de migalhas de biscoitos de Maizena
1 xícara de chá de nozes-pecã bem cortadinhas (podem ser substituídas por avelãs)
1 xícara de chá de chips de chocolate meio amargo
1/2 xícara de chá de chips de caramelo
1 xícara de chá de coco ralado
1 lata de leite condensado

Quando realmente tiver que parar de pensar em uma pessoa, recomendo muito esse doce. O gosto é tão delicioso e inebriante que é o melhor e mais eficaz substituto para... Bem, digamos apenas que esse mil-folhas ajuda bastante a sublimar certos desejos.

MODO DE FAZER

1. Pré-aqueça o forno a 180 graus. Numa pequena tigela, misture as migalhas de biscoito e a manteiga; mexa bem. Pressione com firmeza essa mistura no fundo de uma travessa.

   Pressionar firmemente faz com que eu foque toda a energia no ato de cozinhar, em vez de pensar no quanto estou torcendo para que Chase volte logo para casa. Ou de pensar no quanto estou gostando de morar com ele. Ou ainda no quanto gostei de massagear os ombros dele na outra semana. Caramba! Estraguei a receita, já volto.

2. Disponha o restante dos ingredientes em camadas; pressione firmemente com o garfo. Despeje o leite condensado de maneira uniforme sobre a mistura de migalhas.

   Cozinhar é uma terapia. Acalma minha mente. Toda vez que um encontro com alguém de Nova York é esquisito, frustrante e decepcionante, eu me lembro que ao menos há algo que eu sei fazer bem. Sei misturar, criar e transformar ingredientes em algo delicioso, que traga alegria para a vida das pessoas. Sinceramente, acho que essa é a única coisa que quero para mim. Fazer alguém feliz. Ainda melhor se essa pessoa também me fizer feliz.

3. Asse por 25 minutos ou até ficar levemente corado. Deixe esfriar. Corte em pedaços.

   Sirva-o para seu colega de apartamento sem emoção no semblante, como se não tivesse acabado de imaginá-lo agarrando você, tocando você, deslizando para dentro de você e metendo com toda a força debaixo do jato de água quente do chuveiro. Não, juro que não fantasiei cada pedacinho de seu corpo nu e que ele não é o motivo para eu ter mordido o lábio para não gritar o nome dele.

4. Repita a dose.

   Bem, eu disse que o doce servia para sublimar.

Capítulo 17

A LINHA QUE MONITORA OS SINAIS VITAIS FICOU RETA. A angústia penetrou meus ossos e a tristeza invadiu minha corrente sanguínea.

O paciente estava morto.

Nós o perdemos, um homem de 34 anos chamado Blake Treehorn.

Todos os remédios, todas as pás de desfibrilador, todas as corridas de ambulância, todos os enfermeiros e médicos aqui do Mercy, e não fomos capazes de salvar a vida dele.

Expirei com pesar. Uma das enfermeiras fez o sinal da cruz. Outra acariciou delicadamente o braço do paciente. Olhei para o meu relógio e confirmei a hora do óbito.

— 13 horas e 35 minutos — anunciei, e a enfermeira registrou a informação na ficha médica do paciente.

Esfreguei uma mão no queixo, enquanto um misto de tristeza e fracasso tomava conta de mim. Em breve deverei assinar a certidão de óbito dele.

David, outro médico do pronto-socorro que trabalhou ao meu lado para salvá-lo, tocou as minhas costas e murmurou:

— Nós fizemos tudo o que podia ter sido feito.

— É...

E esse é o problema. Nós realmente fizemos. Os paramédicos chegaram quinze minutos atrás com um homem que trabalhava em um edifício comercial a dez quarteirões do hospital. Durante uma reunião de rotina, que ocorria todas as quartas, Blake agarrou o peito com força e reclamou de dores. Ele caiu no chão segundos depois, e seus colegas ligaram para a emergência. Ele estava desacordado quando chegou, e lutamos como nunca para salvar sua vida. Trinta minutos depois ele estava morto, aos 30 e poucos anos, na maca da emergência de um hospital no meio de Manhattan.

— A vida é curta, cara — disse David, com pesar em sua voz.

— É mesmo — eu disse em um suspiro.

Eu já perdi outros pacientes antes, todo médico já perdeu. Ano passado, na África, nos despedimos de mais gente do que eu pude contar, faz parte do trabalho. Entendo isso e sei lidar com isso. Foi por esse motivo que escolhi estar aqui.

Mas eu sou apenas um ser humano, e não tão durão quanto finjo ser. Essa perda me atingiu com força. Blake era jovem e saudável. Ouvi um de seus colegas de trabalho dizer que haviam corrido juntos na manhã anterior.

No entanto, não havia tempo para ficar remoendo essas emoções. Quando a enfermeira chefe me informou que múltiplos ferimentos a bala estavam por chegar, tive que fingir que era feito de aço.

O resto da tarde se desenrolou dessa forma. Foi como um festival de dor e sofrimento. Nenhuma ferida sexual, nenhuma história divertida, nenhuma safadeza que pudesse render histórias engraçadas com os amigos. Foi tudo real demais. Uma das vítimas de ferimento a bala morreu por conta da perda excessiva de sangue, um paciente que parecia estar melhorando, depois de ter um derrame no dia anterior, faleceu.

Assim que meu plantão finalmente acabou, desabei no banco do vestiário, pronto para tentar esquecer completamente a constante presença da Dona Morte no meu dia. Mas eu apenas fiquei ali, sentado. Não conseguia me mover ainda. Um peso enorme se instalou nas minhas entranhas. Apoiei a cabeça entre as mãos e deixei que a melancolia se apoderasse de mim. Às vezes eu sou bom nisso de separar o trabalho das minhas emoções, mas, às vezes, o trabalho é muito emotivo. Por mais que eu me orgulhe da minha capacidade de tapar os olhos para certas coisas, o fato é que minha profissão é literalmente de vida ou morte.

E a morte é uma merda.

Ouvi a porta se abrindo e David chegou se arrastando.

— Quer tomar uma cerveja?

113

Levantei o rosto.

— Tenho quase certeza que você quis dizer uísque.

Um pequeno sorriso se formou em seu rosto cansado.

— Pode ser uma dose dupla.

— Agora sim.

E foi assim que fui parar no Speakeasy, no centro da cidade, às cinco da tarde. Partilhamos histórias de guerra e falamos sobre esportes, e isso aliviou parte da tensão do dia dos meus ombros.

Quando terminamos, David ergueu o queixo e levantou os óculos apoiados no nariz.

— E agora, é melhor voltar para casa, para minha mulher.

Apertamos nossas mãos e nos despedimos, e aquela última palavra ressoou dentro de mim quando saí. Havia uma mulher que eu queria ver. Aqui!!!

A loja em que Josie trabalha fecha tarde às quartas-feiras, então peguei o metrô e desci na rua 72. Poderia jurar que, ao caminhar pelo quarteirão onde ela trabalha, com as multidões do fim de tarde crescendo ao meu redor, sentia as nuvens se espalharem e meu coração começar a ficar mais leve só de pensar que eu iria vê-la. Josie seria como a luz do sol nesse dia chuvoso.

Conforme a voz suave e inteligente do narrador do audiolivro ressoava em meus ouvidos e mergulhava na física do movimento perpétuo, passei na frente de uma floricultura e avistei um buquê de margaridas. Por brevíssimos segundos, uma ideia se apossou de mim, mas eu a dispensei, dando uma bronca em mim mesmo. Eu iria lá somente para dar um oi para ela. Levar flores seria algo que um dos palermas com quem ela costuma sair faria. Eu não estou namorando com ela, não preciso me preocupar se ela estará na minha vida amanhã, ou no dia seguinte, ou no ano seguinte. Ela *está* na minha vida porque ela é minha amiga, e é por isso que eu sou aquela pessoa que pode vê-la sempre, que pode passar no trabalho dela e pode desfrutar do prazer de sua companhia. Esses outros idiotas não são nem mesmo bons o suficiente para conseguir um segundo encontro.

Mas ela gosta de flores.

Parei, dei meia-volta e comprei margaridas da loja de sua amiga Lily. Eu não conhecia Lily pessoalmente, mas a morena que me auxiliou era tão doce e extrovertida que presumi que ela deveria ser a amiga da Josie. E torço para que ela resolva a situação com aquele namorado imbecil dela, pois ele precisa tratá-la melhor, seja ele quem for.

— As flores são lindas. Tenha uma ótima noite — eu disse, já que o mínimo que eu podia fazer era ser um cliente gentil.

— Você também — disse ela, com um aceno amigável.

Saí da floricultura.

Uma forte onda de nervosismo tomou conta do meu peito ao me aproximar da confeitaria da Josie. Meu coração acelerou. Aquele não parecia ser o nervosismo natural que acontece depois de um dia cheio, era algo completamente diferente. Algo que eu não sentia há muito tempo. Uma coisa boa, mas, ao mesmo tempo, terrivelmente perigosa.

Segurei o buquê com mais força e, com um empurrão, abri a porta amarela da Sunshine Bakery. Josie estava trabalhando sozinha, curvando-se para pegar uma grande fatia de bolo de chocolate da vitrine. Ao levantar-se, ela dispôs o pedaço numa caixinha branca de isopor e a entregou para a cliente, uma mulher ruiva e magra que usava calça jeans e salto. A cliente esfregou as mãos e disse:

— Mal posso esperar, esse é meu bolo preferido em Nova York.

Josie inclinou a cabeça e abriu um largo e genuíno sorriso.

— Fico tão feliz de ouvir isso. Você merece uma deliciosa fatia de bolo hoje. — disse ela, informando o valor à moça.

O cabelo de Josie estava preso para trás com uma bandana cor-de-rosa-xadrez, sua franja à mostra. A camiseta dela era laranja, com o logo da loja estampado, um sorridente sol. A pulseira escorregava para frente e para trás em seu antebraço. Quando a cliente foi embora, os olhos de Josie se encontraram com os meus, e na mesma hora seu rosto se iluminou.

— Ei, você! — ela disse, esgueirando-se ao redor do balcão para vir me dar um abraço. Não é costume nos abraçarmos quando nos encontramos, mas talvez eu esteja envolto em seus braços porque não tenho o costume de visitá-la no trabalho. Ou, talvez, ela tivesse sentido que era exatamente o que eu precisava.

— Oi! — respondi, inspirando rapidamente para roubar um pouco de seu cheiro. Hoje ela estava com perfume de bolo. Perfume de glacê. Perfume de açúcar e tudo que havia de bom no mundo, e todas aquelas sensações estranhas se espalharam por mim de novo, acelerando meus batimentos cardíacos.

Quando nos separamos, ela arqueou uma das sobrancelhas.

— O que o traz a essas bandas, Senhor Forasteiro? Estou prestes a fechar.

Dei uma leve pigarreada e lhe ofereci as flores.

O sorriso dela alargou-se ainda mais. Ela afundou o nariz em meio às pétalas e inspirou fundo.

— Eu amo margaridas, são minhas favoritas.

— Eu sei.

— Vou levá-las pra casa, para deixar nosso lar mais alegre — disse ela, enquanto caminha até a porta para fechá-la e colocar o sinal de "Fechado".

Quando ela se virou para vir ao meu encontro, desabei em uma das cadeiras mais próximas e passei uma mão por entre os cabelos.

—Ih — disse ela, juntando-se a mim e apoiando o buquê na mesa. — Dia ruim no trabalho?

Concordei com a cabeça.

Ela aproximou ainda mais sua cadeira de mim.

— Imagino que tenha sido um dia ruim de verdade, não um dia ruim do tipo "alguém do hospital comeu meu sanduíche de atum na geladeira da sala dos médicos"?

— Eu detesto sanduíches de atum.

— Eu também — ela disse rindo, e em seguida acrescentou — Conte o que houve.

E eu contei.

Quando terminei, sentia-me muito melhor, mais leve e ainda mais feliz do que depois do drinque com David. Sem querer desrespeitar o cara, que é muito gente fina.

Mas ele não era a Josie, e ela se tornou rapidamente a pessoa com quem eu queria conversar.

Pode riscar isso, pois já faz algum tempo que ela tem sido essa pessoa.

Principalmente porque, além de ser uma ótima ouvinte, ela tem acesso a remédios muito melhores do que os meus. O cupcake de morango que eu fui comendo no caminho para casa podia curar quase qualquer tristeza.

* * *

MAIS TARDE, EU ESTAVA DEITADO NA CAMA, ACORDADO.

A escuridão caiu sobre nosso lar. A luz do luar penetrava por entre as persianas, projetando faixas de luz sobre a colcha azul-marinho. Do lado de fora, uma buzina ecoava e um caminhão de lixo trabalhava a todo vapor ao longo da avenida, levantando e despejando, levantando e despejando.

Virei de lado e o lençol escorregou pela minha cintura.

As luzes verdes do rádio-relógio indicavam que eram 23:55.

Mas, ao contrário do que geralmente acontece, não consegui adormecer com facilidade. Também não poderia ficar culpando os eventos no Mercy. Eu tinha que me desapegar deles. Como diz o ditado, amanhã é outro dia, e eu precisava estar preparado para o que surgisse no meu caminho. Não sou um homem supersticioso, porém as más notícias vêm sempre ao mesmo tempo e, portanto, eu precisava estar protegido para uma possível roda de destruição no dia seguinte.

Mas não eram mais os pacientes — que Blake e o cara que tomou um tiro descansem em paz — que estavam ocupando meus pensamentos.

Era a mulher do outro lado da parede. O que estava me mantendo acordado era a parte de mim que insistiu em ir vê-la no fim do dia, a parte que demandou que eu fosse à Sunshine Bakery, que eu comprasse flores, que eu contasse a ela o que havia ocorrido no hospital.

Apertei meus olhos, imaginando um paciente chegando até mim com os mesmos sintomas que eu apresentava. O que eu iria concluir de um caso como esses?

Listei-os na minha mente — batimentos cardíacos que aceleravam repentinamente, nervosismo que se manifestava da maneira mais inconveniente, desejo de ver a mulher depois de um dia de merda.

Parei quando cheguei ao último item, na palavra *desejo*. Porque a personificação dessa palavra estava parada em minha porta.

Lá estava ela de pé, em meio às sombras, acenando para mim com uma das mãos.

— Oi — disse ela, suavemente.

— Oi.

— Está acordado?

— Não, estou dormindo profundamente.

Ela riu e encostou o ombro no batente da porta. A indumentária era a mesma de sempre: short masculino, do tipo que se encontra num catálogo da Victoria's Secret. O tecido era mais fino que uma teia de aranha, e igualmente pequeno. A parte de baixo combinava com a de cima, uma camiseta cor-de-rosa de gola em V, sem sutiã.

Estou muito fodido.

Apoiei a cabeça em uma das mãos...

— Achei que você fosse a rainha do sono. O que houve? A insônia veio te visitar?

Com um sorriso no canto da boca, ela estendeu as mãos e disse:

— Muita coisa rolando na minha cabeça.

Resolvi aprofundar a conversa.

— É mesmo?

Os dedos dela brincavam inquietos na barra da camiseta.

— Eu fico pensando sobre o seu dia. — Então ela revirou os olhos. — Você me conhece. Tudo se mistura na minha cabeça.

— Como uma massa de bolo, não é?

Acenando com a cabeça, ela disse:

— Sou toda misturada. — Em seguida, imitou uma batedeira que estivesse misturando ingredientes.

— Você quer... conversar?

— Não quero manter você acordado.

— Já estou acordado.

Os olhos dela passearam pela minha cama. Perdi o ar por alguns instantes. Merda. Cacete. Diabos. Céus. Não havia desculpas para o que eu estava prestes a fazer, mas, mesmo assim, eu o fiz.

Dei um toquinho na minha cama.

Recebi como resposta um quase sorriso de seus lábios.

Então, um passo à frente. Ela vinha com os pés descalços, andando pé ante pé. Cada instante era uma chance para mostrar arrependimento, mas a cada instante ela se aproximava mais e mais.

E ainda mais.

E então ela abaixou para sentar-se na minha cama, o corpo quase desnudo. Eu estava apenas de cueca. Ela se deitou sobre os lençóis que me cobriam. Mesmo assim ela estava a poucos centímetros.

Tecnicamente, posso fazer meus joguinhos psicológicos comigo mesmo. Posso racionalizar essa escolha de maneira simples e lógica. Ainda estávamos vestidos. Um lençol nos separava. Ela deitou-se de costas. Eu estou acomodado de lado.

Mas a luz do luar, o avançar da hora e essa angústia no meu peito não deixam mais que eu minta para mim mesmo.

Estava zonzo.

Estava completamente embriagado por aquela possibilidade. Já nos abraçamos, já nos tocamos, vínhamos agindo como dois estudantes adolescentes dando tapinhas nos ombros e fazendo cócegas na cintura um do outro.

Naquela noite, éramos dois adultos na cama.

— Estive pensando sobre o seu paciente de hoje. — Sua voz era introspectiva. — Você disse que Blake tinha 34 anos e o ataque cardíaco ocorreu do nada. Tenho apenas 28.

— Você não vai ter um ataque cardíaco, Josie.

— Certo. Eu sei. Quero dizer, acho que não vou. Nem como tantas guloseimas assim. — disse ela, com uma piscadela. Sua mão foi até a barriga e ela se deu um tapinha. — Na verdade, só como um pouco mais do que deveria.

— Pode parar. Você é linda — eu disse, antes que pudesse refletir melhor sobre minhas palavras.

Ela entortou a sobrancelha.

— Sério?

— Sim.

— Eu poderia perder uns dois quilinhos. Talvez até quatro.

Revirei os olhos.

— Se perdesse dois quilos, você não seria você. Você é uma confeiteira, ninguém quer ver uma confeiteira magricela. E, acredite em mim, onde quer que estejam esses dois ou quatro quilos que você quer perder, não quero vê-los ir embora.

Ela sorriu.

— Obrigada. Engraçado é que acho que eu me arrependeria muito mais por não provar as coisas que faço do que ficaria feliz em perder esses quilos. Então, sinceramente, suponho que eu esteja feliz com meus quilinhos a mais. Sinto que, no fim da vida, seja aos 34, 90 ou 29, jamais direi: "Queria ter comido menos bolos". Ou "queria ter comido menos mil-folhas". E também acho que jamais direi: "deveria ter passado mais tempo no Facebook, Twitter ou Snapchat".

Comecei a rir. Josie praticamente não entra na internet. Ela é muito sociável, mas sociável na vida real.

— Do que você se arrependeria?

Ela moveu-se para mais perto e apoiou a cabeça em uma das mãos, ficando de frente para mim. O espaço entre nós era infinito e, ao mesmo tempo, mal existia. Algo entre uns quinze centímetros nos separavam. O suficiente para que eu enrolasse os dedos em seus cabelos, puxasse-a mais para perto e a beijasse loucamente. Mas, da mesma forma, era mais do que o suficiente para que eu *não* cruzasse essa linha.

Linhas. Amizade. Tê-la em minha vida. Morar com ela. Esses motivos deveriam ser suficientes para que, no limite entre não beijar ou beijar, eu escolhesse permanecer no primeiro.

— Não sei se eu me arrependeria de alguma coisa — disse ela. — Tento viver uma vida sem arrependimentos. Estou feliz por ter assumido a confeitaria, estou feliz por ter pego aquele empréstimo, estou feliz por ter seguido meus sonhos. Fico até mesmo feliz por estar fazendo esse negócio de namoro on-line.

Quando ela falou isso, meu coração pareceu afundar no peito.

— É mesmo?

— Eu gostaria de encontrar a pessoa certa. Gostaria de me apaixonar. Gostaria de constituir uma família e tudo o que vem no pacote.

— Sério mesmo?

— Sério — disse ela, com um aceno. — Procuro fazer as coisas que são importantes para mim, para que eu não me arrependa de nada. Você tem arrependimentos?

Deitando-me de costas outra vez, reflito sobre a pergunta.

— Até agora, fiz tudo o que eu queria fazer, coisas que são importantes para mim. Então, para falar a verdade, além de você não ter usado ainda minha mão como Lilo, o crocodilo, não consigo me lembrar de algo de que eu me arrependa — eu disse, totalmente impassível.

O silêncio pairou no quarto e eu olhei para ela.

Um sorriso se espalhou lentamente por seu rosto lindo. Seus olhos verdes piscaram com lascívia e seus lábios doces exibiram um sorriso sensual.

Então ela se virou de lado, de costas para mim, e pulou para baixo dos lençóis. Enquanto ela chegava mais para trás, percebi que aquela era a minha deixa para abraçá-la e deitarmos de conchinha.

Devo ter bebido muito champanhe. Devo ter comido muita sobremesa. Eu estava com Josie Hammer na minha cama, seu corpo doce e sexy pressionado contra o meu, e ela pegou minha mão.

Deslizei-a sobre a camiseta, por entre seus seios, e não pude conter um gemido.

Finalmente, tornei-me um crocodilo de pelúcia, e isso era melhor que todas as minhas fantasias.

Josie exalou um suspiro, o tipo de suspiro que uma mulher que vive uma vida sem arrependimentos daria, um pouco antes de cair no sono. Gostaria de achar que também sou assim. Mas quando ela adormeceu em meus braços, um minuto mais tarde, fiquei arrependido por um motivo:

Fiquei arrependido por estar completa e inteiramente sem capacidade de resistir à minha melhor amiga.

Dei-lhe um beijo suave na nuca, certo de que não poderíamos mais ter aquela divisão entre nós.

Capítulo 18

TAMBÉM DEVO TER ADORMECIDO.

Mas parecia que eu ainda estava sonhando quando acordei. Meus braços a envolviam, e minha mão estava aninhada nos dois mais belos seios que já senti.

Mas não era minha mão que fazia a coisa mais interessante.

Definitivamente não era.

A mão dela estava no meu quadril.

Ela estava me acariciando. Estava me tocando. Corria os dedos do meu quadril até o lado de fora da minha perna.

Esse era o melhor sonho que já tive em toda a minha vida.

A respiração dela titubeou e o sonho foi aumentando gradativamente. O nível do sonho foi para 20, ou 50, ou 10 milhões, quando ela pressionou o bumbum contra meu pau. Ela se empurrou levemente para trás, e um gemido suave escapou por entre seus lábios.

Ahhhh.

Foi o som mais sexy que já ouvi.

E eu me rendi a ele.

— Josie — sussurrei, com a voz rouca.

— Hmm... — ela murmurou de volta.

— Vire para mim.

Os lençóis farfalharam e ficamos frente a frente. Coloquei minha mão em seu rosto e rocei o polegar ao longo de sua mandíbula. Então a beijei, e puta merda. Em questão de segundos eu estava pegando fogo. Cada centímetro do meu corpo parecia aceso. Fagulhas, desejo, luxúria — todos entraram em combustão assim que nossos lábios se tocaram.

Meus dedos deslizaram pelos seus cabelos, e sua mão esgueirou-se até meu peito desnudo, e eu a beijei sem me conter mais. Sem reservas. Sem arrependimentos.

Minha língua roçava com a dela, e ela aprofundou o beijo com grande ânsia. Ela retribuiu o beijo com um desejo primitivo. Seus lábios eram ávidos, e ela explorava os meus assim como eu explorava os dela. Era uma entrega total, uma troca mútua. Eu conduzia, depois ela conduzia, então nós dois nos beijávamos cheios de avidez, e parecia que não iríamos nos saciar. Não queria parar, porque o gosto dela era simplesmente maravilhoso e ela me excitava demais, e eu a queria mais do que jamais quis alguém.

Pude antecipar como ela seria na cama só de beijá-la por alguns segundos — ela gostava de dar e receber. Suas mãos percorriam meu peito para cima e para baixo, as unhas arranhavam minha pele e as pontas dos dedos contornavam meu abdômen. Minha mão envolveu sua nuca, pressionando-a ainda mais enquanto a beijava, sugando seu lábio inferior, depois o superior, depois devorando sua boca.

Empurrei seus ombros contra a cama, e agora já não estávamos mais lado a lado. Ela estava de frente para mim, e eu percebi rapidamente onde ela queria que eu ficasse. Eu sabia onde queria ficar.

Sua mão agarrou meu quadril e me deitei por cima dela, e foi então que ela afastou as pernas e eu fui até a porra das estrelas. Segurei suas coxas, enganchei-as em volta dos meus quadris e comecei a roçar meu corpo no dela.

Sim, estávamos simulando sexo. E somente aquilo já estava bom pra caralho. Eu a beijava e me empurrava contra ela, e ela gemia e se contorcia. Ela me beijava com todo seu corpo, e minha cabeça parecia nadar naquela luxúria. Não aguentava mais; eu estava desesperado para estar dentro dela.

Meu pau estava duro demais, e ela estava absurdamente molhada; eu conseguia sentir a calcinha ensopada através do short fino que eu estava louco para arrancar dela... Mas não queria me afastar — queria transar com a Josie assim.

Quando um forte empurrão dela coincidiu com o meu, uma descarga fervente de prazer correu pela minha espinha e eu parei de beijá-la. Não que eu estivesse a ponto de gozar antes da hora, mas eu já não conseguiria mais reprimir o que estava pensando.

Os olhos dela me encararam em êxtase. Peguei no queixo dela e segurei seu rosto de frente para o meu.

— Está tudo bem para você? — perguntei com a voz tensa. Eu precisava saber, precisava ter certeza se ela concordava com o que estava acontecendo.

— Completamente — disse ela, sua voz exprimindo uma certeza do tamanho do meu desejo.

Suspirei e agradeci aos céus por estarmos na mesma sintonia. Olhei fundo nos olhos dela e disse o que já queria ter dito há muito tempo:

— Eu quero você demais.

Aquilo não era nenhuma poesia. Não era nem ao menos o tipo de obscenidade que ganharia prêmios, se é que prêmios para isso são concedidos. Mas eu não estava nem aí. Era apenas a verdade, pura e simples.

— Eu também quero você, Chase — disse ela.

Aquela resposta era tudo que eu mais poderia ter desejado.

Soltei o queixo dela e baixei o rosto até a altura de seu pescoço, sugando sua carne. O aroma do creme hidratante de cereja invadiu minhas narinas e fiquei inebriado. Ela era como uma droga para mim e, meu Deus, como eu queria mais. Meu corpo era invadido por uma onda eufórica, elétrica, cada vez que eu me movia contra seu corpo, quando sentia seu cheiro, quando a beijava.

— Caramba, como seu cheiro é maravilhoso — eu grunhi. — Você faz ideia do que é dividir apartamento com uma mulher que anda por aí com um cheiro desses?

Ela riu suavemente e, ao mesmo tempo, contraiu as pernas ao redor da minha bunda.

— Como é o meu cheiro?

— De cerejas, e sexo, e bolo, e basta uma simples fungada para me deixar duro como uma pedra — eu disse, empurrando meu quadril contra o dela para provar o que estava dizendo.

Gemendo e esticando o pescoço, ela disse:

— Você está duro como pedra e eu estou adorando. E amo que você esteja excitado, porque eu sinto o mesmo por você. — Ela agarrou meu rosto e me segurou enquanto rebolava contra meu pau. — Outro dia, dei uma cheirada no seu creme de barbear.

Arregalei os olhos na mesma hora.

— Sério?

— Você não estava em casa. Eu abri o armário do banheiro, dei uma cheirada e me arrepiei toda. — Então ela baixou ainda mais a voz. — E fiquei toda molhada só de pensar em você.

A luxúria penetrou meus ossos. Rocei fortemente meus quadris contra os dela através daquelas roupas inúteis.

— Você ficou com tanto tesão assim?

— E como! — murmurou ela, soltando meu rosto e levando as mãos direto para o meu traseiro.

— Quando você me provocou com aquela toalha, eu fiquei maluco — eu disse, e as confissões foram sendo lançadas, sem qualquer limite, espalhadas por todos os cantos.

— Aquele dia de manhã?

Fiz que sim com a cabeça e empurrei o quadril para a frente, fazendo com que ela perdesse o fôlego.

— Meu Deus, acho que vou gozar agora mesmo — disse ela, e aquilo foi como uma súplica. Eu atendi seu pedido. Comecei a fodê-la com roupa e tudo. Ela gemia, grunhia e urrava. De algum jeito, ela conseguiu abrir ainda mais as pernas e passou a fazer todo o trabalho por mim, encontrando um ritmo perfeito contra o contorno do meu pau.

Eu beijava seu pescoço, conforme mexia meus quadris, e depois passava pelas orelhas e mordiscava os lóbulos. Queria ouvir cada gemido dela bem de perto. Queria seus sons em estéreo. Queria ser tomado por completo pelos sons que ela fazia enquanto gozava, pelo *sim*, pelo *Ai, meu Deus* e pelo *estou perto*.

Ela cravou as unhas no meu traseiro e remexeu-se contra mim. Amei saber que ela havia conseguido o que queria. Que meu pau, ainda que através das roupas, foi capaz de proporcionar fricção suficiente para fazê-la gozar.

E foi como uma explosão quando ela gozou. Ela gritou. Ela gemeu. Ela se contorceu. E ela me avisou. Como se eu precisasse de aviso.

— Estou gozando, meu Deus, estou gozando, puta merda, estou gozando.

Que boca linda e incrivelmente safada tinha essa Josie. Seus lábios fizeram um *O* e seus olhos fecharam com força. Prazer e tortura se misturavam de maneira belíssima em seu lindo rosto. Eu nem me preocupava mais em separar as coisas. Estava perdidamente apaixonado por ela e não queria saber de fingir. Só o que me restava fazer era reverenciar a glória que era ter a Josie embaixo de mim, na minha cama, gozando.

— Meu Deus, meu Deus, meu Deus — disse ela, ofegante e gemendo, enquanto buscava se acalmar. Ela parecia tomada por pura satisfação a cada expiração.

Então, ela começou a rir. Inicialmente era um risinho disfarçado, mas quando ela começou a rir mais intensamente, arqueei uma sobrancelha.

— Fiz alguma coisa engraçada?

Ela balançou a cabeça e abriu os olhos, brilhantes de luxúria e transbordando de prazer.

— Não, estou rindo porque foi muito bom.

Dei um sorriso de canto de boca, sentindo uma onda de orgulho passar por mim.

— É mesmo?

Ela colocou seus braços em volta do meu pescoço e me puxou para baixo, aproximando minha boca da dela para poder me beijar. Quando ela se afastou do beijo, disse apenas:

— É, Chase. Essa foi a verdadeira definição de avassalador.

Mexi uma sobrancelha.

Então, sua mãozinha veio colocar-se entre nós, indo direto lá para baixo, para dentro da minha cueca. Ela segurou meu pau, e eu fiquei em dúvida se algum dia poderia voltar a falar. Faltavam-me palavras. Nenhuma sensação era melhor do que a de sentir Josie me tocando quando eu estava já tão perto de gozar.

Josie deu um leve assobio de gratidão.

— Belo pacote, Summers.

O que eu podia dizer? Passei várias vezes na fila do tamanho do pau.

Então ela o soltou e me empurrou pelo peito para fazer com que eu me deitasse. Fui imobilizado em menos de um segundo. Ela montou em mim, sentada no meu pau, e começou a se esfregar contra ele. Seu pequeno short estava tão úmido que chegava a vazar pelo tecido. Ela segurou meus punhos e os prendeu acima da minha cabeça — que menina feroz. Rebolando os quadris sobre mim, ela balançava para frente e para trás e, puta merda, descobri que minha colega de apartamento era uma amante selvagem, ousada e destemida, e que ela me queria. Seu olhar me desconcertava — aqueles olhos verdes-esmeraldas pareciam pegar fogo de tanto tesão.

Ela aproximou o rosto do meu, seus cabelos caindo como se fossem uma cortina e seu aroma celestial me envolvendo por completo. Quando é que me tornei tão viciado no cheiro de alguém? Não tenho ideia, mas aconteceu com ela.

— Chase — sussurrou ela, e por um segundo fiquei tenso, pensando que ela iria querer conversar sobre o que estava acontecendo. Eu não queria discutir nem racionalizar aquilo. Mas estávamos na mesma frequência, porque ela disse: — Quer saber o que mais me deixa louca de tesão?

Minha garganta ressecou na mesma hora.

— Sim, quero.

Com uma pequena pressão dos quadris, ela prosseguiu:

— Quer saber em que eu estava pensando no chuveiro naquela noite?

Fiz força para libertar meus punhos. Eu queria muito tocá-la, mas estava claro que era ela quem comandaria dali para frente.

— Estou morrendo de vontade de saber — murmurei, com a voz tão áspera quanto uma palha de milho em um dia quente de verão.

Então, a safadinha passou a língua sobre os lábios, aproximou a boca do meu ouvido e sussurrou:

— A ideia de chupar o seu pau.

Fiquei passado. Fiquei esturricado. Não pude acreditar no que havia acabado de ouvir. Empurrei as mãos dela para me levantar um pouco, e, tocando em seu rosto, olhei no fundo de seus olhos.

— Vá em frente — eu lhe disse.

Ela mordiscou o canto da boca e deu um sorriso malicioso. Em um movimento rápido, ela desceu e agarrou o elástico da minha cueca, e a puxou de uma vez, libertando meu pau.

Ao ajoelhar-se entre as minhas pernas, ela tomou meu pau em sua mão e permaneceu em silêncio por um momento. Quando ela falou, suas palavras foram como a melhor poesia pornográfica de todas:

— Você é maravilhoso — disse ela, me encarando como se estivesse hipnotizada. Mas não era meu rosto que ela encarava. Sua contemplação estava dirigida ao meu pau, e fiquei felicíssimo ao ouvi-la elogiar tal parte da minha anatomia.

Envolvendo-o com um toque mais forte, ela fez um movimento para cima, e aquilo foi a coisa mais gostosa do universo. Meu corpo estremeceu. Ela se curvou mais para baixo e o lambeu.

— Puta merda — murmurei, jogando o corpo para trás e deixando a cabeça cair sobre o travesseiro. Era absurdamente gostoso.

Ela passou a língua pela cabeça, lambendo-me como se eu fosse um pirulito e murmurando da forma mais sensual que eu já tinha ouvido.

— Nossa, isso é bom demais, meu bem.

Molhando os lábios, ela começou a sugar com pressão, devorando pouco a pouco cada pedaço de mim. Meu prazer foi para além da estratosfera.

Eu não queria pirar e foder a boca dela com força, mas, puta merda, como eu queria pirar e foder a boca dela com força. Enrosquei as mãos em seu cabelo e forcei o corpo para cima, para dentro de sua boca paradisíaca, deixando que ela conduzisse, deixando que ela engolisse o quanto pudesse.

Ela engoliu tudo, chupou-me até a base, e foi me lambendo no caminho de volta. Ela estava me levando à loucura.

— Puta que pariu! — exclamei e, quando olhei para baixo, lá estava ela sorrindo, olhando para mim com um puta sorriso devasso. Seus olhos estavam cheios de luxúria e de um profundo prazer sensual.

Meu Deus. *Que mulher*. Que mulher maravilhosa.

Ela acelerou o ritmo, tanto que mal conseguia ver sua boca. Minha visão ficou borrada, pois meu corpo inteiro remexia. Contorcia. Estremecia. Eu estava quase quebrando no meio. Estava perdendo o controle, e um orgasmo começou a se aproximar conforme ela foi aumentando a velocidade sobre o meu pau. Quando ela envolveu meu mastro com a mão e espremeu a base, eu não pude mais aguentar.

Um prazer inenarrável se espalhou pelo meu corpo todo, com um clímax tão poderoso que penetrou meus ossos.

Gemi e a segurei com mais força pela cabeça ao gozar dentro de sua boca, e meu mundo todo eletrizou-se de êxtase.

Algumas vezes o orgasmo faz com que a sensação de prazer se torne mais amena, mas eu ainda sentia como se estivesse flutuando. Aquele era um orgasmo que poderia ter sido medido na escala Richter. Foi do tipo que aparece no noticiário. Que causa épicos tremores secundários. Estremeci quando outra onda percorreu meu corpo.

Com um estalido alto e úmido, ela soltou meu pau, limpou a boca com a mão e veio deitar-se ao meu lado.

— Seu gosto é ainda melhor do que imaginei no chuveiro.

Então a beijei, e ela pareceu surpresa no início, tipo, como se estivesse pensando que tipo de cara teria coragem de beijar uma garota logo após ela terminar de chupá-lo. *Esse cara aqui.* Ela me beijou de volta com mais força, e quando nos afastamos, eu disse:

— Quero fazer aquilo com você.

— Eu também quero.

Envolvi o rosto dela:

— Eu quero transar com você, Josie. Quero estar dentro de você. Caramba, não há no mundo peixinhos de goma suficientes para explicar o quanto eu quero você.

— Também quero você — disse ela, dando-me um selinho nos lábios. — Mas não estou pronta hoje à noite.

E embora eu não soubesse exatamente o que aquilo queria dizer, fui capaz de compreender o óbvio: aquilo iria acontecer de novo.

Capítulo 19

ELA LEVANTOU E SAIU ANTES MESMO DE EU TER ACORDADO.

E talvez tenha sido melhor assim mesmo.

Não é que eu não quisesse vê-la ou algo assim, na verdade, estava mais para querer vê-la o tempo todo, mas eu não sabia o que deveríamos dizer ou fazer, não sabia como deveríamos agir depois do que aconteceu na noite anterior.

Será que se eu cruzasse com ela a caminho do banheiro para escovar os dentes, deveria apenas cumprimentá-la e agir de modo indiferente? Ou será que acordaríamos e nos cumprimentaríamos com beijos no rosto?

Arrastei-me da cama, grato por não ter que tomar decisões desse tipo naquela manhã. Depois de tomar banho, vesti minhas roupas, peguei meu celular e fui até a porta.

Então, parei.

E observei.

E sorri.

Na maçaneta estava pendurada uma calcinha preta de renda, como ela havia prometido que deixaria se estivesse na expectativa de levar alguém para a casa. Mas isso foi decidido quando definimos pela primeira vez quais seriam as nossas regras de convivência. Quando não contávamos com a possibilidade de ficarmos juntos. Mas, na verdade, tenho que admitir que me lembro de ter sentido uma pequena dose de ciúme durante aquela conversa, só de pensar na perspectiva de ela sair com outra pessoa.

Caramba, talvez esse lance entre nós tivesse começado muito antes de eu sequer ter consciência sobre isso.

Peguei o pedaço de tecido rendado, enrolei-o no dedo e o trouxe ao nariz. Tinha cheiro de frescor e limpeza, assim como o sabão em pó que ela usava. Considerei a hipótese de enfiá-lo no bolso, mas não sou do tipo que coleciona calcinhas — nem mesmo sou do tipo que cheira calcinhas, diga-se de passagem.

Em vez disso, coloquei-a sobre a mesa de centro e procurei uma folha de papel para escrever-lhe um bilhete, quando encontrei outra coisa que ela tinha deixado.

Um saco plástico pequeno e transparente de sua confeitaria, amarrado com um laço amarelo. Dentro, havia doces vermelhos. Um pequeno cartão de sua loja estava pendurado no laço, e eu o abri para ler.

As coisas vão ficar estranhas entre nós? Ou esquisitas? Ou tensas? Espero que não. Mas, só por garantia… aqui estão alguns peixinhos de goma e a esperança de que mais esteja por vir.

Meu coração bateu mais forte do que deveria com aqueles pequenos docinhos que recebi como presente. Não por causa dos doces, e sim porque aquela havia sido a forma perfeita de abordar o assunto no dia seguinte. Era tudo o que eu queria dizer na noite anterior, mas não pude. Era uma demonstração de como ela sabia lidar bem com essas coisas.

E era mais uma coisa que me fazia querê-la de todos os jeitos.

Fui de bicicleta para o hospital, contornando o trânsito matinal como se nada pudesse me alcançar. E nada podia. Porque alguma coisa estava acontecendo. Alguma coisa selvagem, e louca, e, sem dúvida nenhuma, incrivelmente estúpida.

Mas, naquele momento, era maravilhoso pra cacete, como velejar, como voar, como levitar.

* * *

Chase: Não. Consigo. Parar. De. Pensar. Em. Você.
Josie: Também. Também. Também.
Chase: Adorei a calcinha.
Josie: Achei que você fosse gostar.

Chase: Amei os peixinhos. Comi todos quando cheguei ao trabalho. O excesso de açúcar me deixou ligadão bem na hora em que eu tinha que dar pontos no queixo de um cara. Ele caiu do skate.

Josie: Ai. Mas talvez você tenha descoberto um novo modo de deixar um médico doidão, um modo mais natural!

Chase: É, talvez. Além disso, acima de tudo, adorei o bilhete. Muito. Mas fiquei curioso. Você simplesmente tinha peixinhos disponíveis por puro acaso?

Josie: Talvez eu tivesse. Ou talvez eu já os tenha deixado disponíveis pensando nessa ocasião.

Chase: Falamos mais tarde, o dever me chama. Mas adorei saber disso.

Josie: Boa Sorte, Doutor Gostosão. Aí vai um presentinho especial para quando você tiver terminado de atender a seja lá qual emergência você tem que ir atender.

Uma foto preencheu a tela e parei de repente no meio do corredor do hospital, apoiei-me na parede e tentei trazer de volta meu queixo, que havia caído no chão, porque fiquei ofegante *demais* enquanto observava, embasbacado, a imagem que ela havia me mandado, uma foto da parte superior de seus seios. Ela tirou a porra de uma *selfie* dos seus peitos, e aquilo me deixou excitado até o último fio de cabelo.

Mas aqui no trabalho, eu precisava manter a cueca sob controle, e então desliguei meu telefone. Só podia pensar em trabalho pelas próximas duas horas, quando seria a hora do intervalo.

* * *

Chase: Tive que tirar uma pedra do nariz de uma pessoa, e precisei usar todas as minhas forças para mudar o foco dos meus pensamentos do triste fato de que não consegui ver seus seios ao vivo ontem à noite. Sua foto não ajudou. Espere. Esqueça o que eu disse. Mande mais. MANDE TODAS QUE TIVER.

Chase: Eu já deveria ter dito que sou um canalha safado e que você tem os peitos mais lindos do mundo, apesar de que eu não tive a oportunidade de vê-los ainda. O que me deixa triste.

Josie: Não fique triste, tenho uma solução para deixá-lo feliz.

Chase: Mais fotos???

Josie: Melhor, mostro para você quando chegarmos em casa.

Chase: Você conseguiu ouvir o gemido de empolgação que soltei aqui no Mercy?

Josie: Ainda dá pra ouvir daqui do Upper West Side.

Chase: Outra coisa, por favor, faça mais do que só mostrar.

Chase: Tenho que ir. Acabou o intervalo. Até.

Josie: Boa sorte. Se quiser que eu leve alguma coisa para você quando for para casa, avise-me.

Chase: Você.

Capítulo 20

MAX ABAIXOU O CAPÔ DE UMA BELEZINHA DE COR AZUL-elétrica, fechando-o com delicadeza. Os olhos dele estavam focados o tempo todo no encontro de metal com metal, até que o silêncio imperou na garagem. Então ele virou, limpou as mãos num paninho vermelho-xadrez e me cumprimentou com um aceno.

— Quanto essa formosura cor de safira vai me custar? — Empinei o queixo na direção do elegante veículo, tão brilhante que chegava até a refletir em sua lataria os arranha-céus mais próximos de onde ficava a oficina de personalização de carros do Max, no Midtown West.

Ele riu para mim e balançou a cabeça.

— Mais do que jamais poderá pagar — disse ele, enfiando o trapo no bolso de trás da calça jeans manchada de graxa.

Meu irmão estava sem camisa, esse filho da mãe exibido.

— Cara, põe uma camiseta.

— Você não aguenta ver esse monte de masculinidade, não é?

Ele estufou o peito, envaidecido, e as intricadas tatuagens celtas que ele ostentava no peito e as tribais em seus braços ficaram ainda mais à mostra.

Virei os olhos para cima e disse:

— Digamos que eu veja mais corpos nus em um dia do que você jamais poderá imaginar, e por mais que a maioria não seja digna de sair no Pôster do Mês, o seu ainda está na lista dos que eu menos quero ver desnudo.

Num só movimento, Max passou o braço em volta do meu pescoço e me colocou numa chave de braço.

Bosta, esqueci como ele era forte. O bíceps musculoso dele me apertou para valer, e ele cravou as juntas dos dedos na minha cabeça, lembrando-me de que ele era o mestre dos cascudos.

— Diga que você me ama demais — mandou Max, com a voz grossa.

— Especialmente meu peitoral desnudo.

Entortei o rosto ao sentir o golpe ficando mais apertado. Mas me recusei a ceder.

— Jamais — eu grunhi.

— Tem certeza? — Pode ser que as juntas de seus dedos estivessem penetrando meu crânio, ou ao menos essa era a sensação. Ainda por cima, ele estava suado. Merda. Eu tinha que ceder.

Não. Não posso dar esse gostinho a ele.

— Eu te amo, mas não o seu peitoral — eu disse, resfolegando.

O castigo piorou, ele apertou ainda mais. O fluxo de ar começava a tornar-se um item de presença duvidosa em minha vida, eu não tinha outra escolha.

— E seu peitoral idiota — murmurei.

— Meu peitoral não é idiota.

Ele continuava me segurando com força, mas como estava suado do trabalho, consegui me soltar com um giro rápido e fiquei longe de seu alcance. Levantando as duas mãos para cima, fiz uma dancinha de provocação no asfalto.

— E a velocidade venceu a força física.

Max só balançou a cabeça para mim e entrou na garagem para pegar uma camiseta preta de cima da mesa bagunçada, cheia de papéis e ferramentas.

Vestiu a camisa, limpou a testa de suor e voltou para o carro em que estava trabalhando.

— E a resposta é: essa coisa linda custa nada mais nada menos que 500 mil dólares — disse ele, percorrendo a mão com todo o carinho do mundo ao longo do carro.

Assobiei de espanto.

— Caramba! Que trabalho de Frankenstein você fez aí?

— Essa é uma Lamborghini envenenada, e saca só isso… — Seus olhos castanho-escuros reluziam de empolgação. — Hoje ligaram para mim pra perguntar se eu estaria interessado em personalizar um carro para uma nova série de televisão em que o herói será uma espécie de Magnum moderno.

— Que show! — exclamei, batendo em sua mão para parabenizá-lo. — Isso é incrível.

— Vai ser muito legal, e fará maravilhas para os negócios — ele disse, imitando uma explosão com as mãos. O negócio de Max já estava bombando, e ele tinha várias celebridades como clientes, além de muitos magnatas mais discretos. — Esse tipo de coisa pode ser muito boa como publicidade.

— Você é como um astro *do rock* — eu disse, mas não como em tom de brincadeira, sem provocação dessa vez. — Está pronto para andar de bike?

— Sempre — disse ele, já que tínhamos combinado de fazer um treino antes de eu ir para casa. Josie tinha um jogo da liga de futebol naquela noite e, portanto, eu não sabia direito que horas iria vê-la.

Ele entrou para buscar sua bicicleta e, enquanto ele estava lá, meu telefone apitou.

Peguei-o do bolso traseiro.

Josie: Acabou. Ganhamos o campeonato.

Chase: Porque você é foda no campo.

Josie: Pode até ser. :) Beleza, estou entrando no metrô. Indo para casa. Como foi seu dia?

Respondi à pergunta na minha cabeça antes mesmo que eu pudesse digitar uma resposta. Meu dia foi maravilhoso. Meu dia foi fantástico. Meu dia foi o melhor de todos os mundos. Por causa de ontem à noite.

Mas, além disso, por causa de onde eu queria estar agora mesmo.

Onde ela estava.

Baixei a guarda.

Era isso.

Tudo estava claro.

Eu sabia. Eu simplesmente sabia.

Ela era a pessoa com quem eu queria passar o resto daquele dia. Ela era a pessoa com quem eu queria conversar sobre meus dias bons e meus dias ruins. Ela era mais do que minha colega de apartamento. Ela era mais do que uma das minhas melhores amigas. Ela era quem eu queria todos os dias. Não tinha ideia do que aconteceria depois dessa noite, mas eu precisava que minha noite com ela começasse naquele exato momento.

136

Quando Max veio andando ao lado da bicicleta, apontei o polegar para o outro lado da cidade.

— Vamos ter que desmarcar.

— O quê? — perguntou ele, como se isso não fizesse sentido algum.

— Você estava certo.

— Eu sempre estou certo. Mas sobre o que dessa vez?

— Apenas diga "eu te disse". Vá em frente, pode dizer.

— Eu te disse? — falou meu irmão, sem entender bem.

— Você disse. E eu tenho que ir embora para ver a Josie. Espere. Não. Correção. Eu *quero* ir embora para ver a Josie.

Max deu um risinho e me olhou, em sua cara estampada a maior expressão de "eu te disse" da história das expressões faciais.

Dei de ombros. O que eu podia fazer? Então, fui para o único lugar onde queria estar.

Quanto ao diagnóstico que eu estava tentando traçar na noite anterior? Todos os sintomas indicavam para uma única enfermidade:

Eu estava caidinho por essa garota. Enquadrava-me no prognóstico de uma doença clássica, estava sofrendo de um maldito caso de *paixão*.

E não estava pronto para tomar um remédio que fosse me curar disso.

Capítulo 21

PARECIA UMA CENA TIRADA DIRETAMENTE DE UMA DAS fantasias que eu nunca nem sequer soube que tinha. Mas era incrivelmente sedutor que a visão à minha frente havia superado todas as expectativas.

Estamos falando do Panteão de imagens libidinosas, e nem estamos ainda na parte mais safada.

Ainda.

Josie estava na cozinha, de salto e avental. Seu cabelo estava amarrado em um coque, preso por um palito que o atravessava. Uma refeição caseira estava no topo do fogão, deixada ali para esfriar um pouco. Nunca tive fantasias eróticas com donas de casa, mas, naquele momento, achei que elas pudessem começar a rolar.

O apartamento inteiro estava inundado pelo cheiro do meu prato favorito, aquele que eu mais senti falta quando estive na África — torta de pizza com queijo e cogumelos.

Uma música dos anos 80, "Tempted", do Squeeze, estava tocando. Se eu parasse para pensar sobre a letra, veria que ela estava completamente desconexa. Tecnicamente, era uma música sobre separação. Mas estou convencido de que essa música ficou famosa porque só o que se ouve nela é a saudade, o querer, a ânsia por estar com outra pessoa. Por isso que letras de músicas são tão bacanas. Você absorve só as partes que falam ao seu coração.

Tentação fala comigo em alto e bom som.

Tentação faz o bumbum dela mexer no ritmo.

Deus me ajude.

Isso.

Quando a porta fechou atrás de mim com um estalo bem alto, Josie assustou-se e virou de sobressalto. Ela levou a mão ao peito e disse:

— Meu Deus, você me assustou.

— Desculpe — eu disse, jogando minhas chaves sobre a mesa ao lado da porta.

Ela pegou o celular do balcão da cozinha e abaixou o volume.

— Oi — disse ela, apoiando o aparelho na mesa, enquanto eu entrava em nossa cozinha minúscula. — Eu fiz para você uma...

Pressionei minha boca contra a dela, antes mesmo que ela pudesse dizer "pizza". Um *ohhh* muito sexy escapou de seus lábios, e então ela me deu tudo o que eu mais queria.

Ela.

Josie envolveu meu pescoço com os braços e seus dedos percorreram meus cabelos, brincando com as pontas. Luxúria se espalhou pela minha espinha. Esfreguei meus lábios nos dela, e nossas bocas se conectavam como se tivéssemos encontrado o ritmo que tornava aquele beijo uma música sensual por si só. Não dava para ter certeza qual era a melodia ou a letra, as notas ou os acordes. Sabia apenas que aquele beijo tinha tudo para ser número um nas paradas de sucesso. Havia algo de especial. Aquela qualidade inexplicável que vai direto ao coração, sucessos que tocam fundo no peito e elevam a temperatura a níveis incendiários.

Empurrei-a um pouco para trás para que ela encostasse no balcão, e então colei meu corpo no dela. Um suspiro curto e sensual saiu de seus lábios quando nos afastamos.

— Oi, você — sussurrei com ânsia.

— Estou feliz de ver você também — disse ela, puxando-me de volta para perto e juntando nossas bocas mais uma vez. Minhas mãos mergulharam em seus cabelos e, arrancando o palito que os prendiam, deixei que suas mechas castanho-claras se derramassem sobre meus dedos, ao mesmo tempo em que ouvi o palito de madeira cair no chão.

Enquanto a beijava, minha mente ficou enevoada, e aproveitei para afastar todos os pensamentos que se relacionassem com desejo, com ânsia, com calor. Envolvi seu rosto em minhas mãos e a beijei com ainda mais intensidade, com mais ímpeto, até que simplesmente beijá-la não fosse mais suficiente para mim, eu precisava de mais.

Precisava dela *toda*.

Quando dei uma pausa no beijo, ela estava ofegante e toda descabelada. Seus lábios estavam inchados e corados, quase feridos. Seus olhos verdes cintilavam de desejo. Ela nunca me pareceu tão linda quanto naquele instante. Meus olhos percorreram seu corpo. O avental que ela usava era azul-claro, decorado com cachos de cerejas. Por baixo do avental ela usava uma saia, e o tecido vermelho-escuro aparecia pouco acima dos joelhos.

Havia também uma blusa com alças que se assemelhavam a listras em tons de branco. Deslizei minhas mãos por seus braços e vi que ela se arrepiou toda.

— Esse avental... — eu disse, brincando com a barra dele.

— Hmmm?

Minhas mãos subiram até seu peito, depois em volta do pescoço, onde ele estava amarrado. Mas não desfiz o nó.

— Estou curioso com uma coisa.

— O que é?

Conforme brincava com as alças, olhei para ela.

— Não consigo parar de imaginar como você ficaria só de avental.

Seus lábios formaram um sorriso malicioso, e ela levou as mãos até as costas. O leve estalido de um fecho sendo desenganchado penetrou meus ouvidos, e eu gemi. Ela estava libertando seus seios daquele confinamento. Meu corpo vibrava de ansiedade. Lambi os lábios enquanto observava cada gesto. Em seguida, suas mãos deslizaram até os ombros, e ela executou um movimento que me pareceu uma acrobacia circense, mas que é uma daquelas coisas que garotas conseguem fazer de olhos vendados. Ela tirou uma alça do sutiã pelo braço direito. A outra, pelo braço esquerdo. Então, colocando as mãos por baixo do avental, ela me pediu para fechar os olhos. Obediente, atendi ao pedido.

Quinze segundos depois, ela disse:

— Pode abrir.

Quando o fiz, a blusa branca estava jogada no chão e, pendurado na ponta do dedo indicador, estava o sutiã branco de renda. O avental ainda a cobria.

— Era isso que você queria?

— É exatamente isso o que eu queria.

Peguei o sutiã, lancei-o para o outro cômodo e a peguei pelos quadris. Levantei-a sobre o balcão e aproveitei aquela visão.

Saia, saltos e avental. O avental mal cobria seus seios, e você provavelmente pensaria que, obcecado por seios como sou, eu provavelmente já estaria mexendo neles àquela altura. Mas também não tenho 12 anos, eu queria curtir a paisagem. Queria admirar minha garota. Queria vivenciar cada segundo incrível daquela noite, gravar tudo na minha mente, preencher cada célula de memória que eu tinha.

Envolvi seu pescoço e puxei o laço do avental. Sua respiração ficou presa e ela estremeceu. Um arrepio percorreu todo seu corpo.

Aquilo me fez pausar.

— Você está bem? — perguntei, porque não continuaria se ela não quisesse. — Você está com frio?

— Não, estou bem. Só muito, muito bem — disse ela, levantando o queixo.

Os olhos dela me penetraram, e, em um segundo, pude visualizar tanta vulnerabilidade e tanto desejo neles que quase caí de joelhos. Aquilo quase me fez querer arrancar meu coração para entregar em suas mãos, para contar-lhe aquilo que eu havia me dado conta quando estava na garagem do Max. Mas se havia um jeito de matar uma amizade, aquela era a receita infalível. Quando você acrescenta amor à mistura — quando você o declara abertamente — você já pode se preparar para dizer adeus à amizade. Podíamos ser amigos e podíamos colorir a amizade, mas qualquer coisa além podia significar brincar com fogo. Eu sabia disso, e ela, com certeza, também sabia.

Naquela noite, nós éramos amantes.

Era nisso que eu me concentrava enquanto desamarrava o laço do avental.

O nó se desfez. As alças deslizaram. O tecido caiu para baixo dos seios.

Meu Deus, como ela era maravilhosa. Seus seios eram tão magníficos quanto eu havia imaginado. Macios, perfumados, lindos globos com mamilos rosados e eriçados. Curvei-me sobre seu peito, tomei um daqueles deliciosos cumes em minha boca e o suguei.

— Ai, Deus — ela gemeu, agarrando minha cabeça e me pressionando com força.

E justamente quando achei que o momento não podia ser mais perfeito, descobri que estava errado.

Isso estava além de qualquer comparação.

Segurei o outro seio com a mão esquerda, apertei-o e, depois, mordisquei o mamilo enquanto o chupava. Um gemido gutural chegou aos meus ouvidos, então um "vai" ávido, seguido por um "Deus, como isso é bom" dito em um suspiro.

Sim, isso era muito bom. Era bom pra caralho. Era absolutamente, incrivelmente delicioso ter meu rosto incrustado entre os peitos da Josie. Eu poderia passar o próximo dia, a próxima semana, o próximo mês aqui. Na verdade, quando o Mercy viesse atrás de mim para verificar porque faltei em meus próximos turnos, encontrariam-me absorto na terra da mais absoluta graça.

Aqui.

Não me desculpo pela minha obsessão. Também não considero que tenha que sentir culpa por esse prazer, porque não há motivo para culpar-se por algo que levava os dois à loucura. A julgar pela maneira com que os dedos dela prendiam minha cabeça, Josie estava adorando a atenção que eu dedicava aos seus seios tanto quanto eu estava adorando proporcionar aquele prazer a ela. Sua respiração acelerou, e seus quadris rebolavam sobre o balcão, enquanto eu lambia, sugava e beijava seus seios. Ela gemia, suspirava, murmurava.

Em algum momento, talvez tenha sido no século seguinte, eu me forcei a sair dali. Porém, sem largar daquelas belezinhas. Eu as afagava enquanto olhava para seu rosto, todo ruborizado e sensual.

— Meu Deus, Josie — eu disse, deslumbrado por *ela*. Por tudo. Pelo jeito que ela me olhava. Pela forma como seus lábios se abriam. Pela inocência que havia em seus olhos. Pela maneira com que ela se aproximava de mim.

— Estou apaixonado por... — Eu me segurei antes de destruir aquele momento. — Seus peitos. Eles são simplesmente perfeitos. Espero que não se importe com essa minha adoração por eles. — Então dei um sorriso meio de lado.

Ela riu.

— Não me importo nem um pouco, e lhe darei passe-livre a eles, se fizer algo por mim.

— Pode falar.

Ela levou a mão até meu queixo, me puxou para perto e, depois, deu beijos ao longo da linha da minha mandíbula que simplesmente me levaram ao delírio. Meu pau estava batendo na porta da minha calça jeans, implorando para ser liberto.

Aproximando-se do meu ouvido, ela sussurrou:

142

— Estou louca para que você me chupe, mas estou mais louca ainda para que você meta em mim.

Soltei um gemido.

— Isso que você acabou de dizer foi sexy demais.

— Então isso é um sim?

Franzi a testa.

— Por que não posso ter os dois?

Josie correu os dedos pelo meu lábio inferior.

— Você pode. Mas, agora — disse ela, chegando mais perto de mim, — preciso de você dentro de mim.

E foi isso.

É assim.

Pronto.

Se uma mulher pede algo, ela deve receber aquilo que pediu. Levantei a saia dela até a cintura, balançando a cabeça.

— Eu deveria estar devorando sua boceta agora mesmo. Não tive tempo para chupá-la, porque você me distraiu com esses peitos perfeitos. E aí o que você faz comigo? Você me pede para meter em você. Que é basicamente a coisa mais excitante de se ouvir em todo o universo.

Ela soltou uma gargalhada e disse logo em seguida:

— Eu gosto de pedir pelo que quero, isso me excita.

Deslizei minhas mãos por baixo da saia.

— Também gosto de saber o que você quer. E adoro quando você pede. Apesar de que eu conseguiria ver mesmo que você não pedisse...

Corri meus olhos por suas pernas até aquele monte entre suas coxas. Ela estava encharcada. A calcinha estava tão úmida que era quase um crime. E eu, convencido como sou, senti orgulho de mim mesmo. Eu havia feito aquilo — eu a excitei *daquele* jeito. Amei saber que a forma como nos beijávamos, nos tocávamos e nos agarrávamos a excitava daquele modo, deixando-a toda molhada. Encostei um dedo naquele painel umedecido, e ela estremeceu contra mim.

Quando tirei sua calcinha, ela segurou a barra da minha camiseta e rapidamente a arrancou pela minha cabeça. Então suas mãos buscaram minha calça para desabotoar seus botões.

— Caramba, mulher.

— Eu quero você — disse ela, com firmeza. — Quero você agora.

— Você terá, meu bem, acredite em mim. E vou fazer você sentir muito prazer. Mas, primeiro, precisamos disso aqui. — Enfiei a mão no bolso de trás, peguei a carteira e tirei uma camisinha. — Peguei lá do trabalho. Tomara que isso não faça você pensar que sou muquirana.

Ela riu.

— Essa é uma das vantagens de se trabalhar num hospital — disse ela, abraçando meu pescoço e me puxando para perto. Seus olhos brilhavam de forma intensa. — Me diz que você pegou hoje.

— Tenha certeza que sim — sussurrei. — Porque tudo que fiz o dia inteiro foi pensar no quanto eu queria transar com você.

— Eu também. E como. — Suas mãos desceram e ela puxou minha calça para baixo, libertando meu pau.

— Põe a camisinha em mim, linda. Eu sei que você quer.

— Claro que quero — disse ela, ofegante. — Quero muito tocar nele.

Não sei dizer como eu sabia que ela queria fazer isso, só sei que eu sabia. Estava aprendendo rápido o jeito dela, entendendo como ela era. Abri a embalagem e entreguei a camisinha para ela.

Assim que a Josie puxou meu pau para fora, eu o peguei com uma mão e comecei a esfregá-lo.

Aquilo foi como uma injeção de luxúria na veia de Josie.

— Que delícia — ela gemia enquanto me encarava, sua voz soando mais aguda que o normal. — Pare. Você está me deixando louca.

— Então está funcionando. — Porque era assim que eu a queria: louca, desvairada de tanto tesão. E eu não parei. Segurei meu pau e o apertei, acariciando da base até a cabeça. Ela ficou sem fôlego e gemeu, abrindo a boca.

Ela parecia estar hipnotizada enquanto me observava. Eu, naquele momento, já estava pensando em todas as coisas que queria fazer com ela, todas as posições em que queria fodê-la, todo o prazer que eu queria proporcionar a Josie.

Ela mordeu o canto do lábio, com a camisinha em mãos; em seguida, segurou meu pau com uma mão e eu me aproximei dela. A ânsia em seu olhar foi substituída pela excitação, por algum tipo de entusiasmo quando ela pegou meu pau e eu tirei a mão de perto.

— Observe enquanto eu faço — ela disse.

E eu obedeci, olhando enquanto suas lindas mãos deslizavam a proteção pelo meu mastro, pinçando a ponta do látex, certificando-se de que estava perfeitamente colocada. Agora, sou eu quem está ficando louco.

Ou, talvez, nós dois estivéssemos.

Agarrei seus quadris e puxei seu corpo para a beirada do balcão. Então esfreguei a cabeça do meu pau em sua boceta doce e escorregadia.

A forma como ela murmurou meu nome fez com que ele parecesse uma palavra obscena. Ela pronunciou como se ele tivesse cinco sílabas e ela quisesse ser fodida por cada uma delas.

Eu enfiei.

— Puta merda — rosnei, porque era bom demais.

— Eu sei — ela murmurou, e eu estava adorando o fato de estarmos na mesma sintonia.

A umidade dela me acolhia, e estar dentro de Josie era como estar no paraíso. Ela era confortável, quente e molhada, e ela me agarrava com força enquanto eu a preenchia. Suas mãos subiram pelo meu peito e se seguraram em meus ombros. Apoiei uma das minhas mãos no balcão, e com a outra segurei seu quadril para poder me aconchegar bem dentro dela.

Eu empurrava e ela gritava.

Eu gemia enquanto me movia dentro dela, primeiro devagar, aproveitando cada momento, até que, então, comecei a fodê-la sobre a bancada da cozinha. Porque eu não conseguia esperar. Claro, eu podia esperar para chupá-la. Sim, eu podia esperar para carregá-la até o quarto. Eu podia até mesmo esperar para o jantar. Mas eu não podia mais esperar para experimentar a sensação inexplicável que era deslizar para dentro e para fora dela. Essa mulher forte, linda, maravilhosa e sensual. Essa criatura sexual que me queria do mesmo jeito intenso que eu a queria. Ela rebolava contra mim, cravando suas mãos com força em meus ombros.

Por um instante, não éramos nada além de murmúrios e suspiros, gemidos e grunhidos, e o som de carne batendo contra carne. Tornamo-nos um só elemento carnal, um homem e uma mulher cheios de desejo, um consumindo o outro.

Então ela segurou meu rosto, apertou-me com firmeza, abriu os lábios e disse:

— Me faz gozar.

Sua voz, rouca e sensual, expressava pura vulnerabilidade, como se aquilo que ela acabou de declarar expressasse seu maior e mais profundo desejo.

Enfiei mais fundo, alcançando suas fronteiras, então parei e olhei bem dentro de seus olhos. E foi então que tudo tornou-se claro, todos aqueles pensamentos que em algum momento talvez me tivessem pego de surpresa, mas que, naquele momento, eu tinha certeza que sempre estiveram dentro de mim, antes mesmo que eu pudesse me dar conta.

Ela era a mulher para mim.

Era ela quem eu queria.

Estava transando com a minha amiga.

Estava trepando com a minha colega de apartamento.

E, mais do que isso, também estava fazendo amor com a mulher pela qual estava me apaixonando.

Mas quanto mais eu refletia sobre a loucura e insensatez dos meus pensamentos, mais eu corria o risco de contar tudo isso para ela. Mais risco eu corria de arruinar o "nós".

Além do mais, naquele instante, eu tinha apenas uma meta. Fazê-la gozar.

— Eu vou, linda, eu vou — repliquei.

Entrelacei os dedos em seus cabelos e levei minha boca até sua orelha enquanto a penetrava fundo e com força. Ela enganchou as pernas em meus quadris e me apertou ainda mais. Eu estava preso a ela, enfiando e me impulsionando, até ela dar um grito tão alto que me fez ter certeza de que ela estava na iminência do orgasmo.

Então, ela falou em meu ouvido, porque era isso o que ela fazia, ela anunciava.

Estou tão perto.

Continue metendo.

Desse jeito.

Como se eu fosse parar.

Ela remexia todo o corpo contra o meu, como se buscasse encontrar o atrito perfeito sobre meu membro e, sem demora, ela o encontrou. O prazer se desvelou e um orgasmo pareceu estar à beira de explodir por todo seu corpo. Ela tremia dos pés à cabeça. Arrepios se manifestavam, enquanto ela mantinha os olhos bem fechados.

— Estou gozando — sussurrou ela, o sussurro mais sutil e desesperado que já ouvi.

De repente, um sussurro mais alto.

— Meu Deus, estou gozando.

Então, um grito ensurdecedor que desencadeou meu próprio clímax. Fui abatido, esmagado por uma tempestade que se espalhava por todo o meu corpo, enquanto continuava metendo e sendo levado para meu alívio, grunhindo o nome dela, gemendo palavras incoerentes. Tive que morder a língua para não dizer mais nada conforme sentia o prazer percorrendo cada centímetro do meu corpo. Por isso, não disse a ela que nunca foi tão bom quanto dessa vez. E não era apenas um tipo científico de bom. Chegara a um nível completamente diferente. Um nível ao qual eu temia estar me tornando perigosamente viciado.

Mas eu ainda não queria dizer isso em voz alta, se é que eu chegaria a dizer. Se o fizesse, poderia perdê-la, e esse era um risco que eu não queria correr.

Em vez disso, comemos pizza.

Capítulo 22

DOBREI UMA FATIA E DEI OUTRA MORDIDA SUCULENTA. Depois de mastigar, revirei meus olhos em sinal de absoluta gratidão pelos talentos de Josie.

— Eu estava errado todas as outras vezes, essa foi a melhor coisa que você já fez.

Ela riu.

— Você disse que foi o que mais sentiu falta quando esteve na África.

— Com certeza senti falta de uma boa pizza enquanto estava lá.

— É só falar que eu também faço uma torta de cereja* — disse ela. Quando pisquei maliciosamente ela levantou uma das mãos. — Estava me referindo àquela com as frutas.

— E você não sabe que não tem jeito de usar a palavra torta sem que ela tenha essa conotação?

Estávamos no sofá, só com algumas roupas, depois — sem hipérbole — do melhor sexo da minha vida. Ela amarrou novamente o avental, ficando apenas com ele e o salto alto. Disse que achou que eu gostaria de vê-la naquele traje "pós-sexo". E ela estava certa. Quanto a mim, estava de calça jeans.

— Sei bem como é — disse ela, aproximando-se de mim no sofá para acariciar meu cabelo.

---

* N.T.: Torta de cereja (*cherry pie*) é uma referência ao ato sexual.

O gesto aqueceu meu coração, mas também me fez refletir: Josie sempre gostou de tocar o meu cabelo, portanto aquilo não era nada incomum. Mas parecia tão... casalzinho. Tão namorado-namorada. Parte de mim quer desesperadamente ter isso com ela. Quer apenas abrir o coração e colocar os sentimentos para fora.

Porque, por dentro, estava em completo êxtase. Sou um maldito sortudo, apenas relaxando, comendo pizza com a garota mais incrível que já conheci. Era impossível explicar e sequer imaginar quão boa era a nossa ligação física. Ela sempre foi minha amiga. Naquele momento, estávamos prestes a jogar Scrabble antes de partir para a segunda rodada.

Mas aí é que morava o problema.

Porque toda essa sensação de estar nas nuvens em virtude de uma felicidade suprema, obscena, sensual e fantástica era apenas uma ilusão de fumaça e jogo de espelhos. Era um truque executado com perfeição pelo corpo humano. Por que, mas por que, apaixonar-se por alguém tem que ser uma adrenalina dessas? Por que tão intenso?

Mas eu sabia a resposta.

Havia um motivo para a liberação dessas endorfinas. Os elementos químicos presentes em nossos sistemas orgânicos fazem com que nosso corpo entenda o ato de se apaixonar como algo que nos fará procriar. Esse contentamento desenfreado, girando como um turbilhão dentro de mim, era só uma dessas merdas de "sobrevivência da espécie". Era uma ilusão da química cerebral.

E, contanto que eu mantivesse minha cabeça no lugar, não seria enganado por esses sentimentos arriscados.

Apesar de que parte de mim queria mandar a prudência às favas, ouvir meu peito martelando e apenas dizer: "Ei, vamos desafiar as probabilidades, você e eu". Transando, comendo pizza e jogando Scrabble.

É, não há necessidade de mais nada.

Até que Josie pigarreou.

— Então...

E aquela única palavra consumiu todo o oxigênio do ambiente.

Toda aquela atmosfera feliz que flutuava no ar, de "vamos beber e meter", evaporou. Esvaiu-se pela noite. Com duas sílabas, soube que era hora de conversarmos.

Embora Josie e eu geralmente pudéssemos conversar sobre qualquer coisa, eu sabia que o que viesse depois do "então" seria algo sobre o qual eu não estava pronto para discutir. Porque o que estava acontecendo conosco vinha acompanhado de muitas complicações. Transar com sua colega de apartamento era como operar um rim, quando é quase impossível não ferir uma artéria principal, muitos sistemas estão interligados — o lar, a amizade, o sexo, o aluguel. Até os acessórios da casa faziam parte de nossa vida sexual.

Naturalmente, meu passo seguinte seria tentar desarmar a bomba.

— Por "então" você está se referindo ao nosso jogo de *Scrabble* ou está começando a cantar alguma música?

Ela riu, balançou a cabeça e apoiou a mão sobre a minha coxa.

— Chase — disse ela, com um ar que era, ao mesmo tempo amigável e sério.

— Fala?

— Precisamos conversar sobre o que está rolando. Entre nós.

Como se um pino de aço tivesse sido implantado na minha coluna, endireitei as costas e disse secamente:

— Está bem.

Por que sou dominado pelo pavor só de pensar no conteúdo dessa conversa?

Ah, certo. Porque a última mulher por quem senti isso teve um caso enquanto estávamos juntos. Por conseguinte, não me dou muito bem com relacionamentos. Abri meu coração e tomei na cabeça. Acrescente a isso o pequeno, mínimo, minúsculo fato de que se apaixonar pela melhor amiga significa perder essa amiga quando a relação for para o saco e você conseguirá entender porque naquele momento eu preferia agir como um monge.

Bem, só na parte do voto de silêncio, não para os outros votos.

— Você sabe como tudo isso se mistura para mim? — perguntou ela.

— Josie na batedeira — respondi.

Ela deu um pequeno sorriso como resposta.

— E isso... — Ela apontou para ela e para mim — são os ingredientes necessários para fazer um grande milk-shake de emoções. — O olhar dela era firme e resoluto. — Eu me conheço, e você também me conhece. Você já viu como minhas emoções transbordam. Não tento separar tudo em compartimentos. E não sou boa nisso. Está tudo aqui — disse ela, batendo no peito. — E posso ver que isso entre nós se tornará o maior milk-shake de todos. Somos amigos, dividimos o apartamento e, agora, somos amantes.

Não consigo manter todos os ingredientes separados. Você entende o que estou dizendo?

Por um milésimo de segundo, imaginei que pularíamos a parte mais difícil e ela diria que também estava apaixonada por mim, e então poderíamos viver nossas vidas, por toda a eternidade, sem que nada desse errado.

— Você quer dizer que gosta de milk-shake? — perguntei com cautela, porque não tinha certeza se aquela conversa inicial era a forma que ela havia encontrado de me dizer que teve a mesma porra de epifania que eu tive, e que poderíamos ser os primeiros amigos na história do universo a não ferrar tudo na transição para o próximo passo, aquela palavra que começa com "rela.." e que rima com "mento".

Há uma primeira vez para tudo, certo?

Um riso suave estampou-se em seus lábios.

— Eu gosto de milk-shake, Chase — disse ela, passando os dedos pelo meu peito. — Mas você não pode tomar milk-shake em todas as refeições.

— Uma dieta de milk-shake é totalmente aprovada pelo médico aqui — ironizei.

Mas, evidentemente, ela não estava a fim de provocações ou de comer doces o dia todo.

— O que quero dizer — ela continuou — é que quero que tenhamos cuidado. Quero chegar num entendimento. Não quero partir meu coração, não quero magoá-lo e, acima de tudo, não quero ferrar com a nossa amizade.

E era justamente por isso que eu não havia dito nada para começo de conversa, e era por isso que eu continuaria sem dizer nada. As palavras dela apenas confirmavam a minha necessidade de separar as coisas, mesmo que ela não pudesse. Manter amor de um lado e sexo do outro.

— Gavetas separadas — eu disse, concordando. Imitei o gesto de abrir a gaveta de uma escrivaninha. — Precisamos manter essa coisa de sexo em uma gaveta separada — então a fechei —, e nossa amizade em outra.

Se não fosse assim, corríamos o sério risco de perder a amizade.

Eu sentiria ainda mais a sua falta se acontecesse alguma coisa entre nós.

Ela abriu um leve sorriso.

— Sim. Você não acha que essa é a melhor maneira para continuarmos nas vidas um do outro?

Confirmei com a cabeça, pois precisava fazê-la entender que eu não iria ferrar com tudo. Precisava fazê-la entender que eu faria tudo conforme o combinado.

— E você precisa de mim para ajudá-la a manter o fato de que eu a faço gozar muito e o fato de que eu pago metade do aluguel em gavetas separadas?

— E acrescente mais uma gaveta para nossa incrível equipe de Scrabble, por favor — disse ela, rindo. Mas seu riso silenciou. — Não é fácil, para mim, manter as coisas em lados opostos. Você precisa saber que tenho um tesão absurdo por você, que você ganha muitos pontos extras por ser maravilhoso na cama, que você é meu amigo mais querido e que acho você incrível. — Não pude deixar de sorrir com os elogios. — E precisa saber também que não posso suportar a ideia de perder você.

Uma vida sem a Josie seria como um inferno na Terra.

— Também não quero perdê-la.

— Por isso preciso que você seja o lado forte, você precisa ser o médico que acaba tendo que arrancar o Band-Aid — disse ela, com um sorriso entristecido.

— Pode tirar vantagem do doutor aqui, por que não iria? — resmunguei, com tom jocoso.

Mas ela estava séria.

— Não quero ser a Adele, não quero sair da sua vida— sua voz falseou. — Essa garota, cara, tinha suas emoções na palma da mão e as deixou todas ali, expostas, em aberto para que eu as visse. Ela era destemida e ousada, não só na cama, mas bem ali, conforme expunha seu coração por completo.

Não houve rodeios sobre o assunto, nenhuma campainha tocou no meio da conversa dura para fazer com que ela se interrompesse por alguns instantes. Nada. Não estávamos evitando o problema — mergulhávamos nele até o fim, ao mesmo tempo em que Josie abria cada vez mais seu coração para mim.

Cada gesto dela me fazia querê-la ainda mais, de todas as maneiras.

— Por isso, acho que essa é a única maneira de fazer com que esse lance dê certo — ela completou.

Engoli em seco, lembrando-me do vazio que senti quando Adele seguiu em frente com sua vida. Esforcei-me para lembrar do sofrimento de perder alguém por quem tive muito carinho. As noites solitárias eram uma merda, com certeza, mas o que mais me doeu foi a ausência de uma pessoa com quem eu podia contar: A minha amiga.

— Não suporto a ideia de não ser mais seu amigo. Não podemos deixar que isso aconteça.

— Também não quero que isso aconteça — disse ela, com uma sinceridade tão grande que me atingiu bem no meio do peito. — Mas também não quero me enganar novamente, como aconteceu com Damien.

Olhei bravo para ela.

— Eu não sou o Damien. Aquele cara ultrapassou todo e qualquer nível de babaquice aceitável.

— Eu sei, mas doeu mesmo assim. Aprendi minha lição com ele e prefiro que desde o início sejamos bem claros sobre o que pode e o que não pode acontecer entre nós. Temos que traçar os limites. Precisamos prometer que seja lá o que for essa história de sexo, voltaremos a ser amigos quando isso acabar.

— Concordo — eu disse, porque o que eu mais queria era mantê-la por perto.

— Apenas precisamos aceitar que temos uma química maluca por morarmos juntos, certo?

Confirmei com a cabeça. Talvez até tenha enfatizado colocando a ponta da língua para fora.

Ela riu.

— E já que é assim, precisamos tirar isso de nossos sistemas, certo?

Lembrei a mim mesmo de que separar as coisas em compartimentos era como se fosse uma habilidade especial para mim, que vim aprimorando com o passar dos anos, até torná-la uma prática diária. Tomo conta do corpo, e os outros lidam com o coração e a mente. Pela primeira vez, Josie queria que eu usasse meu melhor talento — minha habilidade de separar o físico do emocional. Ela queria que eu cuidasse de seus orgasmos da melhor forma possível e, depois, verificasse com regularidade o andamento de nossa amizade.

Isso deveria ser fácil.

Deveria ser fácil como tirar doce de criança.

— Josie, nossas prioridades são as mesmas — eu disse, endireitando as costas para demonstrar toda minha autoconfiança. Não era preciso que ela soubesse que eu estava me apaixonando estupidamente por ela. Eu aplicaria meus freios em mim mesmo para evitar cair nessa armadilha. Esse lance entre nós não precisava ser mais do que uma aventura com a minha linda, ousada, charmosa e sensual colega de apartamento.

Todas aquelas sensações estranhas fervilhando no meu peito? Irão embora. Eu estava me reiniciando. Jogando tudo aquilo no lixo. *Até mais, paixonite.*

Josie deu um suspiro de alívio.

— Estou tão feliz por você concordar comigo. Ficaria arrasada se ficasse fora da minha vida.

Ri e acolhi seu rosto numa mão.

— Não vou a lugar algum. Jamais faria qualquer coisa que colocasse em risco perder você. Você não é apenas minha amiga. Detesto ter que decepcionar o Wyatt, mas você é a minha melhor amiga.

— Você também é o meu. — Seu sorriso reluziu. — Esse será nosso segredinho.

— Como naquela musiquinha infantil, "Scotland's Burning".

— *"Look out, look out"* — ela cantou, e eu me juntei para seguirmos com nosso terrível dueto.

Quando terminamos de massacrar a música, ergui o punho para que ela batesse, e assim concordaríamos em manter tudo no mesmo nível.

— Seremos "amigos coloridos de apartamento" até tirarmos isso do nosso sistema.

Ela devolveu o toque com o punho cerrado, e estava tudo bem entre nós.

Só um detalhe: eu não conseguia parar. Precisava vender essa narrativa de forma convincente para o júri, precisava que ela acreditasse piamente em mim, para que não soubesse como cheguei perto de confessar tudo o que sentia.

— E você deveria namorar — acrescentei, como quem não quer nada.

Ela arqueou a sobrancelha.

— Não vou namorar enquanto estivermos transando.

— Mas quando pararmos de transar — completei, como o magnânimo, generoso e maravilhoso amigo que era. Que, evidentemente, gostava de atestar o óbvio ululante.

— Beleza — disse ela, meio hesitante.

— Quando tirarmos tudo isso de nosso sistema — concluí, e forcei um sorriso em meu rosto como que em uma tentativa de lembrar que uma hora ou outra, aquilo iria acabar. Éramos apenas um casinho temporário, não havia motivo para ficar remoendo o que eu estava sentindo antes.

Não havia motivo nenhum. Nem mesmo quando transamos de novo no sofá, naquela mesma noite. Nem mesmo quando ela me envolveu em seus braços e sussurrou meu nome. Nem mesmo quando ela me disse o quanto tinha sido bom.

Não. Não deixaria nada daquilo me afetar.

Nada.

Nadinha.

Eu era de aço.

Mesmo quando ela adormeceu novamente em meus braços, acomodada ao meu lado, e no ar pairava uma mistura do cheiro dela e do meu, misturados com o perfume do melhor sexo que já fiz. Porque era mais do que simplesmente sexo.

Só que... não podia acontecer.

Capítulo 23

Das páginas do Livro de Receitas da Josie

RECEITA DO MILK-SHAKE DE CHOCOLATE "AH, NÃO, VOCÊ NÃO FEZ ISSO" DA JOSIE

INGREDIENTES

2 xícaras de chá de sorvete de chocolate

O ideal é que seja de alguma marca que seja incrivelmente lasciva e deliciosa, que fará você sentir como se estivesse se apaixonando... embora não esteja nem um pouco, e não possa, e não vá.

1/4 de xícara de chá de leite

Leite é bom para sua saúde! Leite deixa os ossos saudáveis! Está na cara que essa é uma receita saudável.

Um pouco de gelo

Para congelar o coração.

MODO DE FAZER

Jogue todos os ingredientes numa batedeira e bata na potência máxima até obter uma mistura homogênea de sentimentos, emoções, sexo, coração partido, amizade e possibilidades. Então, mande tudo para dentro.

Preste atenção na parte a seguir, porque é essencial para a receita: uma vez consumido o milk-shake de sentimentos misturados, agitados, fundidos-e-confundidos, esfregue uma mão contra a outra, force um sorriso no rosto e jamais volte a misturá-los. Coma o sorvete *separadamente*, do mesmo jeito que você terá esse homem.

Isso é tudo que você pode fazer para proteger seu coração. Essa é a única maneira de tê-lo. Qualquer tentativa de ter mais do que isso e você poderá perder o melhor amigo que já teve.

Capítulo 24

ALGUNS DIAS MAIS TARDE, DEPOIS QUE TRATEI DE UM corredor que havia desmaiado por desidratação durante uma corrida matinal no Central Park, a enfermeira-chefe veio até mim com a prancheta em suas mãos.

— Doutor Summers, você está sendo solicitado — ladrou Sandy. Ela tinha uma voz de sargento que quase me fazia bater continência ao ouvi-la.

E eu era o soldado dela.

— O que temos?

Esperava que ela me despejasse uma lista de ferimentos. Em vez disso, ela apontou o polegar na direção da recepção.

—Bela morena na sala de espera perguntando por você.

Minhas orelhas ficaram em pé e meu pau entrou rapidamente em estado de alerta. Meu coração pulava em meu peito. Josie viera me visitar. Talvez ela tivesse trazido almoço para mim. Meu estômago estava roncando. Ele funcionaria muito bem como objeto de estudo da reflexologia de Pavlov. Pensando bem, meu pau também era, a julgar pela velocidade de sua resposta às palavras "bela morena".

Saudei-o por baixo do jaleco. *Bom trabalho, pau.*

Porém, não foi nenhuma surpresa, já que as últimas noites com a Josie tinham sido estonteantes e não era apenas minha mente que estava estonteada. Mas eu não tinha apenas recebido prazer. Assim como Josie, eu gostava de receber, mas também gostava de oferecer. Proporcionei orgasmos

158

múltiplos, e orgasmos exponenciais também, administrados de todas as maneiras possíveis.

Ela era voraz, e eu a satisfazia todas as vezes. Inclusive com a minha língua. Uma vez só não foi suficiente para nenhum de nós dois quando eu finalmente a chupei pela primeira vez. Fiz questão de fazê-la gozar novamente, e a segunda vez foi ainda mais intensa do que a primeira.

Na manhã seguinte, havia uma sacola da confeitaria esperando por mim na sala de estar. Dentro estavam dois cookies de gotas de chocolate e um bilhete: *Coisas boas vêm aos pares.*

No dia seguinte, após uma maratona que testou a resistência de nossa mobília, ela me deixou um brownie, e no cartão estava escrito: *Acho que você queimou calorias suficientes ontem para comer um desses. A propósito, estou muito impressionada com a resistência da nossa mesa. Sem falar na parede.*

Mal podia esperar para saber por que ela estava lá ao meio-dia.

Agradeci Sandy e saí andando a passos largos pelo corredor, passando pelo balcão das enfermeiras. Empurrei as grandes portas de vaivém que levavam à sala de espera. Um cara de capuz, vinte e poucos anos, estava sentado curvado em uma cadeira. Uma mãe musculosa, com calça de yoga, ninava um garotinho nos braços. O rosto da criança estava corado e ele estava tremendo. Febre, eu supus. Várias outras pessoas também aguardavam, os olhos atentos aos seus celulares ou à televisão pendurada na parede. Nós do Mercy nos orgulhávamos por ter um dos tempos de espera em salas de pronto-socorro mais curtos do mundo, e poderia se dizer que estávamos indo bem nesse quesito, a julgar pela quantidade de pessoas na recepção.

Mas isso também significa que foi fácil perceber que não era Josie quem me esperava ali. Eu me desinchei. Sim, todas as partes que estavam inchadas.

— Oi, Doutor Summers.

Eu me virei na direção daquela voz, claramente masculina. O rosto angular me parecia familiar. Nariz aquilino. Olhos bondosos. Cabelos loiros. Alguns pontos leves. Sorri e apontei para o cara.

— Aquaman!

O homem cuja testa fez papel de estacionamento para lembrancinhas sexuais caminhou até mim e estendeu a mão para me cumprimentar. Ele usava uma camisa social branca alinhada e calças de aparência cara. Engraçado, não imaginei que ele fosse um empresário de sucesso quando o vi em seus trapos de Aquaman, mas ficou bastante claro que esse cara era montado na grana pela sua indumentária de hoje, das abotoaduras até o tecido de seda de sua camisa. Nunca se sabe qual é o tipo de pessoa que gosta de se dependurar em lustres.

Apertei a mão dele e virei para a bela morena já mencionada, que estava ao seu lado.

— E a sereia — acrescentei, e ela sorriu e me cumprimentou também. Um anel de diamante cintilava em seu dedo. Ela também estava com roupas elegantes, com um jeitão de mulher de negócios.

— Meu nome é Cassidy — disse ela.

— Prazer em conhecê-la. E bom vê-lo de novo — eu disse ao meu antigo paciente. — Como está indo o programa para abstinência de lustres?

Os dois sorriram, e as bochechas dela ruborizaram.

— Seguimos o seu conselho — ele me disse. — A mesa da cozinha foi, de fato, uma ótima alternativa.

— Excelente. E isso aí — eu disse, apontando para a testa dele. Mal podia-se ver a menor de suas cicatrizes. — Isso aí parece bom.

— Eu sei — disse ele, com um largo sorriso. — Mal dá para notar que está aí.

A garota colocou a mão sobre o ombro dele e lançou-lhe um olhar de admiração.

— É o tamanho perfeito para uma cicatriz sexy — disse ela carinhosamente, dando-lhe um beijo no rosto. Ela, então, virou para mim e disse: — E obrigada, doutor. Você fez um ótimo trabalho costurando o Kevin. Mal dá para ver.

— Que ótimo. Esse é o meu trabalho. Tornar o meu trabalho invisível.

— O Homem Invisível — disse Kevin, como se tivesse acabado de cunhar o nome de um novo super-herói. Ele deu uma pigarreada. — Queríamos dar uma lembrancinha para você, em agradecimento por cuidar tão bem de mim, e também pelas suas sugestões. A mesa, mas também o outro que nos deu. Nós demos ouvidos a você, e esperamos que goste também.

Ergui minhas sobrancelhas, demonstrando curiosidade.

Cassidy me entregou um envelope do tamanho de um cartão de presente. Deslizei o polegar por baixo da aba e o abri. Dentro havia um cartão de visita branco, junto com um vale-presente para uma aula de culinária. *Aperitivos atraentes e sobremesas tentadoras.*

Na mesma hora me lembrei de nossa conversa, quando ele estava na maca da sala de exames e eu o incentivei a fazer aulas de culinária, e não pude deixar de rir.

— Muito bom, Aquaman. Muito bem.

Kevin abriu um sorriso e levantou as mãos, como quem diz "fazer o quê?".

— Ordens médicas. Quem sou eu para desobedecer?

— É muito sábio da sua parte tê-las seguido.

— Olha só — ele começou, adotando um tom mais sério em sua voz.

Inclinei a cabeça, à espera.

Seus olhos azuis olharam bem fundo nos meus.

— Tem mais uma coisa pela qual preciso agradecê-lo.

Franzi a testa sem entender.

— O que é?

Mas quando uma sirene disparou, e as luzes piscantes indicaram que uma ambulância havia chegado do lado de fora, eu apenas disse:

— Desculpe, mas essa é a minha deixa para voltar.

Despedimo-nos rapidamente, e assim que voltei para o pronto-socorro, fiz uma rápida parada na mesa da sala de espera. Uma loira oxigenada, com olhos cansados, levantou o rosto.

— Pois não, doutor?

Apontei com a cabeça para o menino doente.

— Assegure-se que alguém virá verificar aquela criança o mais rápido possível, ok?

Ela fez que sim.

Retornei ao manicômio, dando uma rápida olhada no presente durante o caminho. Era uma aula de culinária para dois. Enfiei no bolso, porque estava chegando um homem de 55 anos que sofrera um infarto. Desta vez, salvaríamos sua vida.

* * *

DEPOIS DE UMA TARDE AGITADA E SEM QUALQUER CHANCE

de descanso, terminei meu plantão e vi uma mensagem de Wyatt.

Tô na vizinhança. Vamos tomar uma?

Respondi que sim, e fomos nos sentar em um lugar ali perto, o The Lucky Spot, bar do Spencer e da Charlotte. Spencer estava atrás do bar e fez um sinal com a cabeça nos cumprimentando enquanto entrávamos.

Então nos serviu duas cervejas e apoiou os copos no balcão.

— Então, um médico e um marceneiro entram num bar...

Revirei os olhos.

— E aí? O que acontece em seguida? O barman serve uma cerveja e faz uma piadinha?

Os olhos verdes dele analisaram a mim e Wyatt.

— Isso. Quer saber o que acontece quando se cruza um cirurgião com um carpinteiro?

— Ah, conta, conta — disse Wyatt imitando uma criança empolgada, em uma tentativa de zombar de Spencer.

— Não sei... mas odiaria ver o que eles fariam com uma serra — disse ele, batendo sobre o balcão para pontuar a piada.

Grunhi, sem acreditar no que ouvi.

— É sério isso?

— Isso é o melhor que você consegue fazer? — perguntou Wyatt.

Spencer apontou para o meu amigo faz-tudo.

— Achei que essa tinha sido boa. — Então ele se virou para mim. — Mas talvez, na próxima, o Chase possa contar uma piada... matadora.

— Ha ha ha, eu tento limitar ao máximo o número de qualquer coisa matadora. — eu disse, erguendo o copo para dar um gole.

Spencer envaideceu-se e soprou as unhas.

— Muito bem, seus babacas, são 50 dólares.

— Você está muito pão-duro hoje — comentou Wyatt, tirando a carteira e fingindo pegar uma nota de grande valor.

— Estou apenas brincando. O dinheiro de vocês não tem nenhum valor aqui. Por algum motivo que não sei qual é, eu deixo que os dois idiotas bebam de graça — disse ele, então foi até a ponta do balcão para atender os clientes.

Wyatt e eu jogamos papo fora por alguns minutos, enquanto tomávamos nossas cervejas, e então me analisou com uma encarada.

— O que está acontecendo com a Josie?

Quase cuspi minha bebida.

O irmão da mulher pela qual eu estava tentando desesperadamente não me apaixonar riu e me deu um tapinha nas costas.

— Tá difícil aguentar uma cervejinha de nada?

— Não, é que entrou pelo cano errado — menti.

— Sério, cara. Estive pensando sobre nossa conversa no Joe's. Ela está levando de boa essa história de encontros?

— Sim, está tudo ótimo — respondi, mentindo descaradamente e me odiando por ter que fazê-lo.

— Ela saiu com algum babaca? Ou você cortou todos pela raiz?

Por alguns instantes, relembrei do cara que fez o comentário sobre seu roedor, depois do idiota que tentou bisbilhotar a vida íntima dela pela internet e, por fim, de quem começou com isso tudo — Damien — por ter enganado a minha garota.

Minha garota.

Esfreguei uma mão na mandíbula, ela não era minha garota. Não podia pensar nela dessa forma. Levantei o copo.

— Você ficará satisfeito em saber que eu a mantive longe de todo e qualquer paspalho.

Não me incluí na contagem de paspalhos, pois não sou como os outros caras. Não estava magoando a Josie por dormir com ela dessa maneira. Tínhamos um acordo temporário, um entendimento mútuo, um pacto de amizade colorida entre colegas de apartamento. Pensando bem, eu tinha mais chances de me magoar do que ela.

Wyatt brindou batendo seu copo no meu.

— Que bom. Sabia que podia contar com você para tomar conta daquela que é minha segunda pessoa favorita em todo o universo. — Então, meio acanhado e abaixando o tom de voz, ele acrescentou: — É estranho não poder dizer mais que Josie é minha pessoa favorita. Ela o foi por tanto tempo, durante a maior parte da minha vida. Mas agora esse posto foi tomado pela nova Senhora Hammer.

— A Natalie precisa estar em primeiro lugar, cara.

Wyatt tocou meu ombro.

— Que bom poder contar com você para garantir que Josie fique em boas mãos.

— É, pode contar comigo — eu disse, desviando o olhar.

Porque Josie estava nas minhas boas mãos, e eu esperava que, em cerca de uma hora, seria exatamente onde ela estaria.

* * *

TROCAMOS MENSAGENS NO CAMINHO DE CASA. ELA ESTAVA no trem expresso. Eu, na linha local. Rimos — por mensagem de texto — sobre como estávamos indo para casa ao mesmo tempo.

Em seguida, enquanto subia as escadas da estação até a movimentada calçada, recebi uma mensagem que me fez sentir uma explosão de alegria, porque significava que eu a veria logo.

Josie: Quer fazer uma coisa louca e, sei lá, caminhar junto pelos quarteirões que faltam para chegar em casa?

Chase: Você é uma maluquinha.

Josie: Sou mesmo. Principalmente quando souber o que trouxe para você hoje à noite.

Um assobio cortou o ar quente do fim de tarde, do mesmo jeito que um pedreiro faz para uma mulher bonita, e uma voz familiar gritou comigo:

— Ei, gostosão.

Quando parei e dei meia-volta, vi Josie caminhando em minha direção, seus quadris movimentando-se em um pequeno rebolado a cada passo, um sorriso sedutor estampado em seus lindos lábios rosados. Ela usava uma saia curta, com uma estampa floreada, e uma camiseta roxa de decote em V. O cabelo estava puxado para trás, preso em um rabo de cavalo, e pulseiras prateadas adornavam seu pulso.

Ela é tão gostosa. E linda. E ousada.

Olhei em volta, como se estivesse procurando alguém. Então, apontei o dedo para o meu peito.

— Está falando comigo? — perguntei, com minha melhor interpretação.

— Sim, estou falando com você aí, da bundinha bonita.

Eu devolvi na mesma moeda.

— Dê a volta. Deixe-me ver a sua.

Ela deu uma voltinha, e então parou na minha frente.

— Ei, Doutor Gostosão — disse ela, com um tom de voz mais suave, mas ainda muito sensual. Ela ficou na ponta dos pés e me deu um beijo estalado na bochecha, o que fez meu coração acelerar. Órgão idiota. Precisava recordar que a função do coração é bombear sangue, um fluido orgânico que transporta nutrientes e oxigênio para as células. Não era sua função me deixar zonzo e hipnotizado ao lado dela.

Mesmo assim, segurei o rosto dela e a beijei para valer. Se ela queria ficar dando beijinhos discretos no meu rosto em público, eu iria exigir meus direitos sobre sua boca.

Ela gemeu suavemente quando a beijei, e eu engoli aquele som. Quando nos soltamos do beijo, um leve suspiro escapou por seus lábios. Percorri cada centímetro de seu corpo com meus olhos. Enquanto observava seus trajes ridiculamente fofos, um pensamento repugnante veio à minha cabeça:

— Você foi a algum encontro depois do trabalho?

Um tornado de ciúmes se apoderou de mim. Mas eu não tinha o direito de sentir ciúme, já que ela não era minha. Achei melhor revisar a contagem que havia feito de todos os paspalhos, uma vez que agora eu claramente pertencia àquela lista.

Ela balançou a cabeça.

— Não. Fui jantar com a Lily. Fomos a uma lanchonete no East Side — disse ela, enquanto caminhávamos pela noite de Nova York em direção ao nosso prédio.

— Como ela está?

Josie sorriu.

— Ela finalmente deu um pé na bunda do Rob. Fico feliz por isso, embora odeie admitir. Ele era péssimo para ela. — Ela enganchou seu braço no meu, e eu escondi um sorriso, porque, naquele momento, parecíamos muito mais do que dois colegas de apartamento indo para casa juntos.

Recordei as observações de Wyatt sobre encontros, dos comentários de Josie sobre não namorar e do vale-presente que afastei dos pensamentos durante o dia inteiro.

— Existe alguma possibilidade de você querer fazer comigo uma aula de Aperitivos Atraentes e Sobremesas Tentadoras?

Minha voz soou áspera quando fiz a pergunta, parecia que eu nunca havia chamado uma garota para sair antes. Meu peito teve a audácia de querer voltar a saltar enquanto eu esperava pela resposta. Torci para que ela dissesse que sim.

Ela levantou uma sobrancelha.

— A aula de culinária sensual?

Pisquei os olhos.

— É isso o que é? Achei que fosse apenas uma aula divertida de sobremesas, e sei o quanto você gosta de experimentar essas coisas.

Ela acenou.

— Ouvi falar que é incrível.

— Quer ir?

Seu aceno foi mais vigoroso.

— Eu adoraria.

Pelo visto, isso significava que eu tinha um encontro com a Josie.

Sentia-me como se estivesse caminhando sobre a relva enquanto chegávamos ao prédio. Mas eu tive que lembrar a mim mesmo que aquele não seria um encontro. Ela era apenas uma amiga, uma amiga com quem eu morava.

Eu estava pronto para pegá-la de jeito quando a porta do elevador fechou. Pronto para tomá-la em meus braços. Pronto para beijá-la muito. Porém, uma senhora com mechas grisalhas entrou conosco, seguida por seu marido.

Cumprimentei-os, reconhecendo que eram moradores do nosso prédio.

— Olá. Como foi o dia de vocês?

Ela balançou a cabeça, em sinal de indignação.

— Estava ótimo até eu verificar a caixa de correio. — Ela carregava uma pilha de correspondências nas mãos. — Sempre detestei o correio. Contas, contas e mais contas.

O marido apenas concordou com a cabeça, como um sábio faria.

— Correspondências têm um jeitinho próprio de nos derrubar — Josie entrou na conversa. — A menos que a pessoa mande cookies, dinheiro ou doces.

A mulher riu.

— Essa sim seria uma boa correspondência.

Eles saíram no quinto andar. Quando o elevador desacelerou ao se aproximar do nosso andar, retomei o assunto da última mensagem de Josie.

— O que você disse que tinha para mim hoje à noite?

Ela lançou-me um olhar sensual como resposta e, enquanto saía do elevador, me deixou uma ordem para lá de provocante:

— Venha me encontrar em dez minutos e você verá.

166

Capítulo 25

UMA ESPÉCIE DE ANSIEDADE CARREGADA DE LUXÚRIA SE apoderou do meu corpo. Esse era como o equivalente adulto a esperar pelo Papai Noel. E eu era um grande fã do bom velhinho vestido de vermelho. Mas, naquele momento, enquanto eu tomava um gole de um copo de uísque na cozinha e checava as horas, estava certo de que qualquer coisa que acontecesse comigo nos domínios do quarto da Josie seria melhor do que qualquer bicicleta, brinquedo do *Star Wars* ou jogo de Operação que já ganhei.

E olha que eu adorava Operação.

Mas gosto muito mais de sexo.

Deixe-me corrigir essa frase. Adoro sexo com a Josie muito mais do que qualquer presente. Mais do que qualquer coisa, na verdade.

Uma música lenta e sensual ecoava pelo apartamento. Fechei os olhos para ouvi-la. A música tocava baixo e de forma sedutora, e embora eu não conseguisse entender direito a letra de onde eu estava, era capaz de reconhecer um convite quando ouvia um.

Tomei todo o líquido âmbar, apoiei o copo sobre o balcão e segui o som daquela voz adocicada.

Nosso apartamento era pequeno e não demorei muito para chegar ao quarto da Josie. A música foi ficando mais alta, soava como uma daquelas cantoras cujas vozes transpiram sexualidade a cada palavra pronunciada. A letra também tinha o mesmo apelo. Parecia ser a Joss Stone, cantando sobre como levá-la ao ápice.

A porta estava entreaberta e um feixe de luz iluminava o corredor. Bati de leve na porta.

— Pode entrar. — Sua voz era um tesão, como aquela música.

Quando abri a porta, perdi todo o ar que tinha dentro de meus pulmões.

— Puta merda — gemi, sentindo meu pau crescendo.

Josie estava deitada sobre a colcha branca, seu cabelo castanho e rosa espalhado pelo travesseiro. Ela usava uma calcinha rosa de renda e um daqueles sutiãs que cobriam apenas metade de seus seios milagrosos. Meia alguma coisa, eu acho que era o nome.

Na verdade, estava pouco me lixando para qual era o nome da lingerie.

Renomeei aquele conjunto como sendo a coisa mais excitante que uma mulher poderia vestir. Porém, o que tornava a visão ainda mais incrível era a posição das mãos de Josie.

Uma delas envolvia e pressionava o seio direito.

A outra? Meu Deus do céu! A outra mão brincava entre suas pernas. Seus pequenos dedos se ocupavam em estimular o painel úmido de sua calcinha.

Minha rola criou vida própria. Seus olhos se encontraram com os meus, e o brilho neles presente me chamou para perto.

Engoli em seco. Minha garganta estava desidratada. Eu segurei na barra da minha camiseta e a arranquei pela cabeça, e em um piscar de olhos já havia aberto minha calça. Aquele deveria ser um novo recorde mundial para o tempo de despir-se, pois em um nano segundo a mais minha cueca já voava pelos ares.

— Você — falei com a voz áspera, subindo na cama aos pés dela. — Você é tão sexy que vamos precisar inventar uma nova palavra para isso.

Josie sorriu para mim, esfregando o dedo no contorno do clitóris inchado. Levemente ofegante, ela perguntou:

— É esse o tipo que você gosta de assistir?

Pousei minhas mãos em seus joelhos, abrindo mais suas pernas enquanto contemplava aquela maravilhosa visão à minha frente, tão erótica e estonteante. Minha garota vestida de cor-de-rosa, com a calcinha molhada, tocando-se porque não podia resistir.

Balancei a cabeça.

— Eu não *gosto* disso. Eu *amo* isso, Josie.

Ajoelhando-me, segurei meu membro pulsante, percorrendo-o por toda sua extensão com a minha mão.

Seus quadris elevaram-se.

— Meu Deus, isso me dá muito tesão — ela gemeu.

— É? — Fiz de novo, masturbando-me enquanto ela me observava.

— Era o que eu estava imaginando, antes de você entrar. — Seus dedos aceleraram o movimento. Eu não conseguia desviar meu olhar dela, não que eu quisesse, pois também não sou louco. Eu estava, no entanto, completamente alucinado pelo fato de ela estar tão molhada. Ela se tornou minha maior fantasia. — Você tocando uma punheta para mim — ela concluiu.

Minha Nossa.

Eu estava errado.

Aquilo era melhor do que a melhor fantasia erótica que eu poderia ter.

Porque ela não estava apenas tocando uma — ela estava tocando uma para *mim*.

— Tira tudo isso agora.

Alcançando sua calcinha, puxei-a pelos quadris, ao longo de suas coxas exuberantes, e com um movimento rápido puxei-a pelos tornozelos. Os dedos voltaram imediatamente para sua boceta, mas eu fiz sinal de não com a cabeça.

— Quero você nua, o sutiã também — eu lhe disse, e enquanto ela o desenganchava, pressionei suas coxas para abrir ainda mais suas pernas.

Meu pau estava tão duro que precisava, a todo custo, receber uma atenção, mas *isso* — a visão de sua boceta completamente desnuda, era o tipo de coisa que povoa qualquer sonho erótico. Ela estava molhada e pronta, e completamente excitada ao pensar em *mim*.

Eu estava atordoado — atordoado pra caralho — pela completa perfeição dessa mulher.

Agora que seus peitos gloriosos estavam livres e ela estava tão nua quanto eu, indiquei sua boceta com meu queixo.

— Agora, termine de fazer a coisa mais sexy que eu já vi.

Seus dedos ágeis voltaram para o centro umedecido e ela começou a gemer assim que se tocou. Levantando os quadris, ela buscava o próprio prazer. Seus olhos fecharam novamente enquanto afagava aquele delicioso lugar tão úmido.

— Meu Deus — ela murmurou, e aquele som foi como uma onda de calor que veio direto ao meu pau. Envolvendo minha ereção, voltei a me masturbar.

— Era assim que estávamos naquela semana — eu disse, enquanto mexia a mão para cima e para baixo. — Tocando uma e pensando um no outro.

Ela abriu seus lindos olhos verdes, tomados de tesão.

— Pensei tantas vezes em você, Chase — ela gemeu, enquanto esfregava à vontade seu pequeno e doce clitóris.

— Eu fiz você gozar todas as vezes?

Ela acenou enquanto remexia os quadris.

— Todas as vezes. Sempre. Você me fodeu tantas vezes. — Seu ritmo acelerou e a respiração ficou inconstante.

— Josie — eu disse, enquanto o movimento de minhas mãos me fazia estremecer por completo. — Enfie os dedos em você.

Ela arregalou os olhos e, em seguida, seus dedos se moveram para prontamente atender meu pedido. Um dedo deslizou para dentro, em seguida outro o acompanhou, enquanto seu polegar brincava com aquela deliciosa elevação.

E puta merda, se aquela visão à minha frente não fosse o bastante para me fazer gozar, não sei o que mais seria. Mas eu apertei os dentes e segurei a onda, porque não iria gozar antes dela.

Eu precisava observar cada segundo do vídeo pornô mais incrível que já havia visto. Não queria perder nem mesmo um segundo.

Sua outra mão foi parar em seus cabelos, e ela virou a cabeça para o lado, os lábios se abriram, a respiração foi ficando cada vez mais intensa. Então, começou um refrão de *ah, meu Deus* e *ah, meu Deus, estou muito perto*.

E ela estava fodendo a si própria.

Com liberdade.

Com intensidade.

Com uma necessidade primitiva de gozar.

Percebia isso tudo nos traços de seu rosto, no seu semblante atormentado pela aproximação do clímax, na velocidade absurda com que seus dedos entravam e saíam e com que seu polegar girava, girava e girava, até finalmente levá-la a atingir aquela nota aguda.

Ela gritou um último *ai, meu Deus*, e seus quadris elevaram-se ainda mais.

Então ela estremeceu.

Cada pedaço de seu corpo estremeceu por inteiro. Juro que conseguia ver o orgasmo percorrendo cada centímetro de seu corpo. Aquela era a coisa mais linda que eu já havia testemunhado — o jeito que a Josie gozava. Ela não se continha. Nem sua boca, nem seu corpo, nada.

— Meu Deus, meu Deus, me fode.

Não me importo nem um pouco.

Meu próprio alívio não estava longe, mas não deslizei para dentro dela, já que não tinha nenhuma camisinha por perto. Em vez disso, eu a escalei, com uma perna de cada lado, enquanto me masturbava com cada vez mais intensidade.

O prazer reverberava por cada célula do meu corpo, e eu gemia.

Ela piscou algumas vezes e abriu os olhos, parecendo entender onde eu estava. Assim que ela juntou os seios, entendi o que precisava fazer.

Deslizei para o meio dos peitos, apoiando as mãos no travesseiro perto do rosto dela.

Agora isso? Aquele era uma nova definição de paraíso, bem ali. Meu pau estava no meu lugar favorito do mundo inteiro, e faltavam segundos para que eu gozasse. Ela pressionou ainda mais os seios, criando um túnel acolhedor para meu mastro. Quando empurrei para cima, Josie colocou a língua para fora e lambeu a cabecinha.

Era uma sensação magnífica.

E foi o suficiente para virar a chave.

— Eu vou gozar — urrei, e com um gemido alto, lancei jatos por todo seu peito. Senti arrepios, e meus ombros tremiam enquanto o orgasmo percorria todo meu corpo.

— Puta que pariu — murmurei, porque era bom pra caralho.

Por causa dela.

Quando saí do transe, eu me estiquei até o criado-mudo e alcancei alguns lenços de papel que estavam ali.

— Deixe-me limpar isso.

Enquanto eu limpava seu peito, ela murmurou:

— Mas eu gosto.

— Ah, é? Você ia ficar ostentando minha porra a noite toda?

Com um leve riso, ela deu de ombros.

— Gosto quando você goza em cima de mim.

Levantei-me e joguei os lenços no lixo, então voltei para ela, tomando-a em meus braços.

— Gosta mesmo?

Ela concordou com a cabeça e virou para olhar para mim.

— É o que eu mais gosto: fazer você gozar — disse ela, suavemente, e então correu um dedo pelo meu peitoral. Seu toque era como uma carga de eletricidade despejada sobre mim, e comecei a ficar duro de novo, apesar de ter acabado de gozar. — Gosto quando goza dentro de mim. — Os dedos seguiam brincando pelo meu tronco. — E na minha boca. — Os dedos seguiram para meu abdômen. — E no meu corpo. — Estavam agora sobre meu quadril. — Simplesmente amo quando vejo que é bom para você.

Fiquei tão embasbacado pela sensualidade transparente em suas palavras, e pela linda honestidade nelas contidas, que quase não sabia o que dizer. Em vez disso, baixei minha boca até ela e a beijei com leveza, depois com mais pressão, porque o gosto dela me acendia, e isso foi o suficiente para fechar minha boca.

Desse jeito eu não cairia na tentação de dizer as palavras que ela não queria ouvir. Palavras que engasgavam minha garganta e lutavam para sair. Palavras que eu precisava enterrar dentro de mim, porque revelariam tudo.

Eu não compreendia como ela conseguia me dizer coisas tão puras e tão sensuais. Não só suas palavras me excitavam mais do que era possível, mas também me conquistavam e faziam com que eu me apaixonasse ainda mais por ela.

Quando ela se afastou do meu beijo, levantei as sobrancelhas.

— Também amo quando você goza, então vamos providenciar isso.

Fui descendo pelo corpo dela, beijando seus lindos seios, sua cintura macia, a curva de seus quadris, e então enterrei o rosto entre suas pernas, lambendo-a até fazê-la gozar de novo. Meu nome estava presente em seus lábios a cada tremor, a cada arrepio, a cada grito.

E isso me matava.

Isso me matava, pois me fazia ver o quanto a queria de todas as maneiras.

E, mais tarde, quando a coloquei de quatro e a fodi até que estivéssemos gemendo, eu, ela e a cama que se mexia a cama movimento nosso, refleti melhor sobre aquela ideia anterior de que seu peito era o meu lugar favorito.

Ela era o meu lugar favorito.

E estava ridiculamente feliz porque teria um encontro com ela, embora duvidasse que seria o primeiro de muitos, como eu queria que fosse.

O tempo estava passando nesse lance entre nós dois. Cada noite que passávamos juntos na cama diminuía a probabilidade de mantermos nossa amizade quando tudo acabasse.

Capítulo 26

SE AQUELA NOITE EU JULGUEI QUE JOSIE GOSTAVA DE usar a música como forma de ambientar, ela com certeza não se comparava a Ivory.

Sade era a trilha sonora constante escolhida pela professora de aula de culinária sensual, naquela escola culinária no Soho, numa sexta-feira à noite.

Ah, e ela também dispôs velas aromatizadas ao redor da sala. Suspeitei que ela tivesse um desejo secreto de que todos começassem a se pegar ali mesmo, sobre o balcão da cozinha, depois que preparássemos o morango coberto com chocolate.

Josie e eu não éramos os únicos a fazer aquela aula de Aperitivos Atraentes e Sobremesas Tentadoras, mas achei que podíamos ser o único casal que não era bem um casal. Ou os únicos que não estavam levando tão a sério o tema da aula, pelo menos não tanto quanto os outros participantes.

Havia um casal mais velho, com 60 e poucos anos, o homem não parava de apalpar a mulher. Em tese, não me oponho a demonstrações públicas de afeto, mas não era de meu interesse vê-lo agarrar o traseiro dela sem parar. Mas era legal ver que eles ainda se curtiam. Havia um casal mais jovem lá também, e a mulher estava grávida. A julgar pela quantidade de vezes que ele a beijava enquanto cortava os vegetais, alguém poderia até pensar que ele estava tentando engravidá-la novamente, mesmo enquanto ela já estava grávida, se tal coisa fosse possível. Havia um outro casal com dois homens, e eles também eram bem melosos um com o outro.

Tudo bem que aquela era uma aula de culinária sensual, mas parecia mais que estávamos no meio de um episódio de *Retiro de Casais* — *Observe o Acasalamento de Homens e Mulheres Modernos. Ou Homens e Homens. Ou Mulheres e Mulheres.*

E não é que eu não estivesse muito a fim de pegar a Josie, tanto quanto os outros. Só que não durante a aula. Naquela noite, ela usava um vestido despojado com seu avental de cerejas estampadas, e, adivinha só, aquilo me fez pensar na primeira vez que fizemos...

Que transamos, quero dizer.

Era isso, e ela estava extremamente comível naquele avental, enquanto misturava chocolate derretido numa tigela de vidro sobre o balcão de madeira.

Já tínhamos preparado um prato apimentado, enquanto Ivory, em seu vestido vermelho justíssimo, explicava como o calor da pimenta estimulava o sangue, as endorfinas e, obviamente, as ereções. Considerando que basicamente fico duro só de ficar perto da Josie, não precisava de pimentas para funcionarem como Viagra. Mas pimentas são deliciosas e, por isso, comemos um pouco daquele atraente aperitivo.

Em seguida vieram ostras, e Ivory nos observou de perto, incentivando que Josie me desse algumas na boca. Eu recusei.

— Você deveria experimentá-las. Deixam você viril — disse Ivory.

— Já estou bem viril — retruquei.

Ela foi em direção a outros casais e sussurrei para Josie:

— Não suporto ostras.

Josie franziu o nariz.

— Também não, e por isso informo que você respondeu adequadamente no Teste de Compatibilidade de Colegas de Apartamento.

Em seguida, nossa professora discorreu longamente sobre aspargos e bananas, citando tanto os estimulantes neles contidos quanto a eficiência de suas formas para preliminares.

Todos acenaram em concordância, como se Ivory houvesse acabado de nos trazer um fato que fora recém-descoberto. Mas ninguém parecia capaz de expressar o motivo pelo qual aquele formato era excitante.

— Você se refere ao fato de eles serem fálicos? — perguntou Josie, como se aquele fato fosse uma novidade para ela.

— Sim — respondeu Ivory, manipulando uma banana. — Viu?

— Ah, entendi agora — disse Josie.

Quando a professora virou de costas, Josie abriu a boca, como se fosse fazer um boquete na banana. Ganhei a noite com aquilo.

Sim, talvez fôssemos dois patetas. Talvez fôssemos irreverentes. Talvez aquela aula não fosse exatamente para nós. Era um pouco séria demais, mas estávamos nos divertindo a nosso modo.

Principalmente agora, que era hora da sobremesa.

— Chocolate é o maior dos afrodisíacos — disse Ivory, perambulando pela sala, como uma instrutora de dança. Seu cabelo preto estava trançado nas costas. Ela parou na frente de um desses casais com aparência *hipster*: o cara usava óculos escuros e ostentava um cavanhaque, e fatiava morangos ao lado de uma mulher com um corte de cabelo estilo Joãozinho. Ivory colocou uma mão no ombro dele e a outra no dela. — Chocolate é delicioso, mas não é por isso que é afrodisíaco. Vocês sabem por que ele tem esse título?

A mulher pigarreou antes de falar.

— Dizem que faz com que você se sinta como se estivesse se apaixonando?

Ivory consentiu e levantou um dedo.

— De fato, dizem isso. Mas por quê? Por que o chocolate faz você sentir como se estivesse apaixonado?

Josie olhou para mim de soslaio, e por um segundo achei que fosse por causa do assunto. Achei que ela pudesse, de alguma forma, ler a verdade em meus olhos, ou que talvez estivesse checando minhas reações para ver se eu me sentia daquela forma. Uma tensão subiu até minha garganta, mas quando Josie me cutucou, ficou claro que ela estava apenas se divertindo.

— Eu sei que o cientista em você está morrendo de vontade de responder essa — disse ela, bem baixinho.

Ela não estava errada, eu era muito bom na escola. Não foi à toa que pulei duas séries. Eu amava fazer testes, amava responder perguntas e amava acertar todas as respostas. Parte de mim queria gritar: "Por causa da química".

Mas Ivory continuou:

— Chocolate é um afrodisíaco, porque ele derrete na língua e porque melhora a circulação. Mas, mais importante do que isso, fortalece seu coração. — Ela parou no meio da sala e examinou os alunos de cada estação. — E vocês sabem o que faz um coração forte?

Não. Consegui. Resistir.

Desembestei a falar:

— Um coração forte bate 100 mil vezes por dia e bombeia cerca de 7.500 litros de sangue pelo sistema circulatório, sustentando, assim, a vida. Quando o coração é forte, você pode fazer tudo melhor, mais rápido e por mais tempo. — Ivory me observava com os olhos arregalados. — Isso também significa que um coração forte melhora a resistência. — Endireitei os ombros e concluí: — Inclusive embaixo dos lençóis.

Com o canto do olho, notei os lábios de Josie se contorcendo. Suas mãos cobriram a boca, mas um pequeno riso escapou por entre seus dedos

— Muito bem — disse Ivory, com um aceno. — E vejam, turma, chocolate é bom para o coração, pois contribui para assegurar que você possa durar a noite inteira.

Josie agarrou meu braço e cravou as unhas nele, talvez como forma de tentar segurar a iminente gargalhada.

— E agora vamos degustar esse delicioso estimulante — disse Ivory, abrindo bem os braços, como se ela fosse uma monja que nos guiava montanha acima em nossa exploração sexual. — Vamos mergulhar os morangos no chocolate e dá-los aos nossos parceiros.

Josie virou para mim, com um sorrisinho malicioso no rosto, e, então, pegou um morango e sussurrou:

— Abra o bocão.

Abri, colocando a língua bem para fora, de forma a lhe mostrar o que eu de fato gostaria de comer.

Minha companheira levou um morango coberto com chocolate até minha língua. Estava bem gostoso, e eu o comi rapidamente. Depois, notei que todos os outros estavam se movendo em câmera lenta, curtindo o momento sensual que vivenciavam com as frutas e fazendo-as rolar pela língua de seus parceiros, trocando beijinhos.

Não se engane — eu adoraria estar beijando Josie naquele instante. Mas em particular, não na frente dos outros. Então, disse em voz baixa:

— Sinto como se estivéssemos numa aula de Lamaze e nós fossemos os únicos a não estar no clima.

Ela riu.

— Também estou achando. Além do mais, eu já sabia isso tudo sobre os alimentos. Que nem você e os fatos sobre o coração — disse ela, dando um tapinha no meu peito.

Era uma delícia sentir a mão dela sobre mim. Lembrei-me de onde queria estar.

Aqui é que não era.

Pelo visto, ela queria a mesma coisa, porque falou em voz baixa:

— Quer dar o fora daqui e ir para casa?

Movi-me de sobressalto, como se estivesse prestes a dar a largada numa corrida. Josie balançou a cabeça e enfiou a mão na bolsa, mexendo em alguma coisa; logo, meu telefone tocou bem alto no meu bolso.

Josie assumiu uma expressão preocupada em seu rosto.

— Meu Deus, é do hospital? — perguntou ela, com um sussurro fingido.

Também entrei no meu papel de ator.

— Deve ser — respondi bem alto. — Estou de sobreaviso essa noite.

Peguei o telefone, cruzei o polegar pela tela e levei o aparelho ao ouvido, atendendo o telefone de forma profissional e fingindo ouvir instruções. Quando o serviço imaginário terminou de responder, eu disse:

— Já estou indo. Mantenha o paciente estabilizado e comece uma intravenosa.

Todos os olhos se voltaram para mim.

— Estarei aí em dez minutos. — Então, para a diversão de Josie, acrescentei, com um tom sinistro: — E não perca o paciente, Bob, haja o que houver.

Dum. Dum. Dum.

Finalizei a ligação e Ivory apontou para a porta.

— Vá! Deus o proteja!

Saímos correndo pela noite do Soho, rindo da forma como fugimos daquela aula de culinária, melosa demais para os nossos gostos.

— Que aula estranha — disse Josie, enquanto nos dirigíamos ao metrô. — Estranho, porque ouvi muitas coisas boas a respeito.

— Entendo porque algumas pessoas possam considerar divertido, mas aquilo não era para nós. Mas para eles, sim, imagino eu. O cara que me recomendou gostava de se pendurar no lustre.

Paramos na faixa de pedestre, esperando pelo sinal verde. Ela olhou para as estrelas brilhando fracamente no céu, como se estivesse pensando.

— Toda essa ideia de afrodisíacos e alimentos sensuais é muito interessante, mas talvez a sensualidade não esteja na comida. — Ela olhou para mim. — Talvez seja a pessoa. Talvez se trate da pessoa com quem você está e não das luzes das velas, da música ou do jeito que você alimenta o outro.

Pousei minha mão sobre o ombro dela e disse a coisa mais verdadeira que pude pensar:

— Josie, você poderia comer atum e eu ainda ficaria com tesão.

Ela levou uma mão ao peito e piscou os olhos depressa.

— Acho que essa foi a coisa mais sexy que você já disse para mim.

Então, descemos as escadarias da estação.

Capítulo 27

PRECISO ESCLARECER UMA COISA AQUI! NÃO É QUE EU considerasse o metrô algum tipo de afrodisíaco ou algo assim, mas Josie o era.

Conversamos durante todo o trajeto até o nosso bairro. Sobre a aula. Sobre a comida. Sobre o que poderia acontecer na próxima temporada de *Vice Principals*. Enquanto conversávamos, ela deslizou uma de suas mãos pelos meus cabelos e ficou enroscando seus dedos despretensiosamente.

E aquilo, bem ali, naquele metrô barulhento, sujo e sombrio, era a verdadeira definição de excitação. Eu e minha garota, indo para casa. Quando o trem passava pela Rua 14, ela baixou a mão e procurou a minha.

Perdi o fôlego ao senti-la apertar meus dedos. Isso era tudo que precisava para me fazer perder o chão: ela segurar minha mão. Deixei a cabeça cair para trás, tocando a janela atrás de nós.

— Tudo bem? — perguntou ela.

— Tudo perfeito.

Perfeitamente arruinado para qualquer outra mulher.

Levei nossas mãos unidas aos lábios e beijei as juntas de seus dedos, refletindo como eu deveria agir em relação ao fato de que ela simplesmente não saía da minha cabeça. Não estava nem perto de sair, nem ao menos por um instante.

Ela descansou a cabeça no meu ombro.

Não andávamos de mãos dadas, não éramos namorados. Não andávamos de mãos dadas, não éramos afetuosos.

Pelo menos, não em público.

E, no privado, geralmente estávamos pelados.

Mas naquela noite no trem, ela estava brincando com meus cabelos, aconchegando-se em mim, entrelaçando seus dedos nos meus. Não era preciso ser um gênio para notar que aquele era um comportamento de um casal, vindo de uma mulher que havia deixado claro que estava procurando apenas por uma amizade colorida. Será que alguma coisa mudou?

Uma ideia maluca me veio à cabeça. Será que ela queria...

Não. Não podia me deixar pensar naquilo. Era maluco e além de qualquer expectativa de resultado que eu poderia ter.

Mesmo assim, não pude evitar que meu coração batesse mais forte, que minha pele se aquecesse e que algo remotamente parecido com esperança tomasse conta do meu peito. Parecia uma possibilidade maluca, desvairada, mas eu queria desesperadamente que se tornasse realidade — que passássemos dessa para uma próxima fase sem qualquer contratempo. Que fossemos a exceção. Que conseguíssemos pôr em prática esse plano maluco.

Meditei sobre aquele pensamento enquanto voltávamos para casa.

Quando chegamos ao nosso prédio, o porteiro bigodudo nos cumprimentou apressadamente e então apontou para os elevadores.

— O elevador principal está fora de serviço, em manutenção. O elevador de serviço está funcionando, mas é um pouco lento. Ele deve voltar para o térreo em alguns minutos.

— Nós vamos de escada — disse Josie, sorrindo para o homem. — Temos corações fortes e muita resistência.

Ele ajustou seu blazer verde.

— Ah, e, senhorita Hammer, o carteiro trouxe uma entrega para você. Quer que eu pegue lá da sala de correspondências?

Ela faz que não com a cabeça e diz:

— Eu pego amanhã. Deve ser o rolo de macarrão que comprei.

Fomos até as escadas, abri a porta e deixei que ela passasse na minha frente.

Conforme ela andava, eu apreciava a bela visão proporcionada pelo movimento de suas pernas, sua bunda, sua saia. Quando chegamos no primeiro andar, segurei-a pela mão e a puxei contra meu peito.

— Você é o aperitivo afrodisíaco.

Suspirando de um jeito sexy, ela trouxe a mão até o meu peito.

— Você também.

Seus lábios se entreabriram e, meu Deus, o que raios eu poderia fazer?

A não ser beijá-la.

Abraçá-la.

Tê-la.

Querê-la.

A princípio, foi um beijo lento e sensual, quase como uma provocação, o começo de alguma coisa. Foi quando ela murmurou contra minha boca que a coisa começou de verdade. Passei meu braço em volta de sua cintura e a puxei para perto, selando o corpo dela no meu.

— Estou considerando seriamente transar com você aqui na escada mesmo — disse-lhe.

Ela baixou a mão até a frente da minha calça, esfregando o contorno do meu pau.

— Adorei essa ideia, mas quero ficar nua com você.

Gemi e dei-lhe um tapa na bunda.

— Suba! — eu rosnei. — O mais rápido que puder. Arranque esse vestido e, depois, espere por mim.

— Sim, senhor.

Josie subiu o próximo lance de escadas correndo, e depois o outro. Quando nos aproximávamos do quarto andar, ela olhou para trás.

— Surpresinha! — ela disse, levantando a parte de trás da saia e me mostrando sua calcinha.

Sua calcinha vermelha de renda, quase transparente.

Um forte calor percorreu meu corpo todo e os instintos se apoderaram de mim. Corri para alcançá-la, mas, assim que pisei no andar, meu tornozelo girou e meu pé virou ao contrário.

Uma dor lancinante e repentina surgiu em minha panturrilha direita, parecendo subir e descer até se alojar em meu tornozelo.

— Merda — xinguei, sentindo meu tornozelo berrar.

Josie desceu depressa até mim.

— Ah, não. Você está bem?

Fiz uma careta.

— Sim — falei entredentes, curvando-me para tocar o tornozelo.

Sua mão subiu pelas minhas costas, com um toque consolador.

— Está tudo bem, querido? Você está me deixando preocupada.

— Tudo bem — murmurei.

Endireitei o corpo, porque eu não podia ser aquele cara, o cara impotente.

— Deixe-me ajudá-lo — disse ela, movendo-se para o meu lado e passando seu braço ao redor do meu corpo.

— Eu estou bem.

— Não está, não. Deixe-me ajudá-lo. — Sua voz foi firme.

— Juro que estou bem.

— Pare de querer bancar o machão.

Ela venceu a batalha e caminhou ao meu lado pelo resto das escadas, enquanto eu tentava não mancar.

— Foi culpa da minha bunda — disse ela, com arrependimento na voz. — Você foi distraído por ela.

Baixei a mão para apertar uma delas.

— Vale a pena torcer o tornozelo pela sua bunda.

Quando chegamos ao apartamento, senti novamente a dor se espalhar pelo meu corpo e tive que basicamente mancar para dentro de casa, enquanto Josie segurava a porta.

— Vá se sentar — ela apontou. — No sofá da foda.

Assim o fiz, jogando-me sobre as almofadas macias. Senti profunda gratidão por estar rodeado por aquelas almofadas. Apoiei o tornozelo direito sobre a mesa de centro, e Josie colocou suas mãos em meus ombros.

— Fala para mim do que você precisa. Acredito que gelo, não?

Concordei com a cabeça.

— Gelo, ibuprofeno e elevação, mas eu já cuidei dessa parte.

Josie encaminhou-se rapidamente até o banheiro e voltou, com dois comprimidos e um copo com água em suas mãos. Engoli o ibuprofeno. Em seguida, ela foi à cozinha e, segundos depois, reapareceu com uma toalha e uma bolsa de gelo. Ela enrolou a bolsa na toalha, tirou meus sapatos e meias, e arregaçou a barra da minha calça. Sentando-se na mesinha de centro, pressionou a bolsa de gelo com delicadeza em meu tornozelo.

— Ai! Está gelado.

Ela revirou os olhos.

— Que bom que está gelado, não é? É gelo.

— Mas está muito frio.

— Alguém já disse que você é um péssimo paciente?

Franzi a testa.

— Procuro nunca ser o paciente.

Um leve sorriso surgiu em seu rosto.

— Mas, desta vez, você tem uma enfermeira que oferece um tipo especial de carinho e atenção.

E meu pé deixou de ficar frio. Na verdade, ele quase já não doía mais depois que Josie colocou o gelo, aninhou-se ao meu lado e me encheu de beijos

Dez minutos depois, meu pé estava congelado, mas todo o resto estava pegando fogo.

— Você vai ficar bem? — perguntou ela.

— Vou sobreviver — eu disse, fazendo biquinho. Uma coisa é boa em relação a tornozelos torcidos: a recuperação costuma ser rápida. Porém, havia um problema maior, em minha calça. Olhei para a minha ereção. — Mas você pode fazer alguma coisa para reparar esse novo problema que você criou?

Um sorriso se espalhou pelo seu rosto.

— Esse é o meu talento especial como enfermeira — disse ela, ficando em pé e tirando a roupa. Eu ficava mais e mais excitado a cada peça de roupa tirada. Como isso era possível, eu não sei explicar, mas esse era o efeito que Josie causava em mim, ela faz com que eu me sinta assim. Então, eu a ajudei abrindo o zíper e puxando minha calça até os joelhos.

Em toda sua glória desnuda, ela pegou uma camisinha da mesa e montou em mim. Tirei mechas de cabelo rosa de seu rosto.

— O rosa está desbotando — eu disse, alisando seus cabelos com os dedos.

— Preciso retocar. Amanhã cedo faço isso, já que não vou trabalhar. Demora um pouco, porque preciso de concentração, senão acabo pintando todo meu pescoço — disse ela, enquanto abria o pacote da camisinha.

— Você quer que eu ajude? Tenho mãos firmes.

— Você faria isso?

— É claro — eu disse, desejando poder acrescentar toda a verdade àquela afirmação. *Eu faria qualquer coisa por você.*

Ela me deu um beijo nos lábios e, depois, desenrolou a camisinha no meu pau. Chega de falar sobre cabelo. Tudo o que eu queria naquele momento era *isso*. Ela montou em mim de novo, e sua boceta molhada e acolhedora abraçou meu pau. Gememos em uníssono. Eletricidade percorria meu corpo. O prazer se espalhava por cada molécula. Agarrei firmemente seus quadris.

— Meu Deus, Josie.

Ela levantava e descia sobre meu pau.

— Eu sei, é tão bom! — Sua voz parecia entrecortada.

Toquei seu rosto, enquanto ela me cavalgava.

— O que vou fazer com você?

Ela balançou a cabeça, como se também não soubesse a resposta.

— Você é tão maravilhosa para mim — eu disse, pressionando os lábios dela contra os meus.

Não sei como fazer isso, não quando ela me possui dessa forma, quando ela toma conta de mim, quando ela ganha meu coração de novo e de novo.

É impossível deixar de me sentir dessa maneira. Não conseguia parar de me apaixonar. Estava tão apaixonado por ela que até doía. Queria ser aquele que a desejava e ser aquele que ela desejava, do jeito que ela havia dito que queria.

Um cara que me queira tanto quanto eu o queira.

Você já o tem, eu queria dizer. Ele está bem na sua frente.

Ela separou as nossas bocas, enquanto me cavalgava com mais força e intensidade, e era um espetáculo observá-la buscando o próprio prazer. Baixei minha mão no meio de suas pernas, acariciando seu clitóris enquanto ela me fodia, até que todo seu corpo se estremeceu e ela saiu de cima.

Seu rosto caiu ao meu lado, bochecha com bochecha, e sua boca perto do meu ouvido.

— Eu não sei como parar.

Nem eu sabia.

* * *

MAIS TARDE, QUANDO ESTÁVAMOS NA CAMA, DEPOIS DA décima vez que garanti a ela que o remédio havia funcionado e meu tornozelo já estava bom, ela colocou a mão no meu ombro.

— Você gostou do nosso encontro?

Aquela última palavra travou minha respiração. Sua voz soava nervosa, como se ela realmente esperasse me ouvir dizer que sim.

— Amei — eu disse, enquanto passava meus dedos pelos seus cabelos.

— Mesmo com a nossa professora doidinha e a aula que não tinha nada a ver conosco?

Concordei.

— Mesmo assim.

— Foi perfeito para nós — disse ela suavemente, acomodando-se ainda mais perto de mim.

Nosso. Encontro. Nós.

E então aquele poço de esperança voltou a jorrar. Aquele era o momento crucial, aquela era a hora em que ela diria que estava dentro e que seríamos nós dois juntos, sem contratempos.

Ela suspirou e acomodou o corpo inteiro contra o meu.

— Queria que pudesse ser sempre assim.

Fiquei tenso, porque isso não parecia estar *dentro* do nosso acordo.

— Como o quê? — perguntei com cuidado.

— Como essa noite. Perfeita. Mesmo com o seu tornozelo.

— Mas não pode ser?

Ela levantou o rosto e olhou fundo nos meus olhos.

— Não quero perder você. Já falamos sobre isso.

Apenas acenei, com medo de que se eu falasse alguma coisa pudesse arruinar tudo o que estava rolando entre nós.

Ou talvez ela arruinasse, dadas as palavras que disse a seguir:

— Chase — disse ela, lentamente, a tristeza soando em sua voz. — O que vai acontecer quando isso acabar?

Meu peito doeu, senti uma agulhada no meu coração.

— O que você quer dizer com isso? — engasguei com as palavras.

Ela apontou na direção da minha parede, meu quarto, e respirou fundo, como se precisasse reunir forças.

— Você simplesmente vai voltar para a sua cama? Para o seu quarto?

— Não sei — eu disse, mas cada palavra pesava como uma pedra em minha boca.

— Não quero que isso acabe — disse ela, com desespero na voz, o que me fez querer abraçá-la, apertá-la e lhe dizer que não precisava acabar. — Mas precisa, certo?

Sua voz vacilou, como se estivesse prestes a chorar. Por um segundo, a esperança que havia despontado em mim tentou afastar a realidade pragmática de que amigos que ousam tentar tornar-se amigos com benefícios estão condenados. Porque parecia que ela também não queria que isso acabasse, como se ela também estivesse em busca dessa brecha.

Mas não tenho certeza se ela existe.

Na medicina, existem riscos, existem efeitos colaterais. Você precisa ponderá-los para decidir se a cura compensa o tratamento. Assumir que queria ficar com a Josie, dizer a ela que estava perdidamente apaixonado por ela, não era como tomar um Advil para o meu tornozelo. Era o mesmo que intoxicar meu corpo inteiro com esteroides que, no fim das contas, poderiam causar sérios danos.

— Certo? — perguntou ela mais uma vez, como se precisasse que eu fosse aquele que iria separar os ingredientes nas gavetas.

Voltei no tempo e me lembrei de suas palavras e preocupações na primeira noite em que dormimos juntos.

Preciso que você seja o lado forte, você precisa ser o médico que acaba tendo que arrancar o Band-Aid.

Olhei bem dentro dos seus olhos, ela esperava pela minha resposta. Ela precisava que eu fosse forte. *Merda.* Eu não queria ter que interpretar esse papel com ela.

Mas o nosso retorno para a Terra da Amizade dependia disso.

Engoli o nó em minha garganta.

— Certo.

Ela suspirou, e o som foi melancólico e terrivelmente pesaroso.

— Seremos como um bolo que assa por muito tempo. Você precisa saber quando tirá-lo do forno ou ele irá queimar.

— Eu não quero queimar nada — completei.

Mas eu temia já ter queimado.

Capítulo 28

Das páginas do Livro de Receitas da Josie

UMA MAÇÃ POR DIA*

INGREDIENTES
Qualquer tipo de maçã

MODO DE FAZER
1. Pegue uma maçã.

2. Coma-a.

3. Torça de coração para que isso funcione, embora haja uma parte sua que não queira que isso funcione, nem um pouquinho, nem de longe.

4. Você sabe o que uma maçã por dia faz...

---

* N.T.: Há um ditado que diz "An apple a day keeps the doctor away". Algo como "uma maçã por dia mantém o médico longe".

Capítulo 29

ELA PARECIA ESTAR ADORMECIDA, O LENÇOL HAVIA escorregado até a cintura. A expressão era tranquila sob a luz azulada do início da manhã. Seus cabelos castanhos espalhavam-se pelo travesseiro e sua respiração estava lenta e constante.

O relógio marcava 5:30 e era mais do que um aviso de que estava na minha hora de sair. Era um lembrete de que estávamos mais próximos do fim. Josie e eu podíamos não ter um prazo de validade oficial, mas esse bolo já estava pronto para ser consumido.

Talvez mais uma noite. Talvez mais uma vez. Ontem à noite, ela deixou bem claro que o alarme soaria a qualquer minuto.

Dei um longo suspiro enquanto colocava minha bermuda de ginástica e uma camiseta. Afastando-me dela, fui até o banheiro e escovei os dentes.

Peguei minha sapatilha de pedalada e caminhei em silêncio pelo apartamento, favorecendo meu pé direito. Menti na noite anterior, meu tornozelo ainda doía. Porém, mesmo com dor, eu iria pedalar com o Max naquela manhã. Fechei a porta, fazendo o mínimo de barulho possível para não acordá-la.

Calcei as sapatilhas no corredor, peguei minha bicicleta no porão e parti rumo ao centro, acompanhado pelos táxis e ônibus da madrugada que encontrava ao longo do caminho e pelos meus pensamentos.

Gostaria que houvesse outras opções.

Mas a ideia de tê-la de todas as maneiras assemelhava-se a procedimentos que emanavam imperícia médica. Estava repleto de riscos que podiam levar a um resultado negativo, incluindo ferimentos ou morte.

Tentei avaliar as alternativas, como se estivesse verificando qual tratamento complexo é mais válido.

Eu poderia dizer a ela como eu me sentia, mas esse era um procedimento cirúrgico que apresentava altas taxas de mortalidade. E se eu dissesse e ela entrasse em parafuso? E se ela ficasse preocupada? E se ela me enxotasse do apartamento e dissesse: *Foi mal, filhão, você não é o pacote completo que eu quero?* Seria como matar a amizade na mesa de operações.

Mas, por outro lado, poderíamos usar os freios, e ajudar a salvar e preservar aquela que era a paciente desse procedimento: nossa amizade.

Essa era a escolha mais segura.

A outra opção além dessas me parecia tão louca e tão ridícula que mal podia levá-la a sério. Era aquela em que eu diria como eu me sentia e, milagrosamente, ela iria querer a mesma coisa. Sairíamos pelas ruas, de mãos dadas, e cantando felizes para sempre.

Caçoei de mim mesmo por sequer imaginar que aquele cenário poderia ser possível, enquanto desacelerava no semáforo.

Temos um nome para isso no pronto-socorro: é o cenário aleluia. É o resultado incrivelmente inesperado, em face das péssimas chances existentes, que pacientes e familiares consideram um milagre.

Não se pode contar com milagres, você não pode agir em função deles e, com certeza, não pode apostar neles diante de uma coisa tão crítica quanto uma vida.

Quando cheguei ao prédio do Max e subi com a bicicleta em frente à porta do saguão, um pesar recaiu sobre meus ossos. Havia apenas um procedimento a ser adotado: Josie e eu teríamos que voltar a ser o que éramos antes, como havíamos planejado. Continuaríamos sendo melhores amigos e essas últimas semanas não passariam de uma aventura divertida. Chegaria um dia em que olharíamos para trás e riríamos da época em que éramos colegas de apartamento que mantinham uma amizade colorida.

Max saiu pelo saguão, empurrando a bicicleta. Ele acenou com a cabeça.

— Oi.

— Oi.

— Pronto?

— Estou pronto.

Pedalamos pelo nosso trajeto de costume, conforme o sol nascia. Mas eu estava me sentindo muito mal. O peso que eu sentia havia se espalhado por todo meu corpo e pesava sobre mim, me desacelerando. Estava mais lento do que jamais havia sido.

A centenas de pedaladas de distância de mim, Max olhava para trás e gritava:

— Vamos, cara. Acelera.

Não era uma bronca — era um incentivo. Meu irmão me conhecia, ele sabia que velocidade era o meu forte. Mas e naquela manhã? Minhas pernas pareciam chumbo.

Eu não estava aguentando.

Max desacelerou e parou.

— O que está acontecendo?

Emparelhei minha bicicleta com a dele.

— Nada.

Ele balançou a cabeça e apontou para um banco ali perto. Pedalamos até lá, tiramos os capacetes e nos sentamos, deitando as bicicletas na grama.

— Alguma coisa está acontecendo.

Baixei o rosto nas mãos. Eu não conseguia segurar aquela merda toda por nem um segundo a mais.

— Estou apaixonado pela Josie, mas não posso estar.

Senti meu corpo ficar mais leve por um brevíssimo momento. Eu finalmente havia dito aquilo em voz alta, havia verbalizado para outra pessoa.

Quando levantei o rosto, esperava que meu irmão começasse a rir de mim. Mas eu o conheço bem, não era o estilo do Max.

— Amor é uma merda. — Ele expirou longamente e olhou para mim. — Ela sente o mesmo?

Dei de ombros.

— Não sei. Mas não importa. Ela disse que precisamos parar.

Max levantou as mãos em *T*, pedindo tempo.

— Epa. Parar o quê?

Então contei a ele a versão resumida.

— Chase — disse ele, com um suspiro que continha em si toda a sabedoria de um irmão mais velho.

— Eu sei.

Ele balançou a cabeça.

— Ela vai partir seu coração, cara.

Virei o rosto rapidamente para ele.

— O quê? — Eu havia entendido perfeitamente o que ele tinha dito, apenas me recusava a acreditar que Josie faria algo do tipo.

— Olhe para você, está um caco. Ela vai magoá-lo. Como aquela...

Eu o cortei, antes que ele pudesse dizer o nome de Adele. Não que eu sentisse a necessidade de defender minha ex, mas eu não podia suportar a ideia de ouvir seu nome sendo pronunciado em comparação com Josie.

— Não é a mesma coisa.

— Eu sei, mas porra. — Ele passou uma mão pelo cabelo, suspirando profundamente. — Detesto ver você tão perturbado por causa de uma mulher.

— Ela não é qualquer mulher.

— Sim, eu entendo isso. — Ele me encarou. Seus olhos escuros tinham o poder de penetrar como raios X. — Ela é sua companheira de apartamento, e sua melhor amiga, e sua amante, e você quer que ela seja sua namorada. — Ele parou de falar e mexeu a cabeça, como se estivesse frustrado com toda a situação. — Mas ela disse que não pode acontecer e você está criando um mundo de sofrimento ao seu redor.

Ele estava certo. Caramba, eu sabia que ele estava certo. E o pavor que inundava cada pedaço do meu corpo provava quão certo ele estava. Mas, ainda assim, restava-me um fio de esperança.

— Você tem certeza?

— Olha só, deve existir alguma linha de pensamento que diga que você deve tomar vergonha na cara e declarar tudo o que sente por ela. E talvez você devesse fazer isso mesmo. Deus sabe que meu histórico não me permite ser um especialista em relacionamentos. — Ele esfregou a mão na mandíbula. — Mas, Chase... isso? Parece mais um castelo de cartas. — Ele abanou os dedos no ar, derrubando uma estrutura imaginária. — Só não vejo como você será capaz de fazer esse truque sem destruir tudo. Não é como se ela fosse uma enfermeira que trabalha nos mesmos plantões que você e por quem você esteja atraído. Não é uma garota que você conheceu na internet ou uma piriguete que você pegou numa exposição de carros.

Tive que rir por um segundo, porque esse último item descrevia uma fraqueza dele, não minha.

— Achei que você estivesse se controlando em relação a isso.

Ele fez um sinal de honra de escoteiro.

— Estou firme na minha resolução. — Depois segurou meu ombro. — De qualquer forma, a questão é… essa é a Josie — disse ele, com uma intensidade que combinava com o que eu sentia por ela. — Você sente uma coisa por ela desde… sempre. Todo mundo sabia disso, menos você.

Arqueei a sobrancelha.

— Todo mundo?

— É muito óbvio, bicho. Você flerta com ela constantemente, seu rosto se ilumina toda vez que ela entra em um ambiente, você sorri como um idiota quando fala dela.

Fiz cara de que não era comigo.

— Cala a boca. Isso não é verdade.

— É sim.

Fechei a cara, numa tentativa de provar que não era um boboca apaixonado.

— Por isso que não consigo ver como você poderá levar isso adiante — disse ele. — Se alguém sabe como equilibrar atos e feitos que demandam força, esse alguém é o meu irmãozinho. Mas isso não se trata de forçar o corpo até a linha de chegada ou de aguentar um turno de 36 horas sem bocejar. Também não se trata de pular duas séries na escola, espertalhão. Isso é muito mais pesado.

Respirei fundo para que o ar me preenchesse, me reabastecesse.

— Então, vou lá e apenas acabo com tudo?

Suspirando com pesar, ele disse:

— Não posso dizer que você tenha que agir desse modo. Só o que posso dizer é para que esteja preparado para uma tempestade cataclísmica se você decidir se abrir com ela.

Larguei o corpo no encosto do banco, certo de que o conselho do Max era o melhor do mundo, já que se alinhava com os desejos da mulher — Josie deixara bastante claro, desde o início, que nós éramos temporários, e ela havia relembrado esse combinado mais uma vez na noite anterior.

— O que faço depois? Como faço para voltar a ser amigo e colega de apartamento dela?

Ele colocou um de seus braços em volta de meus ombros e respondeu:

— Não volta.

Eu o encarei como se ele estivesse falando grego.

— O quê?

— Você não vai voltar. Venha ficar comigo. Dê um tempo, antes que continuar perto dela o deixe maluco. Você pode voltar a morar com ela novamente se quiser, mas venha ficar comigo durante alguns dias, algumas semanas, alguns meses. O tempo que você julgar necessário. Farei o que for preciso, até você resolver o que fazer com essa merda toda.

A princípio, quis dispensar seu convite, dizer que não havia necessidade daquilo. Mas alguma coisa naquela ideia me deu um senso de calma que não sentia há muito tempo. Quanto mais eu ficasse com a Josie, mais difícil seria quando isso tudo acabasse. E iria acabar. A hora já estava chegando.

— Pode ser uma boa — eu disse.

Ele acenou e continuou:

— Não estou fingindo ter todas as respostas que você precisa, mas eu amo você, cara. Não quero vê-lo magoado e, agora, posso ver que você está.

Eu estava mesmo, e não podia suportar aquele sentimento. Então, tentei da melhor forma possível fazer uma última gracinha.

— Quer dizer que você me ama?

Max roçou as juntas dos dedos na minha cabeça com força.

— Amo sim.

— Como um irmão?

Ele riu.

— Exatamente como um irmão.

Naquele momento, talvez fosse a coisa que eu mais precisava.

Capítulo 30

Das páginas do Livro de Receitas da Josie

TUDO, MENOS COOKIES DE UVAS-PASSAS

INGREDIENTES
1 1/2 xícara de chá de farinha
1 1/4 de colher de chá de bicarbonato de sódio
1 colher de chá de sal
1 1/2 colher de chá de canela em pau
1 xícara de chá de manteiga amolecida
1 1/2 xícara de chá de açúcar mascavo
1 xícara de chá de açúcar refinado
2 ovos
1 1/2 colher de chá de extrato de baunilha
1 xícara de chá de cerejas secas
2 xícaras de chá de flocos de aveia
1/2 xícara de chá de coco ralado
2 xícaras de chá de chips de chocolate meio amargo
1 xícara de nozes-pecãs fatiadas

MODO DE FAZER

1. Pré-aqueça o forno a 180 graus. Unte a forma para cookies. Peneire juntos a farinha, o bicarbonato, o sal e a canela.

2. Em uma tigela grande, misture a manteiga, o açúcar mascavo e o açúcar refinado até criar uma mistura homogênea. Acrescente os ovos, um por vez, batendo gentilmente, caso contrário você estragará os ovos e a receita, e acabará com uma tigela gigante que pode ser de tudo, menos massa de cookies, e você não poderá assar nem comer.

3. Agite a baunilha. Misture nos ingredientes peneirados até que estejam bem misturados. Com cuidado. Misture com muito cuidado. Se errar nessa parte e bater por muito tempo, juro que você vai ferrar com tudo, faça como eu digo.

4. Usando uma colher de pau, misture as cerejas, a aveia, o coco, os chips de chocolate e as nozes. Isso não será fácil, então se esforce um pouco. É complicado o que está fazendo, mas será ainda mais se não for feito do jeito certo.

5. Despeje a massa de cookies nas formas, deixando cinco centímetros de distância entre eles. Não vá enlouquecer e deixá-los muito próximos. Se o fizer, você terá que jogar no lixo essa porcaria toda, mas você não quer isso, quer?

6. Asse de oito a dez minutos no forno pré-aquecido.

7. Enquanto espera, seque essa lágrima idiota da bochecha. É melhor assim, você sabe disso.

Capítulo 31

EU TENHO UMA ESPÉCIE DE PODER MENTAL E NÃO TENHO medo de usá-lo.

Embora eu tivesse sido picado pelo bichinho do amor, ainda podia contar com as minhas habilidades especiais para separar emoções de ações, como se fossem roupas brancas e escuras na lavanderia.

De volta ao apartamento, eu me concentrei no cabelo de Josie, e somente em seu cabelo.

Para ser sincero, o forte cheiro químico da tintura não ajudava muito. Caramba, talvez eu tivesse encontrado a única coisa que não me excitava nela: esse cheiro de merda.

Josie estava sentada sobre o tampo do vaso sanitário, usando calça *legging* e sutiã, com uma toalha em volta dos ombros. Eu estava de pé atrás dela, pintando as pontas de seus cabelos de cor-de-rosa.

— Você acha que isso pode ser um sinal? — perguntou ela, enquanto eu enrolava uma mecha de seu cabelo recém-pintado em papel alumínio. — Você parece ser um bom cabeleireiro.

Parei, aproximei meu rosto do dela e falei bruscamente.

— Se eu fosse você, senhorita Josie, não tiraria sarro do cara que está segurando um pincel cheio de tinta de cabelo.

— Só estava provocando — ela disse suavemente, mas com preocupação na voz. — Você sabe disso, certo?

— Sim, eu sei. Só estou sacaneando você — disse-lhe, já que era isso o que eu precisava fazer. Fazer piadas, provocar, brincar. Para que voltássemos a ser quem éramos.

— Obrigada por fazer isso — disse ela, inclinando o rosto para cima na minha direção.

Merda. Aqueles olhos verdes e aqueles lindos lábios. Era difícil sacaneá-la, quando só o que eu queria era beijá-la.

Mas o dever me chamava, então pintei outra mecha.

— Não estou fazendo isso por ter aspirações a cabeleireiro, estou fazendo isso por você.

Ela levantou os braços para trás e envolveu minhas coxas.

— Obrigada.

Ignorei por completo todos os instintos que me diziam para dar um beijo em seus lábios ou sussurrar alguma coisa carinhosa em sua orelha e continuei a pintar o cabelo.

Em determinado momento, ela abaixou as mãos e as apoiou em suas pernas, entrelaçando os dedos. Por um breve instante, fiquei me perguntando se ela podia sentir a tensão no ar, se ela também havia notado a mudança.

Quando terminei, ela ficou de pé, de frente para mim. Era visível a preocupação e até mesmo o medo em seu olhar.

— Preciso deixar fazer efeito por 20 minutos. Quer ver outro episódio de *Bored to Death*?

Respondi que sim e nos sentamos lado a lado no sofá.

Começamos a devorar essa série há alguns dias. A primeira vez que vimos um episódio foi na noite de terça-feira, depois de uma sessão quente debaixo dos lençóis, quando descobrimos que éramos um daqueles casais que não só adoravam, mas eram excelentes em meia-nove.

Merda.

Não quis dizer *casal*.

Mas, cara, a gente de fato arrasava naquela posição. Nenhum dos dois perdia o ritmo. Eu devorava sua boceta doce enquanto ela mandava ver no meu pau, e gozávamos com uma distância de 60 segundos um do outro.

E então eu comecei a me excitar enquanto assistia Ted Danson. Que ótimo. Maravilha. Eu não estava nem ao menos tocando na Josie, pois ela exalava um odor igual ao de uma fábrica de produtos químicos, mas a mera lembrança de tê-la gozando no meu rosto era suficiente para endurecer meu mastro.

Hmmm.

Talvez eu precisasse de mais uma vez com ela.

É, com certeza eu precisava de uma última vez. Não precisava ser um meia-nove para me satisfazer, qualquer posição seria boa.

Quando o seriado acabou e ela desligou a TV, ofereci meus serviços.

— Quer que eu enxágue para você?

— Claro.

E voltamos para o banheiro. Josie tirou a toalha dos ombros e abaixou a calça. Em seguida, desenganchou o sutiã e a renda branca caiu no chão de azulejo. Também tirei as minhas roupas, ao mesmo tempo em que ela abria a torneira. Enquanto a água esquentava, posicionei-me atrás dela e tirei os pedaços de papel alumínio, fazendo bolinhas e arremessando-as no lixo.

Então ela apontou na direção do chuveiro com a cabeça.

Ela não disse nada, embora eu pudesse jurar que ouvi as palavras em seus lábios: *Uma última vez.*

Ou talvez fosse um eco da minha mente.

— Primeiro as damas — eu disse.

Abri a porta do chuveiro para ela, que parou de pé diante do jato de água, e eu me juntei a ela naquele vapor úmido enquanto deixava a água enxaguar a tintura. Cascatas róseas desciam pelo seu corpo, sobre os seios, ao longo das pernas. A tinta espirrava pelo chão, formando uma brilhante espuma fúcsia.

Peguei o shampoo, pus um tanto na mão e comecei a ensaboar seu cabelo. Ela suspirou alegremente, como uma gata sendo acariciada. Essa era uma das muitas coisas que eu adorava nessa garota, ela adorava um toque. Era uma mulher incrivelmente boa para dar prazer, mas também era incrível na arte de aceitá-lo. Nem todas as mulheres conseguem simplesmente aproveitar o momento de ter alguém saboreando cada curva de seu corpo. Mas Josie conseguia. Ela era completamente aberta a sentir prazer e a ser venerada como merecia. E era enlouquecedor como isso me excitava.

Concentrei-me na tarefa de lavar seu cabelo. Depois de ensaboá-la toda, inclinei sua cabeça para trás e enxaguei o shampoo. Quando o cabelo estava liso como uma foca, ela tirou a cabeça do jato de água.

— Pronto — eu disse, e ela abriu os olhos para agarrar-me pelo pescoço.

Ela levantou o queixo e disse um suave:

— Obrigada.

— Sempre que precisar — respondi, tentando manter a calma, já que estava em ponto de ebulição.

Ela passou o dedo sobre meu lábio superior enquanto a água quente escorria.

— Você sabia que estou tomando pílula?

Todo o ar saiu dos meus pulmões e fiz que sim com a cabeça.

— Eu sabia, sim.

Isso é o que acontece quando se divide um banheiro e um armário de remédios. Não temos muitos segredos.

— Você quer transar sem proteção?

Eu grunhi e, sabe-se lá como, meu pau ficou ainda mais duro, praticamente implorando para que eu partisse para o ataque naquele exato segundo.

Josie estava me matando. Simplesmente, me matando. Max estava certo. Eu precisava sair dali, não podia mais ficar perto dela, não podia resistir a ela.

Mas, naquele momento, não era essa a minha intenção.

Tirei-a do lugar e a empurrei de costas para a parede, e então deslizei minha mão entre suas pernas. Estimulei sua boceta com meus dedos e fiquei maravilhado com a sensação. Aquilo me atingiu em cheio, saber que ela estava excitada daquele jeito só porque lavei seu cabelo.

Minha Nossa.

Em algum universo paralelo, eu poderia me considerar o filho da mãe mais sortudo da face da Terra por ter uma mulher que ficava excitada tão facilmente.

Neste, eu era apenas um idiota prestes a aproveitar seu último benefício.

Mas não se engane, eu iria aproveitar até o último segundo de paixão.

Enganchei sua perna ao redor do meu quadril, segurando-a firme, e então esfreguei meu pau naquele lindo monte úmido. Um gemido sensual saiu de sua linda boca e eu deslizei para onde era o meu lugar.

Era extraordinário.

E eu nunca mais iria querer usar camisinha, porque aquilo era como estar no paraíso. Fui envolvido pelo seu calor. Suas paredes se agarraram à minha ereção. Sua respiração ficou exasperada e de sua boca saiu o som mais desesperado de prazer que eu já havia ouvido.

Então eu a fodi.

Na minha cabeça, repeti essa palavra inúmeras vezes.

Estou fodendo. Estou fodendo. Estou fodendo.

Isso não era fazer amor.

Essa era apenas a última trepada antes de eu ir embora. Eu não podia me importar com a maneira com que suas mãos se entrelaçavam no meu cabelo, não podia me perder em seus murmúrios e não podia jamais voltar atrás por causa do jeito que ela me espremia e gritava meu nome enquanto gozava, como se eu fosse a resposta para todos os seus desejos.

Não vou me permitir pensar em como ela soa tão perdida quanto eu.

Porque, segundos depois, eu também gozei, e o prazer obscureceu aquela dor vazia.

* * *

ALGUM TEMPO DEPOIS EU ESTAVA SECO E VESTIDO.

Fechei o zíper da mochila, que continha algumas poucas trocas de roupa. Ouvi passos atrás de mim, seguidos da pergunta:

— O que você está fazendo?

Dei meia-volta, respirei fundo e tirei o Band-Aid, como prometi que faria.

— Vou ficar com o Max.

Seu queixo caiu de espanto.

— O quê?

Confirmei com a cabeça.

— Apenas por um tempo.

— Por quê? — Sua sobrancelha franziu e a voz estremeceu. Ela ficou parada na porta do meu quarto, vestida com um jeans e uma linda blusa verde. O cabelo estava seco com secador e as pontas haviam voltado ao tom de cor-de-rosa brilhante de antes.

Dei um passo na direção dela.

— Acho que o bolo já está assado, meu bem — eu disse, com calma, o tempo todo tentando me lembrar que era preciso fazer aquilo. — Vai ser mais fácil assim.

— Então você simplesmente vai embora?

— Eu volto, eu prometo. — Apesar de que, naquele momento, era inconcebível pensar em uma forma de ficar perto dela sem querê-la tanto.

— Sempre soubemos que isso precisava parar, mas não conseguirei parar se estiver vivendo nos mesmos 55m² que você, parece que estamos brincando de casinha.

Ela mordeu o lábio, como se estivesse tentando conter toda sua tristeza.

— Você acha que estamos só brincando de casinha?

Olhei para os lados e acenei para as paredes, sentindo a frustração crescer cada vez mais dentro de mim, misturando-se com o sofrimento.

— Não podemos continuar desse jeito — eu disse. E então não deu mais para segurar, era aquilo, eu não podia mais me conter, precisava libertar meu coração. — Eu acordo ao seu lado, e eu quero tocá-la. Assisto TV com você, e não consigo parar de beijá-la. Caramba, eu pintei seu cabelo e acabamos nus no chuveiro. Isso não é uma simples erva daninha que posso aparar e, depois, voltar a assistir *Bored to Death* sem querer fazer amor com você — eu disse, contraindo o rosto, porque tinha cometido meu maior erro.

Engoli o nervoso, mas me mantive firme em meu propósito.

Ela fixou os olhos em mim e, por instantes que me pareceram eternos, não disse nada. Quando ela falou, seu tom ficou mais suave e terno.

— Era assim que era para você?

Eu não iria me entregar primeiro.

— Me diz você. — Minha voz ficou rouca, entrecortada.

Ela cruzou os braços, e não me respondeu. Em vez disso, ela mordeu os lábios e disse delicadamente:

— Não quero que você vá embora.

Estendi a mão até seu cotovelo, o desespero tomando conta de mim, embora eu nem ao menos soubesse ao certo para o que estava lutando, se era para tentar fazê-la perceber o que havíamos nos tornado ou para que ela me deixasse partir.

— Você quer manter a amizade, não quer?

— Você sabe que sim — ela disse, concordando com a cabeça.

Segurei seu braço com mais força.

— E foi você quem disse que isso precisava acabar. Você precisa entender que é muito difícil, para mim, continuar por aqui, Josie. Ao menos por enquanto.

Uma lágrima desceu por sua bochecha, outra lágrima a seguiu. Então, começaram a descer uma atrás da outra, escorrendo por suas bochechas como uma chuva de verão. Ela limpou o rosto, mas estava enfrentando uma batalha invencível.

Estava dividido entre puxá-la para meus braços para consolá-la e a necessidade de me proteger. Mas outra coisa estava em jogo também, a minha curiosidade mórbida, e esta venceu.

— Josie — falei, e ela respirou fundo para conseguir olhar para mim. — Era assim para você também?

Ela abriu os lábios para responder, mas antes que pudesse dizer qualquer coisa, ouvimos uma forte batida na porta do apartamento.

— Você pediu almoço ou coisa parecida? — perguntei.

Ela fez que não com a cabeça e foi em direção à porta.

— O porteiro ligou alguns minutos atrás, ele tinha que resolver alguma coisa no nosso andar e se ofereceu para trazer a encomenda.

As batidas continuaram.

— Ah, seu rolo de macarrão.

— Deve ser. — Sua voz estava vazia.

Ela espiou pelo olho mágico e acenou para mim. Destrancou a porta e a abriu. Um homem baixo e corpulento, com um blazer verde, estava de pé na porta de casa. O porteiro diurno.

— Senhorita Hammer, isso é para você — disse ele, e então entregou um envelope branco, daqueles que transportam correspondência importante.

Ela observou com curiosidade.

— O que é isso?

— Assinei ontem para a senhora, é uma correspondência oficial.

O homem virou e foi embora, e ela deixou que a porta fechasse sozinha. Ela olhou para mim e depois para o envelope. Deu de ombros e gesticulei para o item em suas mãos. *Abra.* Ela tirou uma folha de papel e leu.

Depois de um minuto, ela piscou os olhos e me encarou.

— É do proprietário do apartamento. — Não saía nada além de um sussurro.

— O que diz aí?

— O senhor Barnes precisa do apartamento para sua sobrinha — disse ela com pesar, balançando a cabeça, como se não pudesse acreditar no que estava acontecendo. — Temos que nos mudar em um mês, vamos perder nossa casa.

Parecia que nossos dias de brincar de casinha realmente haviam chegado ao fim.

Capítulo 32

Das páginas do Livro de Receitas da Josie

SALADA DO SOFRIMENTO DA JOSIE

INGREDIENTES
Alface
Tomate
Cenoura
Qualquer coisa

MODO DE FAZER
1. Lave a alface. Mesmo em dias como esse, você não vai querer comer alface sem lavar.

2. Corte algumas fatias de tomate como quem está pouco se fodendo.

3. Corte umas cenouras. Não importa se elas estão descascadas ou não.

4. Jogue azeite e vinagre, ou não. Tanto faz.

5. Coma, especialmente porque você precisa se punir muito. Você ferrou com tudo. Você sabe que sim. Por onde podemos começar? Por todos os lugares. Desde o início até o outro dia, quando você o observou saindo pela porta. Idiota. Você não merece sobremesas.

Capítulo 33

GOSTARIA DE DIZER QUE MERGULHEI NO TRABALHO NA semana seguinte, mas isso seria uma injustiça para com todos os outros dias que já atendi uma ferida, ou dei pontos em um joelho, ou removi um vidro de mostarda de uma bunda.

Ei, é um trabalho sujo, mas alguém tem que fazê-lo.

De qualquer forma, o trabalho me salvou.

Sempre mergulhei no trabalho, mas gostava de pensar que só assim se pode de fato fazer o que eu faço. Se entregando de corpo e alma ao seu trabalho. Fico feliz que tenho um emprego que demanda tudo de mim. O Mercy não exigia apenas 100% do meu foco, mas 110% dele. Talvez essa fosse a minha verdadeira sorte: ter um emprego que adoro tanto que nem ao menos me dá tempo pra pensar na garota da qual eu sentia falta. No fim de cada dia de trabalho, ficava aliviado por ter dedicado dez ou doze horas sem ter que pensar nela.

O problema era que meu plantão acabava todas as noites.

Era quando a saudade começava a pegar para valer, uma dor igual à de um membro fantasma, uma lembrança persistente do que eu não tinha mais.

Certa noite, depois do trabalho, Wyatt me enviou uma mensagem para encontrar com ele e com Nick, dizendo que era temporada de softball e que eu precisava ir até o Central Park.

Eu fui, e fiquei ao mesmo tempo grato e deprimido porque Josie não estava jogando esse ano. Nick acertou uma rebatida; mas esse era o normal dele. Alcancei um pequeno grau de satisfação por desclassificar dois corredores quando chegou a minha vez com o taco.

Porém, aquele sentimento evaporou quando fui embora e verifiquei meu telefone, não havia mensagens da Josie. Suspirei profundamente ao me jogar no sofá da casa do Max, mexendo na tela do celular a esmo. Poderia escrever para ela, poderia só mandar uma mensagem. Eu *deveria*.

Mas era difícil demais. Nem mesmo cheguei a vê-la no outro dia, quando fui até o apartamento pegar o resto das minhas coisas. Fiz questão de ir até lá quando sabia que ela estaria no trabalho.

Assim que Max chegou em casa com comida chinesa e cerveja, desliguei o interruptor que iluminava a região separada para Josie em meu cérebro e liguei àquele ligado a região da fome. Essa técnica funcionou e senti um pouco de prazer ao saber que estava voltando aos velhos hábitos. Não tinha perdido por completo meu talento confiável de separar tudo em compartimentos. Era como uma espécie de renascença, como se estivesse recriando o cara que não se apaixonava loucamente por uma garota.

Isso mesmo. Eu conhecia esse cara. Eu podia ser esse cara. Quando coloquei os pés sobre a mesa de centro do Max e alonguei os braços, pude sentir a volta do meu antigo Eu.

Ele arrancou meu pé dali.

— Cara, isso aqui não é uma república estudantil.

— A Josie deixava — resmunguei.

Ele levantou uma sobrancelha.

— A Josie não dita as regras por aqui. — Max pegou o controle remoto e começou a mudar os canais da televisão, chegando até a HBO. — Você viu o novo episódio de *Ballers*? Essa série é o máximo.

Gemi e levei as mãos ao rosto.

— Que foi? — continuou Max. — Você não gosta do The Rock?

— Não, não é isso.

— Não me diga que isso faz você se lembrar da Josie?

Pego no flagra.

— Talvez — murmurei.

— Você deveria mandar uma mensagem para ela, encontrar com ela. Vocês queriam terminar com tudo para continuar sendo amigos, então, sejam amigos, porra.

— Mas ela não me mandou nenhuma mensagem, a não ser para falar sobre as chaves e sobre o apartamento.

Ele deu um tapa na minha nuca.

— Quantos anos você tem? 12? — Ele pegou meu celular da mesa e o jogou em meu peito. — Ligue para ela. Vá tomar um café ou qualquer coisa que você faça com ela, contanto que não envolva chaves, ou apartamento, ou qualquer merda ligada a colegas de apartamento. — Então ajustou seu olhar de raio X no nível máximo. — Ou eu faço isso por você.

A técnica funcionou direitinho. Mandei uma mensagem, perguntando se ela queria me encontrar para tomar café da manhã no dia seguinte. Ela disse que sairia cedo para trabalhar, mas sugeriu que fôssemos jantar ou tomar alguma coisa à noite.

Decidimos que nos encontraríamos para tomar alguns drinques. E foi estranho — Josie e eu nunca fomos amigos que saíam para tomar drinques. Testávamos comidas, víamos filmes, perambulávamos por livrarias, caminhávamos, conversávamos e experimentávamos os doces de sua confeitaria.

Não queria encontrá-la para tomar umas cervejas.

Mas, mesmo assim, eu fui e a encontrei no Speakeasy, em Midtown, no dia seguinte. Ela já estava no bar quando entrei, empoleirada num banco, suas pernas estavam cruzadas, e ela usava sandália cor-de-rosa, uma saia roxa com estampa de doces e uma blusinha branca.

Minha pele começou a esquentar e tive que conter todos os pensamentos indecentes que ameaçavam dominar meu cérebro. Principalmente os que me faziam lembrar, exatamente, de como ela era por baixo daquelas roupas. O seu tato, o seu gosto. Como ela se mexia, e gemia, e uivava, e... puta merda, cérebro, tenha piedade desse homem. Algumas coisas não são justas, como plantar aquelas imagens tentadoras na minha cabeça naquele momento.

Caminhei em sua direção e por alguns instantes foi tudo muito estranho. Então ela pulou do banco e me abraçou como sempre.

— Oi!

— Oi para você também — ecoei e nos cumprimentamos com um soquinho imaginário. Sim, nós fazíamos isso.

Ela ergueu a mão em sinal de pare.

— Antes de pedirmos qualquer coisa, eu trouxe uma coisa para você. — Enfiando a mão na bolsa, ela pegou uma iguaria.

Velhos tempos. Sim. Estávamos voltando ao que éramos.

— Mal posso esperar.

— É um pãozinho de canela. É como um pão de canela que casou com um cookie.

— E os dois tiveram filhinhos.

Ela riu.

— Pode crer que sim! Eles se pegaram no forno e fizeram esses deliciosos filhos açucarados e cheios de canela. Experimente.

— Trazendo comida para um bar, sua transgressora.

Josie levou o dedo aos lábios.

— Shhh.

Ela me entregou a pequena guloseima e era uma das coisas mais gostosas que já provei.

— Seu pãozinho é maravilhoso — eu disse, e fui recompensado com um sorriso. — E sim, eu sei que isso soou um pouco malicioso.

— Pareceu, e fico feliz que você tenha dito isso, e mais feliz por você ter gostado. — Ela se curvou para perto, com certa travessura no olhar. — Confissão: sempre tive uma quedinha por canela.

Essa era nova para mim, e notei que ela estava compartilhando coisas dela, assim como antes.

— É mesmo? Conte-me mais.

Ela deu de ombros discretamente.

— Quando como canela sinto como se pudesse fazer qualquer coisa.

— Então é como se fosse uma droga boa?

— Exatamente. — Ela deu um tapinha no meu joelho, como costumava fazer. — Estou feliz por estarmos aqui.

— É, eu também. — Porque ter um pouco de Josie era melhor do que simplesmente não ter nada. — Ei, você já fez um brownie de manteiga de amendoim?

— Tipo, manteiga de amendoim num brownie de chocolate?

Toquei o nariz.

— Isso.

— Já fiz, mas faz tempo.

— Ponha isso em seu especial da tarde, seria incrível.

Josie fingiu anotar a minha sugestão e o garçom veio tomar nossos pedidos. Quando ele foi embora, conversamos como dois velhos amigos que estavam colocando o papo em dia.

— Como estão as coisas? Como está o apartamento?

— Na verdade — ela começou, mas fez uma pausa. — Já me mudei de lá. Eu me mudei assim que você terminou de levar suas coisas.

— Nossa, que rápido. Você nem deu tempo para o corpo esfriar.

— Foi melhor assim.

— Você já encontrou outro apartamento? Estou com inveja de que sua mandinga para arranjar apartamentos seja tão boa.

Ela balançou a cabeça.

— Eu levei parte da mobília para um depósito dos meus pais. Bem, Wyatt que levou, já que ele tem uma caminhonete — ela disse, e me senti um idiota pelo fato de que o irmão dela a tenha ajudado em vez de mim.

— Desculpe por não estar lá para dar uma mão.

Um pequeno sorriso apareceu em seu rosto.

— Não tem problema. Foi bem fácil, na verdade. Agora estou morando com a Lily, até resolver o que fazer. Como ela mandou o Rob para fora de casa, conseguiu arranjar um lugar para mim.

Lily e Josie. Duas adoráveis solteiras morando juntas. Meu alarme disparou.

— Você está saindo com alguém?

A encarada que ela me deu só poderia ser lida como *deixa de ser idiota*.

— É sério isso?

Engoli em seco, tentando manter a calma.

— Não podemos falar sobre isso? Era o que fazíamos.

Josie acenou concordando.

— Então isso é um sim? Você está namorando? — O ciúme se acendeu em mim como um rastilho de pólvora, como uma besta feroz.

Ela espremeu os olhos.

— Eu estava apenas concordando com o que você disse, que costumávamos conversar sobre namoros — disse ela, claramente ofendida com as minhas perguntas. — E você? Está namorando?

Bufei e fiz cara de escárnio, só por precaução.

— Não. É claro que não.

— Então, por que eu estaria? — perguntou ela, abrindo os braços de forma indagativa.

— Era o que você queria antes — destaquei.

— As coisas mudaram — ela verbalizou cada palavra.

É, por coisas, entenda-se tudo.

Ela respirou fundo, como se quisesse se acalmar.

— Muito bem, vamos recomeçar. — Ela sorriu alegremente para mim. — Como está o trabalho?

Conversamos sobre trabalho, e só trabalho, como se todo o resto estivesse fora de cogitação. Talvez devesse mesmo. Quando chegou a hora de ir embora, saímos juntos e ficamos parados na calçada, meio desajeitados, balançando sobre os calcanhares.

— Chase?

Meu coração bateu mais rápido pela forma com que ela disse meu nome.

— Fala? — perguntei, como se naquela única palavra contivesse toda a esperança do universo.

Com um sorriso melancólico, ela disse:

— Sinto sua falta.

A esperança se dissipou. Eu queria mais do que um *sentir falta*. Mas eu respondi honestamente:

— Sinto sua falta também.

— Devíamos fazer isso de novo — disse ela.

— Com certeza.

Porque éramos amigos e era isso o que queríamos, foi isso o que planejamos.

Ela me deu um beijo rápido na bochecha antes de sair andando.

Não tinha certeza se aquele nosso novo normal me agradava tanto quanto ou ainda menos do que a ideia de ficar sem ela.

Capítulo 34

QUINTA-FEIRA À NOITE, MAX E EU FOMOS AO MAIS NOVO Lucky Spot. Os negócios estavam bombando para Spencer e Charlotte e eles tinham acabado de expandir o bar deles, localizado no coração de Chelsea, acrescentando uma sala com tênis de mesa. Havia campeonatos às segundas e quartas à noite, e às quintas havia uma noite temática, que contava com pingue-pongue e champanhe.

Wyatt e Natalie chamaram todos para uma balada pós-casamento. Não sabia bem se aquela era a terceira ou quarta vez que eles se casavam ou se era apenas uma nova desculpa para celebrar o matrimônio. Os dois gostavam de fazer isso, e todos os amigos estavam lá.

Isso também significava que aquela seria a primeira vez que Josie e eu sairíamos com todos os nossos amigos desde o fim de nossa estada como colegas de apartamento, e um período ainda mais breve como amantes. Mas ninguém mais sabia desse último, exceto Max.

Enquanto caminhávamos pela Rua 8, eu o lembrei:

— Seja discreto na frente dos outros, ok?

Max fingiu sussurrar:

— Você quer dizer sobre você estar apaixonado por Josie Hammer?

— Sim — eu disse, entredentes.

— Entendi. Porque é de fato um grande segredo, ninguém jamais teria como perceber. — Ele escancarou a porta do bar, nós entramos e nos encontramos com a galera na sala de pingue-pongue.

Na mesma hora, meus olhos a encontraram. Josie estava encostada na mesa verde de pingue-pongue. Ela usava uma saia vermelha e pequenas botas que ficariam fantásticas sobre os meus ombros, em volta do meu pescoço, enganchadas na minha cintura.

Passei a mão no cabelo e forcei um sorriso amigável em meu rosto, com medo de que alguém pudesse ler meus pensamentos e perceber que eu a estava imaginando em minhas posições favoritas.

Josie segurava uma taça de champanhe, enquanto conversava com Natalie. As duas observavam Harper dar pulinhos na ponta dos pés numa ponta da mesa, com uma raquete na mão. Da outra ponta, Nick sacou a bolinha branca de plástico e os dois trocaram golpes pelo próximo minuto. Nick estava incrivelmente concentrado, sempre rebatendo a bola com força, mas, então, Harper deu uma pancada aniquiladora no canto direito e, quando Nick se esticou para alcançar, a bola quicou no chão.

Harper levantou os braços para o alto.

— E a maré continua!

Josie assobiou bem alto, comemorando a vitória de Harper. Natalie vibrou e gritou.

Um novo casal foi entrando no bar e veio até a sala do pingue-pongue — ela era uma moça baixa, com cabelos loiros ondulados, com mechas cor de mel, e o cara era muito alto e largo. A mulher se intrometeu:

— Nick, você jamais vai conseguir vencê-la, será que você não sabe disso?

Nick ajeitou os óculos no nariz e deu de ombros.

— Mas não posso parar de tentar, Abby.

— Mais sorte da próxima vez — disse o cara, com um sorriso.

Harper se aproximou e me apresentou aos seus amigos Simon e Abby. Depois de nos cumprimentarmos, Simon passou o braço em volta dos ombros de Abby e lhe deu um beijo na bochecha, sem qualquer outro motivo a não ser o fato de que ele podia fazê-lo. Filho da mãe sortudo.

Conforme olhei ao redor, não vi nada além de casais. Natalie e Wyatt, Spencer e Charlotte, Nick e Harper, Simon e Abby. Os únicos solteiros eram os irmãos Summers e Josie. A questão é que, até onde eu sabia, Max estava feliz com seu status. A princípio, não me opunha ao meu. Nunca me importei em ser um lobo solitário, até me apaixonar pela Josie.

Agora, vendo todos aqueles amigos acompanhados, lembrei que eu era o único que não tinha ficado com a mulher que queria.

Wyatt colocou a mão no meu ombro.

— Pronto para ser dizimado? — perguntou, colocando uma raquete na minha mão.

— Sim, estou pronto — eu disse com confiança, fazendo uma pausa proposital —, para acabar com você.

Ele arqueou a sobrancelha, como se não acreditasse que eu estivesse falando sério. Mas eu estava, porque jogos de bar e eu somos uma combinação vencedora. Naquela noite, o jogo tinha um efeito colateral que era muito bem-vindo. Vencer Wyatt me impediria de olhar para sua irmã a noite toda.

— Desgraçado — murmurou ele, quando cortei para vencer nossa segunda partida, já que ele me desafiou para uma revanche quando o destruí na primeira. Tola decisão.

Mas antes que eu pudesse provocar Wyatt por perder novamente, a voz de Spencer reverberou pela sala.

— O que os dois gatinhos andam fazendo quanto à questão da moradia, agora que o proprietário chutou vocês dois de lá?

O cara era perito em trazer à tona o elefante na sala, mesmo quando não tinha a mínima intenção de fazê-lo. Spencer olhou para mim e depois para a Josie.

Ela falou primeiro:

— Estou morando com uma amiga.

— Muitas guerras de travesseiro e papo furado até altas horas? — perguntou ele. — Ou vocês enfeitam o cabelo uma da outra? Tingindo-os, quem sabe? Assando cookies e vendo seriados?

Josie olhou para mim do outro lado da mesa de pingue-pongue. Um leve sorriso ergueu seus lábios, um sinal particular que eu sabia ser só para mim. Retribui com um sorrisinho também, havia uma faísca maliciosa em seu olhar.

Porém, os indícios de segredos compartilhados sumiram e foram substituídos por algo completamente diferente. Resolução? Aceitação? Não soube dizer.

Ela acenou ao olhar para Spencer, que esperava uma resposta.

— Sim, é exatamente o que fazemos, todas as noites.

Não sei se a indireta foi para mim ou se foi só para dar uma espetada em Spencer. Esse era o problema. Ela parecia, ao mesmo tempo, tão perto e tão longe.

Spencer virou para mim e levantou o queixo.

— E você? Como está a vida na casa dos Irmãos Summers? Anda muito ocupado vendo competições de *Monster Trucks* e evitando qualquer comida que exija talheres?

Procurei pelo Max, mas ele havia desaparecido.

— É, costuma ser uma grande festa de estereótipos masculinos. Algumas noites nós paramos e batemos em nossos peitos e gritamos, como o Tarzan.

Charlotte riu.

— Aposto que sente falta do toque feminino que a Josie trazia quando moravam juntos.

Cara, e como sinto falta. As palavras de Charlotte foram como um soco no estômago.

Nos entreolhamos mais uma vez e procurei encontrar a resposta na luz dos olhos verdes de Josie. Mas eu nem ao menos sabia mais pelo que estava procurando.

— Sim... — eu disse, já que não consegui fazer nenhuma piadinha.

Wyatt ofereceu um brinde com a cerveja.

— Mas foi bom enquanto durou, certo?

Ele não sabia nem a metade. Engoli em seco e respondi:

— Foi maravilhoso.

Josie mordiscou o canto do lábio e desviou os olhos, Harper interveio com uma voz protetora, como se tomasse conta da Josie.

— Tenho certeza que sim. — Ela ergueu a raquete acima da cabeça. — Alguém quer jogar outra partida? Ou vocês são muito fracotes para enfrentar a campeã do pingue-pongue?

Spencer viu aquilo como uma provocação e tirou a raquete das mãos de Nick. Conforme eles jogavam, Max voltou, com a mandíbula tensa e os olhos em chamas.

— Está tudo bem? — perguntei-lhe.

Ele fez que não com a cabeça e murmurou.

— Tive que atender um telefonema. — Ele esfregou a mão na mandíbula. — Maldita Henley Rose.

Arregalei os olhos, pois não ouvia esse nome há muito tempo.

— Sua ex-aprendiz?

Com um suspiro pesaroso, ele me deu uma olhada como se quisesse dizer "dá para acreditar?".

Aquilo me pegou de surpresa.

— Aquela que deixou você pelo concorrente e teve um ataque de raiva do tipo "você vai se arrepender de me deixar ir"?

— Obrigado por me lembrar de suas últimas palavras.

— Seria mais fácil se eu o lembrasse que ela era supergostosa e que sua maior conquista diária era não ficar olhando para ela a cada segundo, principalmente quando estava sob o motor ou curvada sobre o capô?

Ele espremeu os olhos.

— Jamais aconteceu qualquer coisa entre nós — disse ele, rangendo os dentes.

— Então sobre o que era a ligação?

Depois que ele fez um resumo de dez segundos da ligação, meu queixo caiu.

— Bem, isso ainda vai dar muito pano para manga.

Tocando as minhas costas, ele disse:

— Mas essa é uma história para outro momento.

— Não vejo a hora de ouvi-la — eu disse, já que mal podia esperar para saber da história sobre a mulher que costumava enlouquecer meu irmão.

Alguns minutos depois, após Harper vencer seu convencido irmão, ela saiu andando e, então, apontou para uma mesa baixa no canto da sala, perto de umas confortáveis cadeiras verdes-esmeraldas.

— Eles têm Scrabble aqui. Querem jogar?

Max recusou com a cabeça.

— Nem ferrando.

Mas Scrabble era uma tentação difícil de resistir, e Harper com certeza conhecia o meu fraco por esse jogo. Ela me cutucou.

— E você, Chase? Você e a Josie são um bom time, certo?

A alguns passos de distância, Josie interferiu:

— Somos os melhores. Nós vencemos o casal Hammer todas as vezes.

Harper esfregou as mãos.

— Quero só ver essa. — Ela apontou as cadeiras com o queixo. — Mostre como vocês são bons.

Nick puxou uma cadeira e abriu o tabuleiro.

— Ou você acha que não consegue nos vencer, Doutor Cérebro?

Agora eu não tinha escolha a não ser destruí-lo.

— Essas são suas últimas palavras, Nick. Prepare-se para morrer no tabuleiro de Scrabble. Uma morte lenta e dolorosa, causada por pontuações triplas de palavras e por mais combinações que você sequer pode imaginar.

Josie caiu na gargalhada.

— Isso mesmo, queridos irmãos. Nós jogamos para matar.

E assim o fizemos.

Vencemos com uma combinação final da palavra *oneroso* e do *ex* que Josie montou na rodada final.

Tentei não interpretar aquilo, era só uma palavra com duas letras.

Quando todos estavam ocupados fazendo coisas de casal, ela apoiou a mão no meu braço.

— Estou feliz por isso, Chase. Feliz por ainda sermos amigos. E você?

— Com certeza. Também adoro o fato de sermos amigos.

Mas ela era também algo mais. Ela era uma ex, e isso era algo completamente diferente. Eu estava aprendendo que ser amigo de uma ex não era a mesma coisa que ser amigo de uma mulher.

Uma vez cruzada a linha em que os dois se tornavam amantes, tudo mudava. Não era fácil voltar a ser o que era antes.

Era oneroso.

Capítulo 35

Das Páginas do Livro de Receitas da Josie

CORAGEM LÍQUIDA DA JOSIE

INGREDIENTES
  Café
  Canela
  Coragem

MODO DE FAZER
1. Coe seu melhor café etíope numa cafeteira.

2. Sirva na sua caneca favorita. Jogue uma pitada de canela. Acrescente uma porção de chantilly.

3. Prepare-se. Você pode fazer qualquer coisa.

Capítulo 36

NAQUELE DOMINGO, MAX E EU CONCLUÍMOS O CIRCUITO. Nossa equipe chegou em terceiro lugar e angariamos alguns milhares de dólares para os veteranos. Nada mau para dois caras que não eram ciclistas profissionais.

Na manhã seguinte, ele foi a uma exposição de carros e, a caminho do trabalho, terminei um audiolivro sobre o papel da aleatoriedade em nossas vidas (spoiler: sorte é tudo). No hospital, comecei o plantão com uma paciente que estava com um princípio de gripe. Nós a tratamos e, depois, passamos a um garoto com o braço quebrado. Eram casos comuns que podiam ser rapidamente resolvidos.

Tudo parecia tão normal quanto poderia ser naquelas circunstâncias. É incrível como julgamos não ser possível sobreviver a um coração partido; mas a experiência me ensinou que sempre é possível. Basta seguir em frente. A vida continua e, durante meu almoço com David, peguei um sanduíche de peru na cafeteria e entrei na fila do caixa. Com o canto do olho, avistei um cirurgião ortopédico que eu conhecia e o observei desdobrar a sacola de papel e tirar um sanduíche de atum. Meu instinto foi mandar uma mensagem para a Josie de que eu tinha visto alguém nesse mundo que comia nossa comida menos preferida.

Por um breve instante, fiquei me perguntando se eu ainda podia fazer isso. Se eu *deveria* fazer isso. E o fato de não saber a resposta certa fazia minhas entranhas revirarem.

Então, chegou a minha hora de pagar. Ao abrir a carteira para pegar algumas notas, um pequeno cartão de visitas caiu. Peguei-o do balcão perto do caixa e o virei. Era o cartão do Kevin. Certo. Ele o incluiu quando me deu o vale-presente para a aula de culinária.

Que merda.

Nunca o agradeci pela aula.

Quando terminei meu sanduíche de peru, afastei-me da mesa e falei para o David que precisava ir. Já no corredor, liguei para ele e, assim que eu disse quem eu era, a recepcionista de Kevin imediatamente me transferiu para ele.

— Doutor Summers, como está você? Espero que não esteja ligando para me dizer que encontrou algo suspeito numa velha radiografia da minha testa?

Eu ri e balancei a cabeça.

— Não, e pode me chamar de Chase. De qualquer forma, queria agradecê-lo pela aula. Foi muito legal da sua parte, foi bastante divertido.

— Show de bola. Você também ficou noivo?

Interrompi meus passos em frente à sala de ressonância.

— O quê? Não. Por quê? Fui com uma amiga.

— Ah, que legal. Só estava brincando com você, porque Cassidy e eu ficamos noivos naquela noite.

— Por causa da aula? — perguntei, voltando a caminhar em direção à escada.

— Sim, e devemos isso a você. Esse era um dos motivos pelos quais queríamos agradecê-lo quando fomos aí algumas semanas atrás. Sua sugestão de fazer uma aula de culinária era exatamente o que eu precisava. Alguma coisa bateu dentro de mim naquela noite, nos Aperitivos Atraentes. Eu sabia que Cassidy era a mulher com quem eu queria ficar para sempre. Então, pedi sua mão em casamento.

Quando um encarregado passou empurrando um carrinho de medicamentos pelo corredor, encostei na parede, dando-lhe espaço.

— Ah — eu disse, assimilando as novidades de Kevin. — Então tudo ficou claro?

— Claro como um cristal.

Recordei da noite em que Josie e eu fomos àquela aula excêntrica, do modo como fizemos nossa grande fuga para escapar da Ivory e da forma como cochichamos no metrô a caminho de casa. Eu me lembrei de como, ainda no metrô, Josie apoiou a cabeça no meu ombro e entrelaçou seus dedos nos meus.

E tudo ficou claro.

Mais tarde na nossa casa, ela cuidou de mim quando torci o tornozelo.

E tudo ficou claro.

Parte de mim já sabia. Parte de mim tinha certeza que ela sentia a mesma coisa louca e desenfreada que eu sentia por ela. Mas, mesmo assim, eu não fiz o que deveria ter feito para segurá-la, não quis correr o risco.

Escolhi a via mais segura, não a arriscada, ousada, o caminho do aleluia.

Outra coisa estava ficando clara agora, eu não seguira em frente, eu não a superara. E, com toda a certeza, não queria ser apenas amigo de Josie.

Eu queria poder mandar uma mensagem sobre a porcaria de um sanduíche de atum e queria mandar essa mensagem como o homem da vida dela. Não queria desperdiçar esse trunfo sendo apenas seu melhor amigo homem. Queria contar-lhe sobre o atum, depois levá-la para jantar e passear pela cidade de mãos dadas. Depois disso, iria para casa com ela, deitaríamos lado a lado e faríamos amor.

Era exatamente isso o que eu queria algumas semanas atrás, quando me mudei de lá. Meu sentimento por ela não havia mudado.

Mas o que ficou claro como um cristal naquele momento foi que o maior risco não era o de perdê-la como amiga, o maior risco era o de perder a mulher que eu tinha certeza ser o amor da minha vida.

— Ei, Kevin, posso pedir sua ajuda? — perguntei, lembrando do nome de sua empresa impresso no cartão. O trabalho do cara podia ser a solução para tudo, ele deveria conhecer pessoas, certo?

— Qualquer coisa, pode falar.

Disse-lhe o que precisava e ele respondeu:

— Considere feito.

Quando desligamos, mandei uma mensagem para a Josie.

Chase: Oi! Posso passar aí na confeitaria quando acabar meu plantão? Tenho uma coisa para você.

A resposta dela veio um minuto depois.

Josie: Sim. Tenho uma coisa para você também.

* * *

HAVIA OUTRA PESSOA COM QUEM EU PRECISAVA CON-

versar antes. Mandei uma mensagem para o Wyatt e ele me passou o endereço de onde ele estava trabalhando naquele dia.

Assim que meu plantão acabou, subi na bicicleta ainda usando meu uniforme do hospital e atravessei a cidade até o trabalho do Wyatt, adrenalina correndo em minhas veias, transformando-me novamente no ás da velocidade que sempre fui. Ele estava reformando a cozinha de uma casa antiga na altura da rua oitenta e poucos, e então veio até a porta e me chamou para entrar no vestíbulo.

— O que foi? Você disse que era algo urgente — disse ele, com um martelo na mão e portando seu cinto de ferramentas.

Minha respiração estava ofegante por conta da corrida de bicicleta.

— Sim, é urgente. — Fui direto ao ponto. — Preciso te contar que estou apaixonado pela sua irmã.

Ele riu de forma zombeteira e passou a mão pelo queixo.

— Agora me conte algo que eu já não soubesse.

Fiquei de queixo caído.

— O quê? Como você sabia?

Wyatt encostou no meu ombro e riu.

— Cara, todo mundo sabe. A questão agora é: você finalmente decidiu tomar uma atitude em relação a isso?

Mal pude conter um sorriso.

— Sim, vou tomar uma atitude. Tudo bem por você? Se não, sinto muito, mas, na verdade, não sinto. Vou contar o que sinto a ela de qualquer jeito. Mesmo assim, eu queria que você soubesse antes.

Ele riu.

— Obrigado pela informação. E quando pedi a você que cuidasse dela, foi para protegê-la de babacas. Tenho certeza que você não é um deles. E também tenho certeza de que esse não é o tipo de história em que o fato de estar apaixonado pela irmã do seu amigo vá impedi-lo de fazer qualquer coisa. A barreira sempre foi o fato de vocês dois se quererem tão bem, mas não saberem o quanto — disse ele, apertando meu ombro com firmeza. — Além do mais, gosto tanto de você que chega a ser ridículo. Agora, pare de falar comigo e vá ver minha irmã. Veja se consegue se tornar a pessoa favorita dela em todo o universo.

Era exatamente o que eu queria ser para ela.

— Valeu, cara — eu disse, e então nos abraçamos.

Fui embora. Mas quando cheguei à Sunshine Bakery, tirei o capacete e travei minha bicicleta num parquímetro, dei uma batidinha nos bolsos do jaleco e me xinguei. Qual era a porra do meu problema? Estava chegando de mãos vazias! Não é assim que se ganha o coração de uma mulher.

Dei meia-volta, procurando alguma coisa. *Qualquer coisa.*

Quando meus olhos pousaram num mar de branco e amarelo, lembrei de quando lhe dei margaridas. Parecia ter acontecido há muito tempo. Mas, desta vez, o presente teria outro propósito. Comprei um buquê da floricultura de sua amiga e, ao chegar na porta da confeitaria, meu coração estava pulando no peito.

A empolgação corria livre por todo meu corpo, misturada com uma boa dose do mais puro nervosismo. Não sabia o que ela sentia, o que ela iria dizer ou o que ela faria.

Mas sabia que a possibilidade de um *nós* compensava o risco.

Aquilo que antes me pareceu uma opção maluca, um cenário aleluia, agora, era a única opção.

Capítulo 37

A PLACA QUE SINALIZAVA QUE A CONFEITARIA ESTAVA fechada estava pendurada na porta de entrada, mas eu bati duas vezes. Olhando por cima do balcão, Josie sorriu, limpou as mãos no avental e veio atender a porta. Destrancando-a, ela me convidou para entrar. Seu cabelo estava puxado para trás em um rabo de cavalo e seu lábios brilhavam.

Não perdi tempo.

— Sim — eu disse enfaticamente. Bem alto e confiante.

— Sim o quê?

— Toda vez que estávamos juntos era como fazer amor. Todas as vezes. O tempo todo. Todas as noites — eu disse, e seus olhos verdes cintilaram na mesma hora, como se estivessem sendo iluminados pelas minhas palavras. — Porque antes mesmo de dormirmos juntos eu já estava apaixonado por você.

— É mesmo? — perguntou ela, com a voz suave como uma pluma e cheia de encanto. Reconheci o som, porque era como eu me sentia ao olhar para ela.

— Sou louco por você. Quero peixinhos de goma com você o tempo todo. Não quero estar do outro lado da parede num apartamento com você. — Acenei em direção ao centro, onde Max morava. — E, sem dúvida, não quero estar do outro lado da cidade. Sinto como se estivéssemos separados por milhões de quilômetros de distância e não consigo suportar isso.

— Também não consigo suportar isso — disse ela, com a voz trêmula, dando passos na minha direção. Apoiei as flores na mesa mais próxima e tomei suas mãos nas minhas.

Olhei fundo em seus olhos verdes, os únicos nos quais eu queria me perder.

— Quero ser aquele com quem você acorda e para quem você volta para casa todos os dias. Quero comprar papel-higiênico para você e ir à *Bed Bath & Beyond* juntos para comprarmos lençóis para a cama que dividimos. — Seus lábios e ombros tremiam, e eu continuei. — Quero voltar para casa e encontrá-la de avental, o que a torna ainda mais irresistível, e não quero jamais ter que resistir a você de novo.

Ela concordava com a cabeça continuamente e lágrimas escorriam pelo seu rosto. E tudo no mundo estava voltando ao seu devido lugar. Tudo era milagroso. Tudo era bom de novo, porque o que eu achava que ela estava sentindo na aula de culinária era verdade. Era claro. Era real.

— Não resista a mim. — Ela segurou a gola da minha camiseta. — Eu te amo tanto.

E, naquele momento, meu coração fazia mais do que simplesmente bombear sangue pelo meu corpo, ele parecia um foguete que cruzava a atmosfera e ia além. Ele era mais do que um órgão que sustentava as funções vitais do meu corpo, era a morada do papel mais vital de todos — meu amor por ela.

Mergulhei minha boca na dela, provando de sua doçura, saboreando a proximidade. Seu beijo era como um *cupcake* e a cobertura era feita de amor e sexo. Era tudo o que me excitava e tudo o que eu precisava para estar feliz.

Ela.

Senti muito a falta daqueles momentos, e eu nunca me cansaria dela. Beijei-a com mais intensidade, enroscando minha mão em seus cabelos e, então, por fim, afastei-me lentamente.

Quando separamos o beijo, eu me sentia como se estivesse flutuando. Como se esse fosse meu novo normal. E estava tão grato por ter dito tudo a ela, porque a chance de se estar com a pessoa que você quer, e que quer você da mesma maneira, vale todo e qualquer risco.

Acariciei seu rosto macio com o dorso dos dedos.

— A questão é que agora percebo que amo você há muito tempo, Josie. Acho que comecei a me apaixonar por você desde antes de deixar o país.

Agora que voltei, tanto meu irmão quanto o seu irmão riram da minha cara quando eu disse que te amava, como se fosse a coisa mais óbvia do mundo.

O sorriso dela era tão largo quanto o céu.

— Também sou louca por você há muito tempo, e acho que foi preciso morarmos juntos para que meu coração desse uma pancada no cérebro pra me fazer perceber isso.

— É mesmo? — sorri com ar de surpresa. Jamais quero perder essa sensação de leveza.

Ela abraçou meu pescoço, os dedos brincando com as pontas do meu cabelo, como ela fez naquela noite no trem.

— Ontem à noite, estava relendo algumas receitas minhas, que escrevi nos últimos meses. Escrevi um monte de coisas sobre você e, depois de ler, ficou na cara que eu já sentia alguma coisa grande por você há tempos.

Eu apertei meu corpo contra o dela por um segundo.

— Também sinto uma coisa grande por você — eu disse, e ela riu. Então continuei mais sério. — Adoraria vê-las algum dia, essas suas receitas.

— E eu adoraria que você visse — disse ela. — Hoje pela manhã, escrevi uma receita de café com canela.

Um novo tipo de felicidade invadiu meu peito, porque eu sabia por que essa garota gostava de canela. Adorava ser íntimo de todas as peculiaridades de Josie. Desde atum até canela; desde dividir seu coração até dividir um lar com ela; desde meia-nove até a masturbação.

— Porque canela faz você sentir como se pudesse fazer qualquer coisa? Ela concordou.

— E hoje, eu queria juntar coragem para dizer o que eu sentia por você. Então você apareceu e fez exatamente o que eu queria fazer.

Soltei um riso leve.

— Nós fomos muito idiotas por não dizer nada antes? Ela balançou a cabeça.

— Não, eu acho que nós dois nos amávamos demais como amigos para sequer pensar em arriscar tudo e perder um ao outro. Mas acho que ficar longe de você foi como um tipo diferente de perda, por isso disse que tinha uma coisa para você, algo que eu fiz.

Josie me entregou uma sacolinha da confeitaria, do tipo que ela sempre me deu, e fiquei ainda mais admirado por essa mulher. Josie sempre me dava presentes, e não vou mentir, eu adorava recebê-los.

Li o bilhete primeiro.

— Brownie de chocolate com manteiga de amendoim da Josie — eu disse com um sorriso.

— Os créditos dados a quem é de direito, a ideia foi sua.

Então, li a receita que estava impressa na nota.

INGREDIENTES

2 xícaras de chá de chips de chocolate

1 xícara de chá de manteiga

1/2 xícara de chá de manteiga de amendoim

1/2 colher de chá de extrato de baunilha

1 1/4 de xícara de chá de farinha branca

1 xícara de chá de açúcar refinado

3 ovos batidos

2 colheres de chá de bicarbonato de sódio

1/4 de colher de chá de sal

MODO DE FAZER

1. Pré-aqueça o forno a 180 graus e unte uma assadeira, enquanto se prepara para colocar o coração na reta.

2. Derreta os chips de chocolate, a manteiga e a manteiga de amendoim, do mesmo jeito que tudo derreteu quando você se apaixonou pelo Chase. Mexa sempre para não queimar. Sim, você estava tensa com relação a isso antes, mas agora existe algo maior em jogo.

3. Mexa a baunilha, a farinha, o açúcar, os ovos, o bicarbonato e o sal dentro da mistura de chocolate. Despeje a massa na assadeira. Essa é uma mistura nova, e as coisas não precisam mais ficar separadas. Hora de aceitar que amor, amizade, sexo e felicidade se juntaram numa coisa só.

4. Asse os brownies no forno pré-aquecido até estarem prontos. Deixe esfriar à temperatura ambiente antes de cortar em quadradinhos. Sirva para o único cara que você quer e que você espera que lhe queira da mesma maneira.

Ergui os olhos do papel para a minha garota.

Ela era minha.

— Isso significa que posso comer o brownie agora?

Um brilho sem-vergonha reluziu em seus olhos e a luxúria subiu pela minha coluna. Parte de mim queria me dar umas porradas por não ter declarado meu amor por ela antes, mas eu sabia que chegaríamos a essa conclusão no nosso tempo, no momento certo, uma vez que somente a amizade já não era mais suficiente para nós.

Enfiei a mão na sacola, parti um pedaço da guloseima e a comi. Gemi diante daquela maravilha culinária.

— Essa é a segunda melhor coisa que já provei.

— Qual é a primeira?

Minha mão envolveu seu rosto.

— Você.

Então eu a beijei, e percebi que ela era tudo o que me faltava, tudo o que eu queria e tudo o que eu amava.

O beijo retribuído tinha um carinho e uma avidez que eu agora conseguia entender melhor, pois sabia que vinham de todo seu coração. Josie sempre se deu por inteira, mesmo quando tentava se reprimir. Cheguei a pensar que embora eu tivesse uma capacidade maior de manter tudo em gavetas separadas, talvez, na realidade, eu não fosse tão diferente dela assim.

Essa mistura que rolava entre nós era boa demais. Gosto mais da vida quando estamos juntos.

Naquele momento, havia uma coisa que eu queria ainda mais, e era ela toda.

Separei nosso beijo e olhei para a loja ao redor.

— Seria uma infração sanitária muito grande se transássemos nesse lugar?

Ela sorriu.

— Vamos ao meu escritório.

Mexi as sobrancelhas quando ela trancou a porta da frente.

— Estou gostando disso.

Ela segurou minha mão e me guiou até um cubículo na parte de trás, e então se empoleirou na beirada de uma mesa coberta por papéis e envelopes, provavelmente contas a pagar e receber. Ela me puxou para perto e eu a beijei, de modo forte e instintivo, o tipo de beijo que levava a um único fim.

Em seguida, levantei sua saia, coloquei sua calcinha para o lado e deslizei para dentro dela.

Seu nome era um gemido lascivo em meus lábios.

— Josie, eu te amo pra caralho.

Ela me puxou ainda mais perto e sussurrou em meu ouvido:

— Também te amo pra caralho. E, sim, sempre foi desse jeito para mim também.

Estávamos rápidos, frenéticos, e logo chegamos juntos ao clímax.

Depois, eu a ajudei a fechar a confeitaria e fomos até a porta.

— Espere. — Eu parei perto da mesa. — Também tenho um presente para você.

Entreguei-lhe as flores.

— Você deve estar pensando que não sou muito criativo, porque já te dei essas mesmas flores antes. Mas da última vez que fiz isso, você disse que elas deixariam nossa casa mais alegre. Dessa vez, eu trouxe porque quero morar junto com você de novo. Num lugar novo, só nosso. Um lugar que você possa alegrar com essas flores. — Seus olhos brilhavam enquanto ouvia minhas palavras. — Você quer morar de novo comigo? Como minha namorada?

Ela pegou minha mão.

— Eu adoraria.

Epílogo

CINCO MESES DEPOIS

A caça por apartamentos não levou tanto tempo dessa vez.

Não havia mais maldições, ninguém era maluco e também não tive que vender o baço ou um rim.

Ao que tudo indica, era necessário apenas remover um pedaço de lustre da testa de um cara e dar pontos que não deixassem cicatrizes.

Kevin arranjou um lugar para mim. Quem diria que uma amizade se formaria com o homem que apareceu vestido de Aquaman no pronto-socorro, com um caco de vidro de dez centímetros cravado na testa? Eu consertaria seu rosto e o faria trilhar um caminho mais seguro de aventuras sexuais. Ele acabaria noivando e retribuiria o favor ao me colocar em contato com um de seus agentes imobiliários. Um deles encontrou um apartamento de um quarto para nós dois em Chelsea que custava um braço e uma perna. Mas, de algum jeito, faríamos dar certo, esforçando-nos ao máximo a cada dia.

A confeitaria da Josie estava prosperando. As promoções especiais da tarde atraíam cada vez mais clientes e todos adoravam seus pãezinhos de canela, os brownies de chocolate com manteiga de amendoim, o sushi doce e os macarons de acerola. Mas nada levava uvas-passas. Graças a Deus.

No entanto, essa noite, não era ela quem iria cozinhar.

Era a minha vez.

Não vou mentir. Culinária nunca foi meu forte. Mas aprender sempre foi. Fui atrás de algumas receitas, assisti alguns vídeos, pratiquei algumas vezes, e agora eu faria um jantar para ela.

Preparei o macarrão primavera que planejei para o cardápio. Era um prato simples, mas o favorito dela, e como ela me tratava como um rei na cozinha, queria tratá-la como uma rainha.

Quando ela entrou pela porta da nossa casa, levantou o nariz e inspirou fundo.

— Hmmm — disse ela, com um ronronado sexy. — O cheiro está ótimo. Alguém vai tirar a sorte grande hoje à noite.

Saí da cozinha, abracei-a na altura da cintura e a beijei.

— Se eu soubesse que preparar um jantar fosse a forma mais rápida de conquistá-la, teria feito isso antes.

Ela riu e me deu outro beijo.

— Dá para imaginar? Você teria três vezes por dia, em vez de uma ou duas.

Sim, éramos regulares nesse quesito.

Todas as noites. E de vez em quando pelas manhãs também, apesar de que era raro sairmos da cama ao mesmo tempo. Mas isso não nos impedia de perseguirmos nossos orgasmos, já não era necessário que nossos despertadores estivessem sincronizados para fazermos um sexo matinal semiadormecido, e esse era um hábito que nós dois gostávamos.

Depois que ela guardou a bolsa e lavou as mãos, comemos o jantar que eu havia feito. Assim que terminamos, limpei a garganta para falar.

— Josie, preciso te dizer uma coisa.

Ela arregalou os olhos.

— Sim?

Juntei as mãos sobre as dela, então franzi a testa.

— É a respeito da sobremesa, tenho más notícias.

Ela incorporou o papel nessa minha encenação.

— Você assou um bolo e ele caiu? Usou sal demais nos brownies? Espere. Não. Não me diga que fez alguma coisa com uvas-passas.

Estremeci.

— Jamais, mas quero ser honesto com você. — Respirei fundo, mantendo minha interpretação. — Sabe o *crème brûlée* do cardápio? Não fiz com um maçarico. Na verdade, *crème brûlée* é muito difícil de fazer, tenho que confessar que eu comprei.

230

Ela caiu na gargalhada e passou a mão no meu cabelo.

— Eu o perdoo, e nem vou dar um soco na sua garganta por isso.

Apontei para a cozinha.

— Alguma chance de você buscar para nós? Preciso juntar os pratos.

— É claro. — Ela levantou e foi para a cozinha, e eu corri até o sofá na velocidade da luz e peguei um tabuleiro que estava escondido embaixo dele, carregando-o com todo o cuidado do mundo até a mesa, essa é uma vantagem de ter mãos firmes.

Quando o apoiei, todas as peças que eu havia disposto mais cedo ainda estavam no lugar.

Quando Josie voltou da cozinha, eu também estava no meu lugar: de joelhos, segurando uma caixa de joias.

Ela tomou um susto e apontou para a mesa, de boca aberta, estupefata com o tabuleiro de Scrabble. As palavras nele dispostas não se interligavam formando uma palavra-cruzada, mas não precisavam. Eu não queria ganhar uma pontuação por palavra dupla. O que eu queria era ganhar o coração daquela mulher para sempre, e por isso que apenas quatro palavras, e não mais do que essas quatro palavras, estavam dispostas no tabuleiro. E eu as proferi em alto e bom som:

— Quer se casar comigo?

Abri a caixinha e mostrei um anel de diamantes.

— Amo você com todas as forças, Josie Hammer. Você quer ser mais do que minha colega de apartamento, mais do que minha namorada? Você já é minha melhor amiga. Quer ser minha esposa?

— Sim — disse ela ao me abraçar com força e me beijar, enquanto as lágrimas caíam pelo rosto. — Mal posso esperar para ter você como meu marido.

— Eu também — eu disse, tirando o diamante da caixa.

Ela estendeu a mão e deslizei o anel em seu dedo.

— Acho que fui eu quem tirou a sorte grande esta noite — disse ela, com um sorriso de plena felicidade no rosto.

Também me sentia assim, principalmente porque todas as noites, após terminarmos de fazer aquilo que mais gostávamos, ela usava minha mão como Lilo, o crocodilo.

Em breve, essa mão teria um anel.

Outro epílogo

UM POUCO DEPOIS

Digamos que, hipoteticamente, você se apaixone loucamente pela sua melhor amiga. Você agradeceria aos céus por ter a chance de morar com ela, certo?

Não sei dizer ao certo se a nossa relação teria prosperado como prosperou se não estivéssemos entre a cruz e a espada do mercado imobiliário nova-iorquino. Dividir um apartamento de meros 55m² com Josie fez com que fosse impossível, para mim, não ver o que estava bem diante de mim: a mulher dos meus sonhos.

Eu costumava acreditar que ninguém sabia dividir as emoções em compartimentos como eu. Eu era o rei nisso. Achava que poderia lidar com um romance da mesma forma que tratava as emoções que tinha em relação a um paciente. Mas ir morar com a minha melhor amiga me ensinou que algumas coisas são melhores quando não estão separadas.

Como desejos e ações.

Luxúria e sentimentos.

Amor e sexo.

Um costumava ser guardado *aqui*, o outro, *ali*. Mas todos eles entravam em colisão quando se tratava de Josie, esmagavam-se em uma potente mistura. Olhando para trás, penso que serei eternamente grato por ela ter precisado de um amigo do peito na noite em que se deitou em minha cama. Aquela noite nos trouxe a esse grande amor, e agora ela era minha esposa.

233

Às vezes, ela me chama de pacote completo, que era exatamente o que ela havia dito estar buscando há tempos.

— Amo seu cérebro, e seu coração, e seu sorriso, e amo especialmente *essa* parte — dizia ela, fazendo uma brincadeirinha por lá. Coisa que eu adorava. — Mas, acima de tudo, amo que você seja meu marido Doutor Gostosão, péssimo cantor, insinuador, amante de guloseimas e com um coração generoso, que cuida de mim de todas as formas possíveis.

E sabe, sinto o mesmo pela minha esposa corajosa e ousada, linda e inteligente, coração de manteiga, amante de Scrabble e com perfume de cereja, que também cuida de mim.

Eu poderia dizer que ela é o pacote completo, e não estaria errado.

Mas o que ela é de fato... é um presente.

FIM

TAMBÉM DE LAUREN BLAKELY:

Ele tem todos os talentos.
Algumas vezes, tamanho é documento.

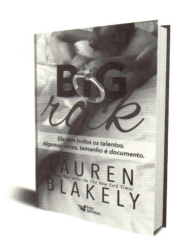

"A MAIORIA DOS HOMENS NÃO ENTENDE AS MULHERES."
Spencer Holiday sabe disso. E ele também sabe do que as mulheres gostam.

E não pense você que se trata só mais um playboy conquistador. Tá, ok, ele é um playboy conquistador, mas ele não sacaneia as mulheres, apenas dá aquilo que elas querem, sem mentiras, sem criar falsas expectativas. "A vida é assim, sempre como uma troca, certo?"

Quer dizer, a vida ERA assim.

Agora que seu pai está envolvido na venda multimilionária dos negócios da família, ele tem de mudar. Spencer precisa largar sua vida de playboy e mulherengo e parecer um empresário de sucesso, recatado, de boa família, sem um passado – ou um presente – comprometedor... pelo menos durante esse processo.

Tentando agradar o futuro comprador da rede de joalherias da família, o antiquado sr. Offerman, ele fala demais e acaba se envolvendo numa confusão. E agora a sua sócia terá que fingir ser sua noiva, até que esse contrato seja assinado. O problema é que ele nunca olhou para Charlotte dessa maneira – e talvez por isso eles sejam os melhores amigos e sócios. Nunca tinha olhado... até agora.

> Este livro é o mais divertido que li nos últimos anos. Spencer é um herói perfeito: macho alfa com dez tons de charme, muitos centímetros de prazer e o oposto de um cretino. Cada página me fazia sorrir e, no momento em que fechava o livro, era o meu marido quem estava a ponto de sorrir também.
>
> **CD REISS** – autora da Submission Series

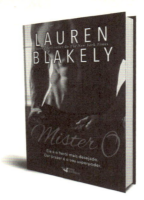

Mister O

Muito prazer! Pode me chamar de Mister Orgasmo.

Enlouquecer uma mulher na cama é a minha diversão. Se um homem não é capaz disso, ele deve sair de cena. Eu estou falando de prazer de verdade, daquele êxtase de tirar qualquer pessoa do prumo, que esvazia a mente e produz uma experiência única. Oferecer isso é o meu dom.

De fato, viciei-me nesse tipo de generosidade, mas cheguem mais perto. Vocês descobrirão um homem com um exterior excitante, um trabalho sedutor, um humor afiado e um coração de ouro. Sim, a vida pode ser boa...

Então, algo inesperado acontece: a irmã do meu melhor amigo, uma mulher que sempre desejei em segredo, me pede para ensinar a ela como conquistar um homem. Pensei em negar, mas seria muito difícil não ceder à tentação diante dessa garota, espaecialmente depois de descobrir que a doce e sexy Harper tem uma mente tão safada quanto a minha. O que pode dar errado? Serão apenas algumas aulas de sedução... Ninguém ficará sabendo de umas poucas mensagens picantes pelo telefone. Tudo bem, algumas centenas. Mas espero que ela não fique me provocando em público. Se o zíper do seu vestido emperrar ou ela me lançar aquele olhar safado no meio de uma reunião com toda a sua família, posso não resistir.

O problema é que quanto mais noites eu passo com ela na cama, mais começo a desejar passar todos os dias ao seu lado. E, pela primeira vez na vida, não estou pensando apenas em como fazer uma mulher gemer de prazer. O que pretendo é descobrir como mantê-la a meu lado por muito tempo.

Pra mim, agora é que as verdadeiras aventuras de Mister O vão começar...

Nick Hammer

LEIA TAMBÉM O ROMANCE DE TARRYN FISHER

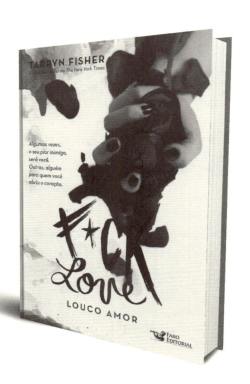

LOUCO AMOR

> Algumas vezes, o seu pior inimigo, será você.
> Outras, alguém para quem você abriu o coração.

Você pode pensar que já viu histórias parecidas, mas nunca tão genuínas como essa. Tarryn, a escritora apaixonada por personagens reais, heroínas imperfeitas, mais uma vez entrega algo forte, pulsante, que nos faz sofrer mas também nos vicia. Depois dela, todas as outras histórias começam a parecer como contos de fadas.

THE GAME SERIES, de J. Sterling

  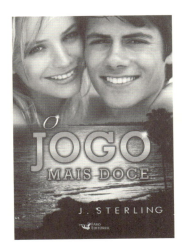

A VIDA ÀS VEZES FICA TRISTE ANTES DE SE TORNAR MARAVILHOSA...

Ele é o tipo de jogo que ela nunca pensou em jogar.
Ela é a virada no jogo que ele nunca soube que precisava.

O jogo perfeito conta a história de dois jovens universitários, Cassie Andrews e Jack Carter.

Quando Cassie percebe o olhar sedutor e insistente de Jack, o astro do beisebol em ascensão, ela sente o perigo e decide manter distância dele e de sua atitude arrogante.

Mas Jack tem outras coisas em mente...

Acostumado a ser disputado pelas mulheres, faz tudo para conseguir ao menos um encontro com Cass.

Porém, todas as suas investidas são tratadas com frieza.

Ambos passaram por muitos desgostos, viviam prevenidos, cheios de desconfianças antes de encontrar um ao outro, (e encontrar a si mesmos) nesta jornada afetiva que envolve amor e perdão. Eles criam uma conexão tão intensa que não vai apenas partir o seu coração, mas restaurá-lo, tornando-o inteiro novamente.

ASSINE NOSSA NEWSLETTER E RECEBA INFORMAÇÕES DE TODOS OS LANÇAMENTOS

www.faroeditorial.com.br